T.L. TOMA
GUARDACI

ROMANZO
BOMPIANI

NARRATORI STRANIERI

T.L. TOMA
GUARDACI

Traduzione di Benedetta Villa

ROMANZO
BOMPIANI

www.giunti.it
www.bompiani.it

Toma, T.L., *Look at Us*

Via Bolognese 165 – 50139 Firenze – Italia
Via G.B. Pirelli 30 – 20124 Milano – Italia

Published by arrangement with The Italian Literary Agency

ISBN 978-88-301-0600-0

Prima edizione: giugno 2022

A Melanie

Niemand ist mehr Sklave,
als der sich für frei hält, ohne es zu sein.

Nessuno è più schiavo di colui
che si considera libero senza esserlo.

Goethe

PRIMA PARTE

1.

Paloma se ne va. La notizia è una doccia fredda. È con i Fowler da quasi quattro anni. Ormai la sua presenza è diventata indispensabile. La vita prima di Paloma sembra tutta un'altra vita.

Aveva iniziato a lavorare per i Fowler poco dopo la nascita dei gemelli. Martin e Lily erano sempre stati d'accordo: gli adulti fanno bambini. Altrimenti restano bambini che si fingono adulti. Loro però non avevano messo su famiglia subito. Quello era un errore che avevano sperato di evitare. Avevano pensato alla carriera. A risparmiare per comprare l'appartamento in centro. E a girare il mondo ancora un po'. Avevano visitato Parigi, le Montagne Rocciose Canadesi, Saint Kitts. Allo Yankee Stadium si erano seduti dietro la panchina. A Lily era piaciuto il sashimi di rombo con miso di Motsunabe. Avevano fatto tutte le cose che si fanno quando si è solo in due. Nei fine settimana avevano dormito fino a tardi.

Ma dopo otto anni di matrimonio una sera Lily aveva alzato lo sguardo e annunciato, Sono pronta.

Aveva trentasei anni. Presto sarebbe stato troppo tardi. Ci avevano provato quella stessa notte. Ci avevano riprovato il sabato. Ci avevano provato altre quattro volte la settimana dopo. Era divertente farlo sapendo che lo stavano facendo sul serio.

Niente è mai facile come sembra. I mesi passavano senza risultati ed era diventato meno divertente.

*

Lily aveva preteso che facessero gli esami tutti e due. Un'infermiera aveva dato a Martin un contenitore di plastica con il tappo a vite e gli aveva indicato un bagno rifornito di riviste. Donne nude ammiccavano dalle pagine. Avevano espressioni subdole e minacciose. Sentiva la gente, altri pazienti e personale della clinica, passare nel corridoio proprio fuori dalla porta.

Martin temette di non farcela.

Venne grazie alla pubblicità di un detergente non abrasivo per la cucina. La donna nell'annuncio portava un prendisole e sandali di corda. Una cuffietta con una ghirlanda di roselline tea e fiorellini bianchi le adornava la testa. Passeggiava in un agrumeto dalle intense tonalità ambra, smeraldo e zafferano. Gli occhi non erano rivolti verso di lui, ma sorrideva guardando in alto ai rami carichi di frutti. Una mano teneva ferma la cuffietta e l'altra era tesa verso un paio di limoni polposi. Gli occhi riflettevano la luce dorata.

Cinque giorni dopo i Fowler tornarono alla clinica per avere notizie. Erano tutti e due agitati. Martin aveva già deciso: se avessero scoperto che la colpa era di Lily, le avrebbe dimostrato tutta la sua comprensione. Sapeva che l'amore non è dire è colpa tua. L'amore è amore e basta. Se però fosse davvero risultato che la colpa era di Lily, l'avrebbe stretta a sé ricordandole che potevano adottare un bambino in Guatemala o in Cina o in Romania, o in un altro di quei paesi là. Oppure tentare la strada della provetta. I loro amici George Davenport e Hannah Finkelmeyer c'erano passati. La piccola Tzipporah Davenport-Finkelmeyer a tre anni sapeva già recitare l'alfabeto ebraico fino alla *qoph*.

A preoccupare Martin però erano le conseguenze nell'eventualità che la colpa fosse sua. Probabilmente Lily avrebbe reagito come se andasse tutto bene, ma lui non avrebbe mai smesso di chiedersi se era solo una recita. E non voleva scoprire che dentro di lui si muoveva qualcosa di difettoso. Il solo pensiero gli metteva ansia. Metti che quando sua moglie incontrava un altro il suo primo pensiero era che ciò che nuotava dentro quell'uomo era perfetto e pronto a centrare il bersaglio.

Alla fine il dottore rassicurò i Fowler, erano sani tutti e due. Raccomandò loro di avere pazienza e di pregare. Era della vecchia scuola. Dalle orecchie gli spuntavano peli bianchi che parevano germogli. Le macchie senili gli chiazzavano il dorso delle mani come ruggine su una foglia.

In fin dei conti queste faccende sono un mistero, disse il dottore.

Lily non crede nei misteri. O tutto ha un senso o niente ha un senso. Mentre tornavano a casa dalla clinica aveva dato al dottore dell'idiota. Aveva detto, Se non c'è niente che non va, allora cosa c'è che non va? Aveva cominciato a documentarsi per conto suo. È fatta così. Era entrata in una chatroom in cui aspiranti madri si scambiavano le ultime dritte. Aveva scaricato una app per l'ovulazione sul cellulare e aveva disegnato grandi stelle scarlatte sopra un calendario che aveva attaccato alla porta frigorifero. Aveva costretto Martin a sostituire gli slip con i boxer e a limitarsi a una sola tazza di caffè. Aveva iniziato ad assumere megadosi di manganese, selenio e acidi grassi essenziali. Si era data allo yoga per sincronizzare i suoi bioritmi con quelli del cosmo, scendeva in metropolitana abbracciata a un tappetino di PVC indossando un body con un'imperscrutabile scritta in sanscrito stampata sul cuore.

La sera il sesso era diventato meccanico. Lo facevano che ne avessero voglia o meno. A letto si muovevano lenti come se stessero remando in barca. Dopo Lily si sdraiava con un cuscino sotto il sedere e le ginocchia sotto il mento. Martin sognò due volte tacchini legati.

*

Lily era cresciuta con tre fratelli più grandi, quindi sperava in una femmina. Martin invece con quattro sorelle più piccole. Per questo voleva una femmina anche a lui. Sembrava una felice coincidenza, come se fossero predestinati. Ci volle un altro anno di tentativi prima di scoprire che forse aspettavano due gemelli. Erano comunque al settimo cielo. Uscirono a cena per festeggiare. A tavola si tennero per mano guardandosi negli occhi. Il sesso non aveva importanza, decisero; i figli sono figli, doni del cielo.

A Lily venne la nausea tra l'antipasto e il primo. Il tiramisù gliela fece tornare. Le venne la nausea la mattina dopo e ancora il giorno dopo. Lily ebbe la nausea tutte le mattine per i tre mesi a seguire. Aveva anche un bruciore di stomaco lancinante. Non c'era un paio di scarpe che le entrasse. Le vennero le emorroidi. Non riconosceva più il suo corpo. Era in balia di tempeste ormonali, crisi irrazionali. Panico seguito da lacrime seguite da piatti scagliati contro il muro.

Lily disse, È come se mi avessero rapita gli alieni di un film per trasformarmi in una di loro.

Martin era preoccupato vedendo la moglie in quello stato. Fece di tutto per semplificarle la vita. Le comprò eleganti abiti prémaman di cotone egiziano ritorto. Le massaggiò la pancia con il burro di cacao per prevenire le smagliature. Uscì di casa alle tre del mattino per correre a comprare quintali di gelato al rabarbaro cosparso di zenzero candito.

Tutto inutile. Gli alieni erano troppo potenti. I Fowler si sentivano indifesi.

Il travaglio durò un giorno e una notte e metà di un altro giorno. Lily vomitò tre volte. Svuotò l'intestino due volte. Verso la fine diventò sboccata. Martin una volta aveva sentito le stesse identiche parole pronunciate da un compagno di università ubriaco, e in un'altra occasione da un collega, un ex Marine che era appena stato licenziato: ma non aveva mai sentito nulla di remotamente simile uscire dalle labbra di sua moglie.

Martin era in imbarazzo davanti alle infermiere. Stavano tutti a testa bassa mentre sua moglie urlava di tutto e di più. Nessuno osava guardarsi in faccia. Più tardi una donna bassa in camice verde lo prese da parte. Aveva una carnagione leggermente ambrata. Poteva essere araba o eschimese o anche hawaiana, Martin non sapeva bene. Aveva detto, Diventano così.

Stava solo facendo il suo lavoro, Martin lo sapeva. Ma nel caos del reparto ostetricia, sotto le luci abbacinanti, quell'infermiera era una presenza tranquillizzante e benevola. Desiderò che lo portasse via di lì come per magia. Avrebbe dato qualsiasi cosa per andare a casa con lei. Sedersi nella sua cucina e lasciarsi nutrire di kebab di agnello o di bistecche di balena o anche di zuppa di verdure polinesiana, qualunque cosa pensava che lei mangiasse. Immaginò gli anni a venire, anni in cui avrebbe visto quello stesso sorriso ancora e ancora. In quel momento gli parve ingiusto e persino crudele che quell'altra donna che stava partorendo nella stanza accanto, e lo chiamava con epiteti odiosi e volgari, fosse la stessa persona con cui aveva giurato di passare il resto della vita.

E poi nacquero i gemelli. Martin non si era aspettato tutto quel sangue. Gli fece ricordare uno spaventoso incidente stradale di cui era stato testimone da bambino. Il conducente penzolava a testa in giù dalla portiera aperta. Il passeggero era passato attraverso il parabrezza.

Era proprio così.

Il tormento non era ancora finito. Un bambino soffriva di coliche. L'altro si rifiutava di dormire. Presto l'alloggio dei Fowler si riempì di detriti sconosciuti: sacchetti di plastica strappati traboccanti di pannolini, barattoli di crema lenitiva senza coperchio, il baby monitor inutilizzato ancora chiuso nella confezione, polvere di borotalco ovunque, pacchetti aperti di salviette igieniche rinsecchite, il tiralatte appoggiato nudo e osceno dietro il water. Passavano intere settimane senza che né Lily né Martin riuscissero a dormire più di due o tre ore per notte. Si muovevano come sopravvissuti storditi nel paesaggio post-apocalittico delle loro stanze. Lei aveva i capezzoli screpolati e doloranti.

Lily aveva deciso di prendere un congedo di sei mesi dallo studio legale. Ma non erano ancora passate otto settimane dalla nascita dei bambini che Martin era tornato a casa un pomeriggio e l'aveva trovata seduta al tavolo della sala da pranzo con una sconosciuta. La donna aveva i capelli tinti di henné con la ricrescita grigia alle radici e occhi stretti.

Era Paloma.

Lily aveva detto, Le stavo spiegando che ho molta voglia di tornare al lavoro.

Aveva preparato il caffè e un vassoio di dolcetti. Un bricco schiumava latte bollente. Zollette marroni di zucchero di canna formavano una piramide maya in miniatura. Dal salotto proveniva il ticchettio della pendola. Era marzo. Fuori, nuvole dense soffocavano il cielo. Le torri del centro erano grigie fuori dalle finestre. In fondo al corridoio, nella cameretta, uno dei bambini strillò per un momento e poi basta. Lily fissò Paloma. Lo sguardo di Paloma era impenetrabile, illeggibile come una pagina bianca.

La verità, riprese Lily, è che muoio dalla voglia di tornare al lavoro.

Deve sembrare orribile, lo so, si affrettò ad aggiungere, come se lo avesse detto per scherzo. A parte il fatto che non sembrava scherzasse. Mi sento in colpa solo a dirlo, confessò. Una madre dovrebbe stare con i figli. Ma mi manca l'ufficio. Mi manca il lavoro.

Lily disse, Mi manca la mia vita.

Martin guardò Paloma. Poi sua moglie. Anche se era la prima volta che sentiva parlare dell'argomento, disse, È assolutamente comprensibile.

Lily lo ignorò. Aggiunse, Mio marito non si sente in colpa ad andare al lavoro ogni giorno. Perché dovrei sentirmi in colpa io?

Quando Paloma rimase ancora una volta in silenzio, Martin si assestò sulla sedia e aggiunse, Per nessun motivo. Nessunissimo.

Lily aggrottò la fronte. Prese il caffè. Osservò la donna da sopra il bordo della tazza. Le referenze di Paloma erano ottime. Aveva lavorato per una famiglia a Scarsdale e per un'altra nel Village. Eppure, seduto lì, Martin non riusciva a liberarsi dalla sensazione che fossero loro a sostenere un colloquio, non il contrario. Lily prese un biscotto, lo guardò e lo rimise sul vassoio.

Sorrise a Paloma e disse, Mi sento in colpa anche solo per il fatto di sentirmi in colpa.

Paloma replicò, senza sorridere, Mi ci vorranno venticinque dollari extra alla settimana per l'autobus.

2.

È stata Paloma a recitare le filastrocche. È stata Paloma a fare bau-sette. È stata lei a sentire i bambini pronunciare le prime parole e a vederli muovere i primi passi. Se uno dei gemelli cade o l'altro ha paura, è sempre Paloma che vogliono. Quando si svegliano da un brutto sogno è lei che chiamano.

Hanno imparato a contare sui ditini goffi: *uno, dos, tres.*

Paloma non è perfetta. Passa troppo tempo al telefono. Ha accettato di fare qualche lavoro leggero ma si rifiuta di pulire i vetri. Strilla addosso a Martin che lascia sul pavimento gli asciugamani bagnati. Esige di avere tutte le ferie retribuite. Prima che i bambini imparassero a farla nel vasino si ostinava a gettare i pannolini sporchi nello scivolo per l'immondizia.

Odia il custode e il custode odia lei.

Paloma arriva diligente alle otto di ogni giorno feriale per dare la colazione ai gemelli. Riempie la cucina con la sua figura massiccia, i seni grandi come meloni. Lily e Martin hanno entrambi ottimi impieghi, ruoli di responsabilità, stipendi cospicui. Ma cosa sanno loro della vita? Paloma la vita la conosce. Si mette in ginocchio per pulire le macchie di merda dal water e tirare fuori dallo scarico intasato matasse di capelli. Fa due lavatrici prima di pranzo.

Nei pomeriggi di bel tempo porta i bambini al parco. Il terzetto ciondola sul marciapiede, un bambino di qua, uno di là, per mano. Si fermano all'angolo a comprare le baguette del giorno prima. Paloma si siede su una panchina e guarda i gemelli lanciare il pane dalle rive del laghetto. Le anatre incantano i bambini. Le anatre spaventano i bambini. Poi i bimbi si ricordano: quando sono con Paloma, possono affrontare qualunque pericolo.

Più tardi Paloma li mette a letto per il riposino. Raccoglie i giocattoli, aspira le briciole dal tappeto. Mentre lavora canticchia tra sé. Il suono pervade la stanza come un'infusione di oli.

È Paloma che ha appeso la felce in bagno. Ha costruito lei la giostrina di tasselli di legno e sagome di cartone della cameretta. È stata Paloma a sferruzzare il plaid drappeggiato sul bracciolo del divanetto in salotto.

Lei è ovunque. Ci sono segni della sua presenza in tutti gli angoli.

Nel tardo pomeriggio si sistema sul divano con il bucato pulito. Mentre lo piega guarda la sua telenovela preferita sul canale in lingua spagnola. La matriarca televisiva ha sofferto tanto ma è saggia. Il figlio è uno scapestrato; torna a casa consumato dai vizi e al verde. La figlia forse preferisce le donne, ma non è sicura. In uno strip club di Mexicali il padre infila banconote da cinquanta pesos nel tanga di una ballerina che si chiama Mango.

Alla fine della giornata Paloma prepara la cena per i bambini. Questi pasti a volte prevedono salse piccantissime con troppo coriandolo. Lascia il cibo in piatti coperti accanto al microonde. Alle sei sale sull'autobus che attraversa la città per tornare a casa sua, un palazzo di tre piani senza ascensore.

Ma ora Paloma se ne va. Ha compiuto cinquantacinque anni lo scorso inverno. È vedova da dieci, una distesa di serate vuote e interminabili. Negli ultimi mesi ha avviato una corrispondenza con un pensionato di Jupiter, in Florida, che per quarant'anni ha fatto il macchinista nella Marina Mercantile. Nella foto che le manda è a torso nudo, un uomo tarchiato che strizza gli occhi per schermarsi dalla luce. Il busto è tondo come un masso. Il volto è inciso come il letto di un fiume in secca. Gli avambracci sono avvolti dalle spire di un drago verde e indaco che sputa fiamme albicocca.

Paloma usa il computer nello studio dei Fowler per leggere i suoi messaggi. Lui le scrive del palpitare della risacca e della calura devastante. Lei legge mentre fuori una pioggia gelata batte sui vetri. Lui dice delle erbe ondeggianti della savana. Descrive la luce screziata del sole che si riflette sull'acqua. Scrive, Un grande airone sta ritto su una zampa in lontananza. Il mio portacenere è il carapace di un gigantesco granchio a ferro di cavallo. Il suono della marea sembra il battito del cuore della terra.

Lui scrive, Tutte le sere mi siedo con una brocca di mojito fatto con il succo dei lime che raccolgo da un albero selvatico che cresce a meno di venti metri dalla porta di casa.

Dopo quarantasette email, duecentonovantasei messaggi e una telefonata di tre ore e mezza, Paloma ha deciso di raggiungerlo nella casa mobile tra le dune.

Ma se neanche lo conosci, dice Lily.

Paloma alza le spalle. È stanca di conoscere. Vuole ricominciare a sentire. Il suo sguardo è già lontano. Resterò fino a che non trovate un'altra, promette.

Però non fatemi perdere l'inizio della stagione delle corse dei levrieri.

La vita non sarà mai più la stessa. È difficile immaginare quelle stanze senza di lei. I Fowler non sanno come dirlo ai bambini. Paloma è con loro da sempre. Lei fa parte del loro mondo quanto il profilo della città al di là dei vetri, il tonfo dell'ascensore dietro le pareti e il suono dei clacson che sale dalla strada.

Non riesco a crederci, dice Lily quella sera.

Si sente sola, ricorda Martin alla moglie. Non puoi darle torto.

Ma Lily invece può: Hai idea di quanto sarà difficile trovare un'altra?

La mattina dopo chiama un'agenzia di collocamento. Telefona agli amici. Consulta un sito internet di annunci di lavoro. Controlla la bacheca della palestra di yoga. Lily è sempre stata una donna metodica. Sa come arrivare dal punto A al punto B. Al lavoro tiene i capelli biondi raccolti. È alta e un po' sgraziata. Ha la bocca larga e il naso importante. Le narici sono profonde. Il naso è un monumento al resto del volto.

In pochissimo tempo Lily ha stilato una lista di nomi. Organizza colloqui con cinque donne e un uomo – vuole essere imparziale – distribuendoli in tre serate. Durante quegli incontri Martin ha difficoltà a distinguere le candidate. Si confondono tra loro. Dopo un po' il suo sguardo vaga verso il panorama della città che si stende oltre la finestra del salotto, scandito dal sollevarsi repentino di un edificio dopo l'altro. Come stalagmiti sotto la volta del cielo.

I Fowler abitano in Maiden Lane, all'estremità sud dell'isola, in una casa d'epoca ristrutturata. La costruzione risale agli albori della città, quando ancora nei vicoli risuonava l'olandese. Il nome della strada deriva dal sentiero che le ragazze imboccavano per scendere al fiume. Col passare del tempo l'edificio è diventato più alto, come se ogni generazione non fosse altro che un piano in più. Vivere nel bel mezzo della storia piace a tutti e due anche se non riescono a liberarsi della macchia d'umidità nell'angolo del soffitto della camera da letto. Dalle tubature proviene un fragore metallico come un cozzare di pentole e coperchi. Le vecchie assi del pavimento scricchiolano, il massiccio legno di quercia si assesta per la veneranda età. Se una moneta cade a terra, rotola sempre verso est. Il lampadario originale continua a pendere nell'atrio dell'edificio, ma la porta della loro camera da letto non si chiude.

Alla fine Lily sceglie un rimpiazzo gentile e affabile, una donna sorridente sulla quarantina.

Quella che zoppica? chiede Martin, ricordandola.

Lily lo guarda per un po' prima di dire, Non è così evidente. Lui non vuole discutere. Però non è contento di mettersi in casa una perfetta sconosciuta. La verità è che non si è mai sentito del tutto a suo agio con Paloma. Ora dovrà essere a disagio con qualcun altro. Non lo entusiasma l'idea di vederla arrancare per l'appartamento. Martin immagina un incendio da cui la donna non potrà allontanarsi in tempo. Gli toccherà rischiare la vita correndo tra le fiamme per salvarla. E lo preoccupa che passando tutto il giorno con lei i bambini possano per qualche ragione iniziare a zoppicare anche loro. Sono motivi assurdi, lo sa bene, motivi che espressi ad alta voce porterebbero la gente a pensare che in te c'è qualcosa che non va. Questo non gli impedisce di considerarli motivi validi.

È stato il fatto che è zoppa a farmela piacere, ammette Lily dopo un momento.

Martin guarda la moglie con interesse. Ogni tanto dice cose che lo sorprendono, che inaspettatamente gliela fanno vedere sotto una nuova luce. A fartela piacere?

Mi ha fatto provare compassione per lei. Mentre parlavo con lei non ho fatto che pensare alla sua infanzia. Ho immaginato tutti i nomignoli che devono averle affibbiato al parco giochi. La gente, gli estranei, probabilmente non facevano che fissarla.

Magari è diventata zoppa da adulta, viene in mente a Martin.

La moglie lo squadra. Dice, Continuo a pensare a tutti gli uomini che devono averla respinta.

L'ultimo giorno di lavoro Paloma porta due paia di muffole che ha fatto a maglia per i bambini, una decina di panini di *pan dulce* ricoperti di zucchero fatto in casa da lei, e un uccello che sembra troppo grande per la sua gabbia. A quanto pare il suo marinaio ha un gatto. Il pappagallo cenerino di Paloma, compagno degli ultimi dieci anni, non potrà accompagnarla. Martin scopre troppo tardi che Lily ha acconsentito a tenere il pennuto nella vana speranza che questo o altri gesti dell'ultimo minuto – ha portato Paloma a pranzo in Union Square, le ha comprato un nuovo set di valigie – potessero fare cambiare idea alla donna. L'uccello è lungo più di trenta centimetri dal becco alla coda, con un piumaggio arruffato color cenere. Le punte delle penne sembrano intinte in una sorta di bianco sacramentale, tranne quelle della coda che sono di uno stupefacente rosso scarlatto. Il pappagallo se ne sta appollaiato sul suo posatoio con inappuntabile dignità. Il capo gli calza come un elmo greco. Paloma lo ha chiamato Aristóteles per la sua immensa intelligenza, unita a un vocabolario ricco e variegato.

Così mi ricorderete per sempre, dice.

Non ti dimenticheremo mai e poi mai, promette Lily.

Quel finesettimana accompagnano Paloma alla Penn Station e la aiutano a salire a bordo del Coconut Limited. Sulla banchina, Lily si commuove. Bacia la donna sulle guance e dice, Se mai cambiassi idea...

Paloma dice, Non succederà.

La nuova tata arriva puntuale alle otto del lunedì per prendere servizio. Martin si sforza di non fissarla mentre zoppica. Due sere dopo però i Fowler trovano dei mozziconi di sigaretta nel bidone dell'immondizia e il segno di una bruciatura sul tappeto Tabriz del salotto. Quella che viene dopo dura quasi una settimana, fino a quando Lily scopre sul computer dello studio alcuni siti porno tra i preferiti. La terza non si presenta all'orario stabilito e non se ne hanno più notizie.

Quando Lily viene a sapere che ci sono posti disponibili in un asilo vicino a Lincoln Square, si precipita a iscrivere i gemelli. Questo aggiungerà quasi un'ora ai suoi spostamenti mattutini. Il personale però è altamente qualificato. Al quarto giorno d'asilo i bambini escono con degli avvisi appuntati sulle giacche. Un compagno di classe ha i pidocchi. Sono accluse istruzioni dettagliate per il trattamento e l'estirpazione. Lily passa il pomeriggio a lavare lenzuola coi gemelli tra i piedi.

Nelle settimane seguenti i Fowler tentano di destreggiarsi nella cura dei gemelli. Ogni tanto arruolano la madre di Lily, ma quando una mattina lei si presenta ubriaca Lily deve restare a casa dal lavoro. Una volta o due ricorrono alla signora Nagorsky del piano di sotto. Ma non è abbastanza. Martin perde una riunione. Lilly è costretta a spostare appuntamenti in due occasioni. Deve scusarsi nel bel mezzo di una deposizione importante, lasciando un associato a finire.

I bambini sanno più di quanto si pensi. I bambini percepiscono che c'è qualcosa che non va. Gavin, il più giovane per quattordici minuti, fa i capricci di continuo. Arnold inizia a farsela addosso. Come se non avesse mai imparato a usare il vasino.

È come vivere con le scimmie, borbotta Lily una sera.

Martin ha letto da qualche parte che si può insegnare persino a uno scimpanzé a pulirsi da solo, ma non gli sembra il momento giusto per dirlo.

3.

In loro soccorso arriva il venditore di strada da cui Martin compra una ciambella ogni mattina. L'ambulante passa la giornata nel suo carretto tutti i santi giorni, panciuto e ingrigito, quasi calvo se non fosse per i ciuffi ramati accanto alle orecchie; gli mancano tre denti nel bel mezzo del sorriso. La nipote della cognata della moglie è appena arrivata.

Martin si aspetta di vedere un donnone, una versione femminile del venditore, però con gli incisivi intatti. Si rivela invece piccola e snella, una sorta di folletto, con capelli lucidi color pece, tagliati in modo brutale alla nuca. Ha il profilo delicato di un cammeo, guastato da uno sfogo di acne in un angolo della bocca. L'aspetto è acerbo, il viso non è ancora quello che sarà. È più giovane che graziosa. Gli occhi sono dello stesso azzurro tenue delle copertine dei libretti d'esame di quando Martin andava a scuola.

Ammette di non aver mai fatto la tata prima. Nel suo paese ha lavorato per due stagioni come operaia in una fabbrica di conserve di pesce prima che chiudesse. Però ha sei fratelli più piccoli: Padraig, Éamon, Colm, Cillian, Liam e Finbar.

Capisco i ragazzini, assicura. So cosa vogliono.

Beata te che ci riesci, dice Lily.

La risata della ragazza anima i lineamenti di un'emozione inattesa. Quando è nervosa o agitata, invece, la cadenza irlandese diventa incomprensibile. Dice che le sono sempre piaciuti i bambini, o forse sta dicendo che lei è sempre piaciuta ai bambini. Dice che vuole lavorare negli Stati Uniti per qualche anno e mettere da parte dei soldi per poi tornare a casa e frequentare l'università, o forse intende dire che le piacerebbe studiare Storia americana. Dice che per tutta la vita ha sentito parlare di New York e ne ha letto e l'ha vista nei film e non riesce a credere di essere davvero lì, oppure che New York è così simile a un film da non sembrare vera. È solo verso la fine del colloquio – dopo aver discusso degli orari e della paga – che i Fowler si rendono conto che si aspetta di vivere con loro.

Potremmo spostare il futon nel ripostiglio, suggerisce Lily dopo che la ragazza se n'è andata.

Martin scuote la testa. Il futon non ci sta.

Forse sì.

Non ci sta. Comunque, non voglio un'estranea sempre tra i piedi.

Lily esita prima di parlare. Preferisci tenere me sotto i piedi.

Lui è all'erta. Cosa intendi dire?

Voglio dire che ti aspetti che sia io a trovare una tata. Fino a quando non ci riesco, ti aspetti che faccia io la tata.

Martin fissa la moglie. Non tirare fuori il solito argomento.

Quale argomento?

Sai benissimo quale. Io qui mi do da fare quanto te.

Non ho detto che non lo fai.

Secondo me sì.

Lei dice, Non ho detto che non lo fai, ma tu sei convinto di farlo?

Lily aggiunge, Sei proprio, proprio, proprio, proprio convinto di farlo?

Esce dalla stanza in modo plateale – le braccia che oscillano, i tacchi che battono sul pavimento di legno. Martin resta sul divano. Sa già che la moglie non gli parlerà per il resto della serata.

Ci sono già passati.

Lily sa essere testarda. Crescendo in una casa piena di fratelli più grandi non ha avuto altra scelta. Le torcevano il braccio, strappavano la testa alle sue bambole, la chiudevano nell'armadio. Era più piccola, più debole, in minoranza. Ha reagito nell'unico modo che conosceva: è diventata più brava in qualunque cosa facesse. Ha studiato più sodo e letto di più. È rimasta sveglia fino a tardi per gli ultimi ritocchi al tema e si è svegliata presto per controllare le risposte di geometria. Ha partecipato con entusiasmo a diverse attività. Tutte quelle che la tenevano lontana da casa. È entrata nel gruppo delle cheerleader, ha scritto per il giornale della scuola ed è diventata *el presidente* del club di spagnolo. Ogni sabato, tra i dieci e i sedici anni, ha montato il suo frisone alle scuderie. Ci sono le donne, e poi ci sono le donne che amano i cavalli. Anmer, un metro e mezzo al garrese, i garretti neri, era più leale di qualunque essere umano avesse mai conosciuto. Lily cavalcava con la schiena dritta, il mento sollevato, il pomello della sella inglese appena dietro il garrese dell'animale. In una vetrina nel salotto dei Fowler sono ancora esposti i nastri delle competizioni di dressage. Distesi come piume su un campo di feltro bordeaux. A casa però l'atmosfera era rimasta brutale. I fratelli la prendevano in giro senza pietà: Non le sarebbe mai venuto il seno. Aveva la faccia da cavallo. La sera prima di partire per il college scoprì il buco che anni prima avevano scavato nella parete della sua camera da letto per spiarla.

Se la madre di Lily fosse stata più forte, avrebbe potuto proteggerla. A Martin è capitato di vederla sbronza una decina di volte nel corso degli anni. È una di quelle ubriacone sciatte, che non si reggono in piedi e si svegliano incontinenti sul pavimento del bagno. Quando Lily durante una visita a casa nei primi tempi del matrimonio aveva svuotato una bottiglia di gin nel lavandino, la madre – orgogliosa nativa di Dundee, già collegio elettorale di Churchill – aveva schiaffeggiato la figlia e urlato, Io almeno sarò sobria domattina, ma tu sarai sempre una stronza.

Il suo defunto padre non era quasi mai a casa. Quando lei era giovane, lui era vecchio. Era chiaro anche a lei di essere il frutto di un errore. Lui non aveva tempo per gli eventi equestri o per i colloqui con gli insegnanti. Era sempre in volo di qua e di là per tenere una conferenza o presiedere un simposio. Capitava che arrivasse a casa alle sette di sera dal Reagan National e dovesse prendere il volo delle sei del mattino dopo per il LAX. Si definiva uno studioso amatoriale. In altri termini, non aveva mai avuto un incarico accademico. Non aveva bisogno di un incarico accademico. Diceva che per rifornire la cantina spendeva di più di quanto guadagna un professore – anche se la sua monografia su Emerson era stata citata centinaia di volte. Faceva un pellegrinaggio annuale a Walden, passeggiando lungo il perimetro del lago tra le foglie brune e rosse di ottobre. Celebrava l'inviolabilità dell'individuo e quelle che riteneva le virtù tipicamente americane. Che i francesi esaltassero la *fraternité* e i tedeschi l'*Ordnung*; qui la parola d'ordine è *fiducia in sé stessi.* Pochi piegano la vita alla loro volontà; gli altri ne sono spezzati. Sentimenti sublimi. Eppure pensava più al cane che a me, aveva detto una volta Lily a Martin. Il loro bassotto, von Mises, aveva vinto il titolo di migliore di razza nel 1998. E anche quando il padre si accorgeva di lei, la sua considerazione non era sempre magnanima. Mi assegnava dei lavoretti – avevamo tutti dei lavoretti – ma sembrava che soltanto io non riuscissi a farli bene. Per esempio mi diceva di togliere le erbacce in giardino o spazzare il garage, ma quando poi usciva a controllare il mio lavoro mi toglieva di mano la vanga o la scopa citando Napoleone: Se vuoi una cosa fatta bene, fattela da solo.

Sei settimane prima che morisse lei l'aveva sentito paragonarla a un puledro malcresciuto.

Un'infanzia simile lascia il segno. Ora che è adulta è ipersensibile e spesso sulle difensive. Sospetta di non piacere agli altri. Il fruttivendolo è stato scortese. In palestra una donna sul tapis roulant ha continuato a fissarla. Durante una deposizione, l'avvocato della controparte l'ha ignorata. In risposta, l'atteggiamento di Lily diventa rancoroso. Se è arrabbiata o frustrata aggredisce con commenti caustici. Per quanto possano essere dolorose, tuttavia, quando si fa un passo indietro e si considerano le sue osservazioni alla fredda luce del giorno si scopre che spesso contengono una dose sconcertante di giustizia.

Ora Martin si sente ferito. La verità è che lui aiuta in casa. Aiuta molto. A volte fa il bagno ai gemelli. L'altro giorno ha svuotato la lavastoviglie. Due sere fa è uscito in piena notte a comprare i ciucci. Ci saranno state una decina di tettarelle di plastica nascoste tra cuscini del divano, dietro il frigorifero e ai piedi dell'armadio, ma né lui né Lily sono riusciti a trovarne neanche una. I bambini piangevano e si rifiutavano di addormentarsi, così Martin si è precipitato sotto una pioggia fredda e obliqua a comprare tre confezioni da due alla farmacia aperta ventiquattr'ore a sei isolati da casa. Inizia a fare un inventario mentale di tutte le faccende domestiche di cui si è occupato di recente, ma riconosce subito che quella fretta di elencarle è già un indizio di colpevolezza.

Quando si infila nel letto diverse ore dopo, lui e la moglie ancora non si sono parlati. Lei è distesa sul suo lato del materasso, una dolce collinetta d'ombra nell'oscurità. In momenti come questi è sopraffatto da una tenerezza inaspettata. Lei potrebbe uscire domani ed essere investita da un autobus o inciampare cadendo dalla banchina della metropolitana mentre un treno passa rombando, e lui vivrebbe per sempre con la consapevolezza che hanno trascorso la loro ultima sera insieme ammutoliti da un litigio del tutto insignificante. Lui potrebbe essere accoltellato in un ascensore o un aneurisma potrebbe esplodergli nel cervello e sua moglie sopravvivrebbe per altri quarant'anni con un ricordo incancellabile di lui come una massa imbronciata nel letto. Questi pensieri fermentano ancora per qualche minuto prima che Martin dica: Credo che potremmo darle una possibilità.

Cosa? replica Lily dopo un po', come se stesse dormendo.

Non sta dormendo.

Lui dice, Facciamole fare un periodo di prova.

Lily si punta su un gomito per guardarlo. Attraverso il lucernario, nuvole scure turbinano davanti a un quarto di luna, nascondendola un istante per poi diradarsi per poi rivelarla quello seguente.

Lui dice, Ma se i gemelli non la prendono in simpatia...

Vedrai, dice lei. Lo so che andrà così. Altrimenti ci liberiamo dei bambini e ci teniamo la ragazza.

Lei gli bacia il sorriso prima di alzarsi per andare in bagno. Lui la guarda allontanarsi in camicia da notte e attraversare la stanza poco illuminata. L'ha vista muoversi allo stesso modo centinaia di volte, eppure la visione gli smuove sempre qualcosa nel profondo. Quando Lily torna a letto, lui aspetta un intervallo di tempo ragionevole per non sembrare troppo impaziente e poi comincia ad accarezzarle la schiena, ma si ferma quando lei dice: Devo alzarmi presto.

E aggiunge: Voglio pulire prima che arrivi la ragazza nuova.

Maeve viene da Claddaghduff, un villaggio minuscolo sulla costa irlandese. Il telefono di Martin mostra un'isola che sembra una cimice schiacciata, con Belfast nel punto in cui dovrebbe esserci l'occhio. Quando la conducono lungo il corridoio alla sua nuova stanza, si ferma sulla soglia.

È un po' piccola...

La ragazza scuote la testa. È fantastica, signora Fowler.

Chiamami Lily.

La nuova ragazza alla pari ha una valigia di stoffa in una mano e un sacco di iuta con i manici nell'altra. I Fowler hanno lottato quasi un'ora con il futon per sistemarlo. Ci sta a malapena, lasciando liberi una quindicina di centimetri per parte. Bisogna strisciarci sopra per aprire la finestra. Di fronte c'è un comò malconcio con un cassetto a cui manca una maniglia.

Quello in fondo al corridoio è il tuo bagno, le dice Martin.

La ragazza annuisce, poi si volta verso il profilo della città che scintilla oltre la finestra. Il sole colpisce le facciate degli edifici e le inonda di luce. Alla fine si siede sul letto con le mani ripiegate in grembo. Lo sguardo spazia per la stanza, registrando la presenza del comò e della seggiolina di vimini accanto. Si allunga a lisciare il piumone trapuntato. Seduta lì, ha un'aria sottomessa e un po' spaventata.

Ma si anima in presenza dei bambini. Il temporale più tardi quella mattina non riesce a smorzare il suo entusiasmo. Arnold la prende subito in simpatia, Gavin invece nemmeno la guarda, fino a che lei non propone di preparare insieme i biscotti. Dopo pranzo disegnano *Jack e il fagiolo magico* usando i pastelli a cera e sei sacchetti di carta, uno per ogni scena della fiaba. I fagioli magici sono del colore dei rubini. Quando la luce fuori dalle finestre comincia a scemare, stende il plaid di lana su due sedie della sala da pranzo e costruisce un tunnel, una tana d'orso, un forte.

Racconta ai gemelli storie senza tempo di vichinghi saccheggiatori che assediano la costa.

Si scopre che alla ragazza piace cucinare. Lily possiede una moltitudine di talenti, ma la preparazione del cibo non è mai stato uno di questi. Può interpretare con facilità le sfumature di una memoria d'appello di settemila parole, ma se le si chiede di trasformare i millilitri in cucchiaini da tè si smarrisce. A Martin invece piacciono i programmi televisivi di cucina. Gli chef sembrano sempre così autorevoli e perfettamente adeguati al loro posto nella vita. Dopo aver guardato quei programmi, di tanto in tanto esce ad acquistare una serie di ingredienti esotici in un mercato di lusso a Chelsea. Porta a casa citronella e manzo Kobe, o spezie caraibiche e strombo, o un'anatra intera con gli ingredienti per una glassa di ciliegie al porto, e poi devasta la cucina mentre prepara un pasto unto in modo inquietante che costa sette dollari a boccone.

La ragazza alla pari, invece, di cibo ne sa. Mentre Paloma riusciva a mettere insieme in un attimo un pasto commestibile anche se infuocato, Maeve, se ne ha il tempo, passa diverse ore a creare piatti di sorprendente intensità. La frangia le si attacca alla fronte con un velo di sudore, ma sotto c'è sempre quel sorriso. Gli aromi che riempiono la casa appartengono a un altro tempo e luogo. In breve sequenza, Martin inizia a non vedere l'ora di assaggiare il suo stufato d'agnello, la sua zuppa inglese allo sherry, i tranci saporiti di salmone in camicia con patate novelle cosparse di burro e aneto fresco. Piatti sostanziosi – ci si alza da tavola con un gemito. Sviluppa uno smanioso debole per il suo pasticcio di carne.

Se le si fanno i complimenti per il cibo, diventa rossa in faccia e dice, Grrazie.

Questo è solo il primo di molti cambiamenti. Nelle settimane subito dopo la partenza di Paloma, la biancheria sporca traboccava dalla cesta del bucato. La muffa si accumulava tra le piastrelle del bagno. La sporcizia incrostava i fornelli. Anche qui l'energia della ragazza si dimostra infaticabile. Camicie appena stirate appaiono per magia nell'armadio di Martin. I piani della cucina brillano. Separa l'alluminio dalla plastica. Si sporge fuori dalle finestre per pulire l'altro lato del vetro. Dal quattordicesimo piano, Maeve si affanna per una macchia in un angolo.

Si occupa persino della cura di Aristotele, il grigio africano. Lily si lamenta che l'animale puzza. Martin è irritato dai suoi garriti. La ragazza invece lo adora. L'ha sistemato nello studio. Le ampie finestre permettono al sole di inondare l'interno. Cambia la lettiera ogni giorno. Installa un nuovo posatoio oscillante con una campanella e uno specchio. Si siede davanti alla porta della gabbia e parla al pappagallo. L'uccello la guarda di rimando, le pupille si espandono e si contraggono con le modulazioni della voce.

I Fowler, nel frattempo, fanno la loro parte per far sentire benvenuta la ragazza alla pari irlandese. Una domenica Martin porta lei e i gemelli a una matinée di Broadway, il palcoscenico animato da creature mitiche, marionette grandi come furgoni. Un pomeriggio Lily la invita alla mostra di Vermeer al Metropolitan Museum. Quando le squilla il telefono, Lily si allontana per entrare nella rotonda, solo per tornare qualche istante dopo e scoprire Maeve davanti al *Perseo con la testa di Medusa* di Canova. È una delle mie preferite, dice Lily, scrutando il dio armato di spada e cappello che lo rende invisibile e soprattutto dello scudo riflettente per proteggersi dallo sguardo pietrificante della Gorgone. La ragazza si concentra sul nudo di marmo che si erge davanti a lei, il dettaglio preciso, finché non si riprende e arrossisce.

Non c'è nulla di male a guardare, la rassicura Lily.

Allo stesso tempo la presenza della nuova tata ogni tanto sconcerta Martin. Più di una volta l'ha sorpresa a studiarlo. Mentre sta cenando gli capita di alzare lo sguardo e scoprire che lei lo sta fissando dall'altra parte del tavolo. Le piace sedersi con lui a guardare la televisione: baseball, polizieschi, politici che inveiscono contro stupratori malati intenti a prendere d'assalto il confine – e lo sguardo di lei si sposta dallo schermo a Martin, come se il vero significato delle immagini potesse apparire sul suo volto. Lui e i gemelli si sintonizzano sempre su un vecchio classico, un telefilm western degli anni Sessanta. Ogni volta che i rapinatori di banche o i ladri di bestiame si avventano su un innocente ignaro, spianano le rivoltelle e dicono, Mani in alto, hombre! e lei sta a guardare mentre padre e figli alzano immediatamente le braccia in aria. Oppure capita che Martin stia leggendo nella grande poltrona reclinabile di pelle dello studio e lei appaia con un libro o una rivista chiedendo se può unirsi a lui. Lui dice, Certo, anche se non può fare a meno di notare come gli occhi di Maeve continuano a vagare sopra le parole, cercandolo. Lo sguardo non è né amichevole né ostile, né affettuoso né indifferente, ma piuttosto clinico, quasi antropologico. È come se lui – come se tutta la sua vita – fosse in mostra. Qualcosa della sua espressione non lo abbandona, lo perseguita per tutto il pomeriggio e fino a sera inoltrata, riverberando nella memoria come un'eco oculare.

Pensa che forse gli occhi di lei potrebbero essere un po' fuori asse, uno in posizione appena un po' obliqua rispetto all'altro. Anche se molti nemmeno lo noterebbero, Martin si fissa sull'idea che questa caratteristica le permetta non si sa come di triangolare gli sguardi in modo tale da poter individuare la sua posizione nel mondo con una precisione inquietante. Ma poi guardando di nuovo conclude che gli occhi in realtà sono distanziati in modo uniforme nel viso, il che lo fa riflettere sul possibile squilibrio della propria visione che prima lo ha portato a pensare altrimenti. Anche se deve ancora decidere se un'autentica asimmetria le segni i lineamenti, non può sfuggire alla sensazione che qualcosa nella nuda forza del suo scrutinio lo colpisca nel profondo.

Altrettanto perturbanti sono i rumori inaspettati che provengono dal suo bagno all'alba. Queste esplosioni lo svegliano di soprassalto. Servono a ricordargli di continuo che la casa non è più tutta loro.

Prima, Martin era sempre stato il primo ad alzarsi. Era abituato ad attraversare l'appartamento nell'oscurità, fermandosi ad alzare il termostato. In cucina macinava il caffè guardando scorrere i primi raggi di sole da est. Guardava il furgone dei giornali muoversi lento lungo Broadway, i pacchi legati del *Post* che urtavano contro le facciate dei negozi. Sentiva il rombo dei treni della metropolitana che emergevano da sottoterra per salire sui binari sopraelevati.

A quell'ora il mondo aveva un senso che non avrebbe più avuto per il resto della giornata. Ora però Maeve è sempre già in piedi, e se ne va in giro in vestaglia logora e pantofole malconce. Si è presa un vantaggio. Lui si sente stranamente depredato, come se lei gli avesse rubato questi primi momenti.

La tata non solo si alza presto, ma si ritira tardi. Le assi del pavimento del vecchio edificio si lamentano a ogni passo. Poiché prima i Fowler usavano il nuovo alloggio della ragazza per riporre le cose di cui non avevano bisogno ma che non riuscivano a buttare via – un divanetto del Diciannovesimo secolo, scatole di candelabri di peltro, boccali d'ottone e sottopentole di ghisa, un baule che aveva accompagnato lo zio di Lily, Rupert, in giro per il mondo, tappezzato di adesivi di Tampico, Amalfi e Macao – nella stanza non c'è mai stato un gran viavai e quindi Martin aveva fatto poco caso alle assi scricchiolanti. Ma ora, con il passaggio costante, può seguire il percorso della ragazza su e giù per il corridoio. Dalla camera da letto principale sente il gemito delle assi in crescendo mentre lei si avvicina e che poi svanisce mentre passa oltre, con un bizzarro effetto doppler. Una sera i passi si arrestano e lui è lì disteso a letto nel silenzio crescente. Quando non riprendono subito, si alza e fissa intensamente l'oscurità, continua a fissare finché alla fine un'ombra passa davanti alla porta che resta sempre socchiusa.

Chiediamo al custode di sistemarla, dice a Lily al mattino.

Nel frattempo ha preso a puntellare la porta con uno dei vecchi testi della facoltà di legge. Lily li conserva nella libreria di acero lungo la parete più lontana. Le scritte in rilievo scintillano sulle coste delle rilegature di pelle.

Usa *Diritto di proprietà*, suggerisce la moglie. È il più grosso.

4.

Maeve vuole sapere come si sono conosciuti i Fowler.

Lily è lusingata dalla domanda. Le piace ricordare. Si immerge nei particolari dell'episodio come se si stesse rilassando in una vasca fumante, inizia come fa sempre da una lontana mattina in una tavola calda.

Martin ovviamente ha già sentito quella storia innumerevoli volte. Lily la racconta agli amici, di solito ad altre coppie, quando il discorso cade sull'amore e su come è iniziato. Ma non è la storia che racconterebbe se fosse lui a farlo. Lui racconterebbe una storia diversa.

Martin racconterebbe la storia dietro la storia.

Era a Manhattan da quasi due anni quando ha incontrato la futura moglie per la prima volta. Si era trasferito a est per accettare un lavoro in una banca d'affari. Quello non era il piano originale. Aveva a lungo sperato di finire il dottorato in fisica matematica all'Indiana A&M e quindi insegnare. Nella sua tesi, "Una dimostrazione stocastica del principio della ragione sufficiente mediante la congettura Saperstein-Hideaki", intendeva usare la teoria della probabilità per dimostrare in modo inconfutabile perché esiste qualcosa invece che niente.

I progressi iniziali di Martin erano stati costanti. In dieci mesi aveva terminato il terzo dei cinque capitoli previsti. I primi due erano già stati accettati per la pubblicazione da autorevoli riviste specialistiche. Il dottor Häggström, il suo relatore, l'aveva definito uno studioso, testuali parole, straordinariamente promettente. Martin aveva iniziato a fantasticare che negli anni a venire la Congettura Saperstein-Hideaki avrebbe potuto essere conosciuta come Congettura Saperstein-Hideaki-Fowler o addirittura Congettura Fowler-Saperstein-Hideaki. Gli si era già prospettato un incarico all'Eugene V. Debs College, una piccola università vicino al confine con il Kentucky. Era un campus fatiscente con dormitori scalcinati e laboratori obsoleti, e certo non era il più prestigioso degli istituti, però si trovava a breve distanza dalla sua città natale, dove intendeva tornare con la laurea in tasca e sistemarsi.

Anche se sono passati due secoli dall'ultima volta che il nome della città è stato pronunciato come la perla della Costa Azzurra, Nice, in Indiana, è stata fondata da cacciatori di pellicce provenienti dalle Alpi Marittime. Ancora oggi si può alloggiare allo Chamonix Inn e cenare al Grenoble Café. Il tribunale è in Avignon Street.

Diversi anni fa, Lily cercando online era risalita al cognome di Martin fino al Nono secolo. La stirpe dei Fowler comprende Enrico I, duca di Sassonia e re di Germania, e Richard Fowler, un abile arciere che aveva combattuto con Riccardo Cuor di Leone all'assedio di Acri durante la terza crociata. (Bartholomew Fowler, condannato al supplizio della ruota per pirateria nel Quattrocento, non compare.) Per il loro anniversario Lily aveva appeso nello studio una targa commemorativa in una cornice di pioppo anticato. Seduto al computer, Martin può guardare lo stemma dei Fowler, un elmo in campo azzurro con tre leoni – *passant guardant* – sopra uno scaglione d'argento. Nella parte superiore un cartiglio reca il motto di famiglia, *Sapiens qui vigilat*: Saggio chi vigila.

Malgrado tutte quelle arie, i genitori di Martin sono due tipi tranquilli e pastorali che hanno attraversato la vita con allegria. Non hanno mai sentito parlare del duca di Sassonia. Il padre è un autista di carro attrezzi che ha passato buona parte dei quarant'anni di attività uscendo alle tre del mattino sotto bufere di neve o piogge torrenziali per soccorrere qualche stronzo del Michigan che si era perso ed era finito in un fosso con la macchina. Nel tempo libero colleziona *Buffalo nickel* in raccoglitori blu per monete. Per quel che Martin riesce a ricordare, il padre indugiava ogni sera a ispezionare scrupolosamente gli spiccioli che aveva in tasca sognando di trovare un giorno la rarissima edizione del 1937 con il bisonte a tre zampe.

Mentre il padre di Martin è magro, con lineamenti affilati come una selce, la madre è rotonda. Era rotonda da bambina ed è destinata a morire rotonda. Eppure la coppia ha sempre colpito Martin come straordinariamente ben assortita. Fianco a fianco, i genitori gli ricordano il numero dieci. Se il padre si dedica all'implacabile ricerca del bue numismatico dal pelo arruffato, la madre va porta a porta a raccogliere donazioni per il lebbrosario di Moloka'i. Sparge becchime per gli uccelli in inverno e nettare per le farfalle in estate. La madre è una delle poche persone che lui abbia mai conosciuto a trarre gioia pura dal pensiero del benessere altrui. Durante le feste ama indossare maglioni e felpe con tacchini, zucche e pannocchie di granturco, o renne, pupazzi di neve ed elfi: intere piccole saghe che si snodano sul suo petto.

Martin è più grande delle quattro sorelle. Insieme hanno corso liberi sulle colline a nord del fiume Ohio. A volte deve aver provato tristezza e delusione, anche se quelle non sono le emozioni che associa all'infanzia. Ricorda il profumo d'arrosto e di verdure fumanti delle cene, lo zucchero di stelle sparso nel cielo notturno e le foglie gialle di olmo sul marciapiede bagnato.

Per tutto il periodo della scuola di specializzazione, Martin ha avuto una ragazza che si chiamava Wendy Chalmers. Wendy era cresciuta in una piccola fattoria a ovest della cava di calcare. Il padre coltivava erba medica e soia su ottanta ettari. Era un diacono della chiesa metodista cittadina. Wendy insegnava introduzione alla musica per il consiglio scolastico locale. Andava in macchina da una scuola all'altra, dando lezioni di musica. Conosceva la diteggiatura di base per qualsiasi strumento, dalla tromba e il clarinetto al violoncello, e sapeva anche come percuotere il timpano. La sera le piaceva suonare la vecchia spinetta nel salotto del padre. La madre era morta qualche anno prima dopo una lunga malattia. L'esperienza aveva conferito ai lineamenti di Wendy una visibile malinconia. Martin la guardava e il suo cuore diventava come un iceberg in quest'epoca di riscaldamento globale, se ne staccavano placche enormi. Wendy viveva ancora alla fattoria, si occupava del padre e dei due fratelli più piccoli. Nelle sere d'estate azionava il metronomo in salotto e suonava *Für Elise* o l'ouverture della *Carmen*, o una di quelle melodie che tutti conoscono senza sapere di conoscerle.

Wendy e Martin avevano parlato di matrimonio. La gente diceva che erano una bellissima coppia. Si sarebbero sposati, avrebbero messo da parte i soldi e un giorno avrebbero costruito una casa tutta loro. Avevano trascorso interi pomeriggi a fare schizzi della pianta completa della loro futura dimora. Ci sarebbe stata una cucina pavimentata con il laminato più moderno fatto arrivare da Indianapolis, un massiccio camino di pietra con una mensola di abete rosso e una veranda coperta attorno a tre lati della casa. Al piano di sopra la camera da letto padronale si sarebbe aperta su un'altana e ci sarebbe stata una finestrina rivolta a est per rivelare il sorgere del sole. Avrebbero coltivato pomodori, lattuga dolce e patate locali in un orticello. Sul retro Martin avrebbe costruito un bracere per grigliare la carne. Wendy avrebbe dato lezioni private di piano durante il giorno, e lui sarebbe tornato a casa la sera dall'insegnamento all'Eugene V. Debs College. Sarebbero stati insieme sempre.

Avevano persino scelto il luogo dove costruire la casa, un acro e mezzo racchiuso tra il fiume a sud e un'ampia distesa di verga d'oro e fiori selvatici a nord. A volte guidavano fino al lotto e stavano seduti in macchina a contemplare il prato. Nel crepuscolo declinante, guardavano apparire le lucciole. Una volta in autunno lungo il crinale era comparso un cervo con dodici palchi che era rimasto fermo a guardarli, con le grandi corna ramificate, e un'altra sera erano riusciti a distinguere appena le sagome dei pipistrelli che si tuffavano in picchiata sullo sfondo del cielo cobalto. Stavano lì abbracciati a fissare l'oscurità e immaginare come sarebbe stato il futuro che li attendeva. Il tempo in quei momenti pareva rallentare, e tutto ciò che era importante nelle loro vite era proprio lì davanti a loro. Tutto era semplice, giusto e perfetto.

Mentre Martin aveva fatto grandi progressi coi primi tre capitoli di "Una dimostrazione stocastica del principio della ragione sufficiente mediante la congettura Saperstein-Hideaki", quando era arrivato al quarto era successo qualcosa. Era rimasto impantanato nel quarto capitolo. Non era riuscito ad andare oltre pagina centodiciannove. Senza scendere in dettagli astrusi, basterà dire che intendeva usare il principio di indeterminazione di Heisenberg, insieme a formulazioni affini della meccanica quantistica in cui si ipotizza che sperimentando qualcosa inevitabilmente la si cambia. Sperava di dimostrare che l'universo può esistere in uno stato definito solo se osservato, così che si debba supporre in modo probabilistico che in origine Dio esistesse per compiere l'osservazione; altrimenti si sarebbe arrivati a concludere che vaste regioni dello spazio-tempo non siano venute a esistere finché non si sono puntati i telescopi nella loro direzione: un'evidente assurdità. Ma nel capitolo cruciale numero quattro si era scontrato con un problema, ovvero che si deve presumere che Dio stesso sia osservato a sua volta. Se si mettono da parte tutti gli arcani scientifici, il problema è questo: Se tutto deve essere visto prima che possa esistere, chi vede il Veggente? Il che significa che occorre qualcos'altro per osservare Dio, e poi qualcos'altro ancora per osservare questo qualcos'altro, e così via, finché non ci si ritrova con il proverbiale gatto di Schrödinger che si morde la coda.

Martin era inciampato in una regressione infinita e non riusciva a venirne fuori. Era andato avanti come un treno per le prime centodiciotto pagine, ma a pagina centodiciannove si era bloccato. Martin era il dottorando in fisica matematica più promettente che l'Indiana A&M avesse mai prodotto, ma il dottor Häggström gli aveva consigliato con gentilezza di abbassare il tiro e di rivedere la tesi. L'umanità aveva cercato invano di rispondere alle grandi domande dell'esistenza per oltre cinquemila anni; non ci si poteva aspettare di farlo in diciotto mesi. Eppure Martin era sicuro di poter offrire un'argomentazione convincente, se non definitiva. Aveva affrontato il progetto con una tale determinazione che non gli era mai passato per la mente che avrebbe potuto fallire. Aveva raddoppiato gli sforzi, ben deciso a dimostrare che non solo il dottor Häggström ma anche tutti i disfattisti del mondo si sbagliavano. Martin aveva trascorso tutto il semestre seguente cercando di colmare l'abisso che separava la pagina centodiciannove dalla centoventi, ma era una soglia che non riusciva a varcare. Ogni volta che si avvicinava, perdeva l'appiglio concettuale e scivolava indietro fino a pagina trentaquattro o settantanove o centoundici, solo per rimettere in discussione questioni che pensava di aver già risolto da tempo. L'incarico universitario dipendeva dal conseguimento del dottorato. Senza dottorato niente lavoro. Man mano che la scadenza si avvicinava, Martin era sempre più inquieto, fino a quando l'inquietudine si era trasformata in disperazione vera e propria. In principio aveva deciso che la sua incapacità di progredire oltre fosse il segno di un sostanziale fallimento da parte sua. Il fallimento fa parte della vita, certo, e se quello doveva essere il suo destino, allora era pronto ad accettarlo, per quanto amara fosse la prospettiva. Ma alla fine era arrivato a una conclusione molto più inquietante. Aveva iniziato a sospettare di non essere lui ad aver fallito, ma l'universo ad aver deluso le sue aspettative.

Quando il rettore dell'Eugene V. Debs College gli aveva scritto per ritirare l'offerta di una cattedra, la notizia aveva lasciato Martin distrutto anche se non sorpreso. Il dottor Häggström era rimasto chiaramente deluso, ma essendo l'uomo che era, gli aveva gentilmente procurato tramite le sue numerose conoscenze un lavoro alla divisione valute di una società d'investimento di New York. Il dottor Häggström aveva detto che l'industria finanziaria è sempre alla ricerca di menti brillanti nell'analisi statistica e, per quanto lo riguardava, Martin era una delle più brillanti. Quando Martin aveva ammesso che sperava di insegnare, fare ricerca e in seguito pubblicare un lavoro di un tale valore che la Congettura Saperstein-Hideaki sarebbe diventata nota come la Congettura Saperstein-Hideaki-Fowler o addirittura la Congettura Fowler-Saperstein-Hideaki, il dottor Häggström aveva detto, Lascia che ti riveli un piccolo segreto: l'insegnamento è per i fessi. I docenti sono sottopagati e sovraccarichi di lavoro, e visto che oggi all'università si iscrivono più analfabeti che mai, il sistema accademico presto sarà defunto. Martin aveva risposto, Ma io speravo di dimostrare qualcosa di significativo e di valore imperituro sulla natura dell'universo e sulle vie dell'Onnipotente.

Il dottor Häggström aveva detto, Non essere così sprovveduto. Farai più soldi nel settore finanziario in un anno che in cinque in un campus universitario. Quella è una società di prim'ordine. Potrai coltivare uno stuolo di contatti straordinari e di opportunità inimmaginabili che ti saranno di grande aiuto per il resto della vita, ovunque ti porti la tua carriera. E potrai vivere a New York. New York è la capitale del mondo. New York non è soltanto la capitale del mondo. New York è un altro pianeta.

Sperimenterai, aveva sottolineato il dottor Häggström, un tipo di libertà che non avevi mai nemmeno immaginato. E quando si è liberi, chi ha bisogno di Dio?

Ma quando Martin aveva detto a Wendy Chalmers della generosa offerta del dottor Häggström, la coppia aveva litigato. Lei non voleva lasciare l'Indiana. Non voleva abbandonare la famiglia per un posto nuovo. Martin le aveva detto, Dato che non riesco ad andare oltre pagina centodiciannove, l'Eugene V. Debs College ha ritirato l'offerta di una cattedra. Non ho scelta. Wendy aveva detto, Potresti insegnare per il consiglio scolastico locale. E aveva aggiunto, Ci metterò io una buona parola. Sono alla disperata ricerca di insegnanti di matematica. Martin aveva detto, Ero a tanto così dall'avere una famosa congettura che portava il mio nome, non mi abbasserò a insegnare le frazioni ai bambini di prima media. Lei aveva ribattuto, Quindi insegnare l'oboe ai bambini di prima media va bene per me, ma per te no. Martin aveva detto, Non è quello che intendevo. E aveva aggiunto, L'oboe non è matematica. Aveva detto, La società d'investimento che mi ha offerto un impiego è una delle più antiche e prestigiose di New York, una società di prim'ordine. Aveva detto, Significa uno stuolo di contatti straordinari e opportunità inimmaginabili. Significa un tipo di libertà che non ci eravamo mai nemmeno immaginati prima d'ora.

Wendy Chalmers aveva detto, Ma io voglio stare seduta sotto un portico e sentire il vento che accarezza il prato portando con sé il profumo della verga d'oro. Lei aveva detto, Scommetto che non si può fare a New York. Martin aveva detto, Certo che si può. E aggiunto, A parte gli ultimi spettacoli teatrali, i migliori ristoranti e i più grandi musei e gallerie del mondo, hanno anche quella cosetta che si chiama Central Park se hai voglia di guardare i campi e i prati. Forse ne hai sentito parlare.

Wendy Chalmers aveva detto, Non parlarmi con quel tono.

Mi dispiace, aveva detto Martin. Ma pensa a cosa vorrebbe dire. Non dovresti lavorare.

Lei aveva detto, Mi piace insegnare. Mi piace lavorare.

Potrai avere tutto quello che desideri.

Desidero vivere qui con te a Nice e mettere su famiglia.

Martin aveva perso la pazienza. Aveva detto, Non riesco a credere che tu mi chieda di rifiutare un'opportunità del genere. Non riesco a credere che tu mi chieda di rinunciare a New York, al successo finanziario e alla sicurezza professionale, e tutto per il profumo di qualche erbaccia.

Wendy Chalmers aveva detto, Non ti sto chiedendo di fare nulla. Fai quello che vuoi.

Avevano continuato a discutere della questione all'infinito, ma qualcosa si era guastato. Non erano più riusciti a ritrovare l'armonia, per quanto ci avessero provato. Martin era convinto che si trattasse solo di farla ragionare, ma più lui la incalzava più lei diventava riluttante. Un nuvoloso sabato pomeriggio di settembre era andato da lei alla fattoria per darle un ultimatum. Aveva i nervi a fior di pelle. Lei lo aveva accompagnato in salotto, dove per calmarlo aveva suonato un notturno di Chopin sulla vecchia spinetta. Non era ancora a metà del brano quando lui l'aveva interrotta per spiegarle che aveva riflettuto a lungo sulla questione e che gli era chiaro che se lei lo amava, se lo amava veramente, lo avrebbe seguito a New York. Se si rifiutava di seguirlo, questo poteva solo voler dire che non lo amava davvero. Se non lo amava, sarebbe stato meglio per tutti gli interessati se lui fosse partito per Manhattan da solo. CVD. Martin aveva pensato che una volta posta la questione in modo così netto lei avrebbe ceduto, anche solo per confermare la profondità del suo affetto per lui. Aveva fatto l'errore di dire davvero CVD.

Invece di cedere, lei si voltò sulla panca del pianoforte per scrutarlo con un luccichio gelido negli occhi e uno sguardo di una tale furia controllata che lo aveva fatto rimpicciolire sulla sedia. Era uno sguardo che non le aveva mai visto prima. Parlando in tono così sommesso che lui aveva dovuto sforzarsi per sentire, lei disse che se lui la amava veramente non le avrebbe mai chiesto di lasciare la sua casa, la sua famiglia e tutto ciò che avesse mai conosciuto per trasferirsi a milletrecento chilometri di distanza in un posto dove non conosceva nessuno. Ma sembrava, aggiunse, e le sue parole lampeggiavano come lame, che lui avesse già deciso che non c'era più amore da nessuna parte. Prima che lui potesse obiettare o cercare di spiegare o tentare di fare marcia indietro, lei si alzò di scatto, sbatté il coperchio della vecchia spinetta – gli era sembrato il suono del proprio cuore che si chiudeva – e uscì dalla stanza a passo di marcia. Rimase lì per un po', aspettando che tornasse, ma lei non tornò. Gli ci volle ancora qualche minuto prima di rendersi conto che lei non sarebbe più tornata. Guidò verso casa sotto un forte acquazzone e la sera stessa portò giù dalla soffitta le valigie. Partì da Nice due giorni dopo e si sistemò in un monolocale sulla Avenue B nel Lower East Side, da dove ogni mattina prendeva il treno per il centro. Anche se la stragrande maggioranza degli abitanti della città proveniva da qualche altra parte, lui si sentiva visibilmente fuori posto. Era come se nella forma del suo naso o nel modo in cui si grattava l'orecchio si potesse leggere *Hoosier.*

Per tutto quel primo anno, Martin fu infelice. Gli mancava l'Indiana. Gli mancavano la sensazione della pioggia sul viso filtrata tra i rami di un corniolo, il richiamo del tacchino selvatico e la vista delle farfalle vulcano che frullavano sopra le cascate dell'Ohio. Soffriva di nostalgia per Wendy Chalmers. Era un dolore intenso, palpabile. Era tormentato dall'idea di aver commesso un terribile errore. Ogni tanto tirava fuori tutte le centodiciannove pagine della sua tesi incompiuta, "Una dimostrazione stocastica del principio della ragione sufficiente mediante la congettura Saperstein-Hideaki", e la rileggeva, immaginando che un giorno sarebbe riuscito a finirla, anche se dopo dieci minuti di riflessione tornava sempre al fatto di essersi lasciato sfuggire per sempre il tipo di felicità che aveva sempre desiderato.

Martin aveva ricordato a sé stesso che era libero. Era libero di mangiare nei più famosi ristoranti del mondo. Era libero di assistere alle rappresentazioni delle ultime opere teatrali. Aveva accesso alla New York Public Library e al Museum of Modern Art. Era libero di pattinare sul ghiaccio al Rockefeller Center, di prenotare una poltrona alla Carnegie Hall e di andare in barca a vela nel New York Harbor. Era uscito e aveva fatto molte di queste cose. Mangiò dim sum per colazione a Chinatown. Un sabato pomeriggio di bel tempo fece un sonnellino a Sheep's Meadow. Un altro finesettimana si ritrovò davanti alla *Maja desnuda* di Goya. Prese il treno per Coney Island, dove salì sulle montagne russe e mangiò i famosi hot dog. Ma ogni volta che Martin faceva qualcosa, desiderava che Wendy Chalmers fosse con lui. Quando cenò con i panini di maiale al vapore, immaginò che Wendy Chalmers fosse lì a guardarlo mentre li assaporava. Immaginò che Wendy Chalmers gli scattasse una foto mentre era in posa accanto al triceratopo al Museo di Storia Naturale. Avrebbe voluto che fosse Wendy Chalmers a sentirlo urlare quando era salito sul Cyclone. Non stava vivendo la sua vita. Stava vivendo la sua vita come immaginava l'avrebbe vista Wendy Chalmers. Tutto quello che faceva lo faceva con l'idea che Wendy Chalmers avrebbe dovuto essere accanto a lui, a guardargli le spalle.

Se Dio aveva bisogno che qualcosa vedesse Lui, forse Martin aveva bisogno che fosse Wendy Chalmers a vederlo.

Per alcuni mesi scrisse a Wendy due volte alla settimana, pensando che lei potesse cambiare idea e trasferirsi lì per stare con lui. Lei non rispose mai alle sue lettere. Ebbe poi sue notizie da un amico comune che l'aveva vista al festival autunnale del raccolto di Nice insieme a Stanley Cavalcante. Stanley Cavalcante insegnava falegnameria in una delle scuole medie dove lei insegnava le diteggiature di base per tutti gli strumenti, dalla tromba al clarinetto al violoncello, e anche come percuotere il timpano.

5.

Maeve però voleva sapere come si erano conosciuti Martin e Lily.

Ogni inverno la società di investimento organizzava una festa di Capodanno. Martin di solito in ufficio se ne stava per conto suo. Anche se aveva iniziato a lavorare con la prospettiva di poter diventare prima o poi capo della divisione valute, presto era risultato chiaro che veniva considerato un outsider. I colleghi si erano laureati nelle migliori facoltà di economia del mondo. Avevano frequentato la Booth School di Chicago, la Wharton, la Judge di Cambridge. Non sapevano nulla di matematica pura. Questo faceva di lui lo zimbello dell'ufficio. Spesso trovava la casella di posta elettronica inondata di pubblicità di sussidi per l'erezione. Al rientro dal fine settimana del Labor Day aveva trovato la scrivania e la console del computer nel bagno delle donne. Ma i nuovi associati non potevano non partecipare alla festa di fine anno. Così Martin ci era andato e si era messo in un angolo a bere una birra analcolica senza parlare con nessuno. Stava aspettando che passasse un lasso di tempo abbastanza accettabile per poter ringraziare e tornare a casa.

Lily era la donna alta e flessuosa nell'angolo. L'aveva notata subito. Era amica di qualcuno dell'arbitrato internazionale, o forse dei derivati; Martin non ricorda più. Aveva la fronte alta e una gran massa di capelli biondi tirati all'indietro. Sopra la canottiera di perline, una lieve pioggia di efelidi velava le creste ossee dello sterno. Gesticolava con enfasi mentre parlava, reggendo un calice di vino nel palmo della mano. Martin non avrebbe saputo dire qual era stata la prima cosa allora lo avesse colpito di lei e se gli fosse stato chiesto non avrebbe saputo dirlo ora, dopo tutti quegli anni. Anche se la sua voce non era forte riusciva ad attraversare la stanza. Se si ascoltava attentamente, tuttavia, nel tono si percepiva un tremolio. In sottofondo le vocali fremevano come corde pizzicate. La canottiera di perline e i pantaloni all'odalisca dicevano che aveva voluto strafare.

Non che non fosse attraente, anche se la sua era una bellezza non convenzionale. Era una di quelle donne che per certi versi sembrano esotiche, ma poi ci si accorge che gli occhi sono troppo vicini sopra il naso imponente mentre il fondoschiena è grosso e il busto minuto, come se fosse il risultato dell'assemblaggio di due donne diverse. Eppure Martin aveva trovato la sproporzione curiosamente seducente. Gli era sembrato che lei non stesse mai ferma, che vibrasse di continuo.

Non aveva potuto evitare di chiedersi in che modo il piacere potesse alterare i suoi lineamenti. Era giovane. Come uomini di quell'età, aveva l'abitudine di trasportare all'istante ogni donna che incontrava in una stanza mentale dotata di un letto. La stanza mentale di Martin era tappezzata di arazzi color magenta e addobbata di bignonie. Il letto era grande e i cuscini imbottiti di piume. Le finestre erano lunghe. La luce del sole dirompente. Lui spogliava lento le donne in quello splendore accecante e le sottoponeva a magistrali seppur immaginarie pratiche amatorie in cui le rigirava di qua e di là. Ma la sua idea di quella donna, la prima volta che l'aveva vista, si era rifiutata di entrare nella stanza mentale. Rimaneva un messaggio cifrato. La sua mente non andava più in là del corpo dalle lunghe gambe incurvate a forma di punto interrogativo.

Martin aveva intenzione di presentarsi, ma un'addetta al catering, una ragazza con una testa di riccioli rossi arruffati e una borchia di granato che le perforava la narice sinistra, l'aveva invitato ad assaggiare uno dei decorativi spiedini di gamberi vulcanizzati del suo vassoio. Il suo atteggiamento era decisamente ammiccante. Lui non voleva essere scortese. Non era a Manhattan abbastanza a lungo da aver imparato che la scortesia può essere uno stile di vita. Così Martin aveva scambiato dei convenevoli con la ragazza per qualche minuto, ma quando era tornato a guardare, l'altra donna era sparita. L'aveva cercata per tutto il resto della festa, senza riuscire a trovarla. Era sicuro che fosse uscita dalla sua vita per sempre.

La serata aveva messo a fuoco tutta la sua insoddisfazione, che si andava accumulando ormai da mesi. Martin era passato dalla pseudo-birra alla birra-birra. Anche al vino-vino e infine al whisky-whisky. Se n'era andato insieme alla ragazza del catering con l'acconciatura afro in fiamme. Lavorava per pagarsi gli studi alla Fordham. Erano tornati al suo dormitorio, dove si erano sdraiati insieme su una poltrona a sacco mentre lei gli recitava versi all'orecchio. Erano poesie scritte da lei. In una il dirigente di una società carbonifera veniva straziato da uno stormo di aquile. In un'altra un chimico ricercatore per una grande azienda farmaceutica soccombeva a un antigene mortale. In una terza, un immobiliarista veniva dilaniato in mezzo alla strada di una baraccopoli da un branco di cani randagi. In ogni poesia Gaia si vendicava delle forze retrive dell'interesse personale e della tecnocrazia miope. I suoi versi, come i capelli, erano apocalittici. Dopo altre sette poesie, si era alzata e sbarazzata dei vestiti senza cerimonie. I peli pubici erano dello stesso colore dei capelli che aveva in testa, anche se ricresciuti solo per metà. Il sesso era spoglio e irritato. I pochi peli che c'erano pizzicavano. Fare l'amore con lei fu come continuare a immergersi in un cespuglio di ortiche in fiamme.

Alle prime luci del mattino aveva attraversato il campus barcollando per prendere la metropolitana e tornare al suo appartamento. Il treno sferragliava attraverso l'alba del Bronx, oltre i magazzini abbandonati e le case popolari. A una fermata, un paio solitario di pantaloni al rovescio pendeva da una corda stesa in un vicolo. Le tasche erano di un bianco preternaturale, tremolanti nella brezza come bandiere di resa. Era stato allora che Martin aveva deciso di rinunciare del tutto alle donne. La loro presenza nella sua vita sembrava la fonte di una litania ininterrotta di dolore e rimpianti. Avrebbe rinunciato alle donne e dedicato le sue energie all'arrampicata su roccia o a suonare l'ukulele oppure a imparare lo svedese: a un passatempo che avrebbe arricchito la sua esistenza in modi inattesi e l'avrebbe reso una persona migliore. Ma un sabato di sei settimane dopo l'aveva incontrata per caso, seduta alla finestra di una tavola calda del centro. Non la ragazza coi capelli rossi arruffati: quella alta e snella della festa.

Martin l'aveva riconosciuta subito. Lei non lo avrebbe riconosciuto, lo sapeva. Per cominciare lei non aveva mai registrato la sua presenza. Cercò di nuovo di immaginare in che modo il trasporto amoroso potesse riconfigurarle i lineamenti, ma non ci riuscì. Lei era come un buco nero nei cieli notturni della sua esperienza, da cui nessun significato poteva trapelare. Rimase fuori dalla tavola calda, raccogliendo il coraggio per entrare. Puntava a fare una prima impressione intensa. Ma mentre lui esitava, lei si scostò dal bancone e sgusciò fuori dalla porta, passandogli accanto senza uno sguardo. Camminava con la vita leggermente inclinata in avanti, come se i fianchi facessero fatica a stare al passo con la testa.

Era tornato alla tavola calda il sabato seguente e di nuovo quello dopo. Lei si atteneva a una routine rigorosa. Ordinava sempre il toast al formaggio con pane a lievitazione naturale e una tazza di minestrone. Era inverno. La neve sporca foderava le grondaie. Indossava spesso jeans e un pesante maglione a trecce, anche se una volta Martin l'aveva vista con dei leggings neri, e un'altra con gli stessi pantaloni all'odalisca della festa. I pantaloni all'odalisca le stavano male. Le sottolineavano il fondoschiena in modo poco lusinghiero. Lui trovava quella vulnerabilità stranamente toccante. Gli piaceva come non gli sarebbe piaciuta se avesse avuto il culo di una modella. Mangiava con i libri aperti sul bancone davanti a lei. Studiava tra il tintinnare dei piatti e lo sfrigolare del grasso bollente.

Era diventato il suo passatempo nei finesettimana. Martin si sedeva in uno dei séparé per poterla fissare impunemente. Uno specchio correva lungo la parete dietro il bancone. Lui guardava il riflesso di lei che mangiava. La sua presenza era corposa e vivida. Lei arricciava le labbra per soffiare sulla zuppa calda. I suoi denti strappavano il cibo. La gola si muoveva mentre deglutiva. Il viso si abbassava di nuovo, attaccando il panino. Una volta o due, la testa si era alzata e gli occhi avevano guardato dritti verso di lui attraverso lo specchio, ma poi lo sguardo era passato oltre. Lei non lo vedeva, ne era certo. Lui per lei non esisteva. Seduto nella caffetteria affollata, sembrava che fosse diventato invisibile. Questo aveva fatto sentire Martin stranamente vuoto dentro, come se avesse cessato del tutto di esistere.

Una mattina affollata Martin aveva aspettato che lo sgabello accanto a lei si liberasse. La sua vicinanza gli aveva fatto venire le vertigini. Era alta quasi quanto lui. Emanava una certa energia nervosa, una sorta di calore. Sedersi accanto a lei era come sedersi accanto a un grosso animale avvolto a spirale pronto allo scatto. Aveva cercato ancora una volta di immaginare le parole e i gesti che lei avrebbe portato nella camera da letto, ma non ci era riuscito.

Nel corso della giovinezza e nei primi anni dell'età adulta

Martin aveva provato a figurarsi ogni sorta di donna nel momento culminante. Aveva immaginato l'ausiliaria del traffico davanti alla scuola, la commessa della tintoria dove la madre portava a lavare le tute da meccanico del padre, e la moglie del pastore. Aveva immaginato la professoressa Tatyana Botvinnik, la docente del corso sul romanzo russo che aveva frequentato al college per due semestri. Quando teneva una lezione su Nabokov, Martin si eccitava sotto il banco. Si era immaginato una conduttrice del telegiornale, una decatleta di livello mondiale e Margaret Thatcher, tutte che si dimenavano in preda all'eccitazione. Aveva immaginato nei minimi dettagli ognuna di queste donne travolta dalla passione, ma per quanto si sforzasse, non riusciva a figurarsi quale espressione e quali rumori avrebbe esibito la sua futura moglie all'apice della voluttà.

Seduta al bancone, Lily voltava le pagine del testo sull'antitrust con un gesto sferzante della mano. Nello specchio anche il riflesso voltava le pagine. Pareva insofferente, forse arrabbiata con il mondo intero. Martin se ne stava seduto accanto a lei, con una ciambella intatta davanti a sé, e si esercitava a chiederle di uscire. Sarebbero state le prime parole che le avrebbe rivolto. Voleva che fossero quelle giuste. Le avrebbe rivolto la parola, e lei avrebbe alzato la testa per guardarlo. Lo sguardo di lei avrebbe inondato il vuoto interiore. Martin aveva immaginato di chiederle in modo brillante e memorabile di andare a cena o al cinema e poi più tardi, davanti a un bicchiere, di confessarle di essere andato ogni sabato per un mese alla tavola calda per guardarla. Col tempo, le avrebbe raccontato i segreti, le paure e le speranze più intimi. Lei gli avrebbe raccontato i suoi. Aveva immaginato una conversazione che una volta iniziata non si sarebbe mai interrotta. Avrebbero avuto così tante cose da dirsi. Per esempio le avrebbe detto che avrebbe dovuto lasciar stare i pantaloni all'odalisca.

Aveva immaginato di sposarla e anni dopo loro due che ridevano di come lui l'aveva spiata senza che lei se ne accorgesse. Nello specchio dietro il bancone, il viso di lui ora sorrideva, preparandosi a ridere in futuro.

Martin però non le chiese di uscire. Non le rivolse la parola. Continuava a rimandare. Era tornato più e più volte nelle settimane seguenti, sedendosi uno o due sgabelli più in là, aspettando il momento in cui si sarebbe rivolto a lei e le avrebbe detto qualsiasi parola memorabile gli fosse venuta in mente. Questi momenti erano preziosi. Nei suoi pensieri, erano tutti lo stesso momento. Lo riviveva ogni volta che entrava nella tavola calda. A quel punto il tempo si fermava del tutto. Era il momento prima che pronunciasse le parole che avrebbero cambiato la sua vita per sempre.

Ogni giorno andando al lavoro in metropolitana pensava a quando sarebbe entrato nella tavola calda la prossima volta.

Durante una riunione in ufficio sentiva di nuovo il rumore di lei che girava le pagine del libro.

Cenando da solo in camera la sera ricordava che aspetto aveva lei mentre soffiava sulla zuppa.

Gli era passato per la mente che avrebbe potuto farlo per settimane e settimane. Avrebbe potuto continuare a tornare per mesi, anche per anni. Avrebbe potuto vivere tutta una vita così.

Martin era felice di vivere ogni secondo come se fosse il penultimo.

E poi una mattina, quasi due mesi dopo che aveva iniziato ad andare al caffè, lei gli chiese di passarle il sale. Lui vide come il riflesso di lei si era voltato a fronteggiare il suo. Gli ci volle un secondo per collegare le parole che sentiva con la bocca che si muoveva nello specchio sopra il bancone.

Ruotò sullo sgabello per fissarla. Lei lo scrutò di rimando, in attesa. Il viso era diverso da come appariva nello specchio. Riusciva a vedere i piccoli pori sulle guance, la lieve peluria bianca lungo la mascella, e la stretta spirale dell'orecchio.

Martin si protese a prendere il sale, impaziente di accontentarla, ma la saliera volò giù dal bancone come per magia schiantandosi sul pavimento. Il rumore fu improvviso nel locale. Lasciò un silenzio nella la sua scia. Lei guardò in basso. C'erano frammenti di vetro nel vortice sparso di granelli bianchi. Un singolo arco di sale si era sollevato lungo la trama scura del linoleum, formando una spirale, come la fotografia di una galassia remota. Il tappo di metallo bucherellato era appoggiato su un lato. Martin vide tutto; colse anche il più piccolo dettaglio. Lei si spostò sullo sgabello per alzare di nuovo lo sguardo verso di lui. Gli occhi si posarono sul suo viso solo all'ultimo secondo, come se lo avesse cercato da una distanza imperscrutabile. Questa era diventata la storia di come si erano conosciuti, la storia che lei avrebbe ripetuto in seguito. Per quanto riguarda Lily, tutto era iniziato proprio in quell'istante.

Non le chiederò il pepe, gli aveva detto allora.

Quando Lily finisce di raccontare a Maeve la sua versione del loro primo incontro, il fuoco si è spento. Nel focolare braci rosse covano sotto la cenere. Guardando la moglie – la storia ha fatto brillare il suo viso nella luce morente – ora Martin si alza stiracchiandosi e dice, Vado a dormire.

Lily lo segue poco dopo. Lui è disteso nel letto mentre lei si infila la camicia da notte. Si spoglia dandogli le spalle. Dopo aver allattato i gemelli, si lamenta di essere passata da una coppa B a una A, anche se circa un anno fa, durante un giro per acquisti al centro commerciale, Martin ha scoperto che in realtà porta una doppia A. Il suo bisogno di mentire lo commuove e agisce da potente stimolo erotico. Le ha assicurato più volte che gli piacciono ancora più di prima. Anche se lei si rifiuta di credergli, è la verità. Piccoli come sono, puntano bruscamente all'insù come trampolini da sci nordico. Guardandoli, prova un senso di assenza di peso come uno che volteggia in alto nell'aria.

Quando lei sparisce in bagno, Martin si alza dal letto per puntellare la porta con *Diritto di proprietà.* Aggiunge *Procedura Civile* per sicurezza e poi si infila di nuovo sotto le coperte. Il letto si muove sotto il peso della moglie che gli si stende accanto. Quando lei spegne la lampada del comodino, lui si ferma per quello che sembra un lasso di tempo abbastanza accettabile per non sembrare troppo impaziente, e poi comincia a farle scorrere un dito esplorativo su e giù per il braccio, ma si ferma quando sentono l'inconfondibile scricchiolio delle assi del pavimento provenire dal corridoio.

Lily sussurra, Ho una riunione domattina presto, comunque.

6.

Martin rimane a letto sveglio fino a notte fonda, incapace di prendere sonno. Ha tutto il tempo per riflettere sull'ironia della sorte. Poiché se ciò che da principio l'aveva attratto verso Lily tanti anni fa era la trepidante attesa dell'espressione del suo volto negli spasimi dell'amore, quando finalmente si era presentata l'opportunità, tutto era avvolto nell'ombra. Lei gli aveva chiesto di abbassare le luci. Anche se aveva dato per scontato che a tempo debito la sua ritrosia si sarebbe ammorbidita, in realtà non è stato così. Ancora oggi, lei ogni tanto si ritira in bagno per cambiarsi. Si rifiuta di fare pipì in sua presenza. Dopo una decina di anni di matrimonio, continua a preferire al massimo una debole lampadina o una sola candela sul comodino. Per questo motivo, hanno quasi sempre fatto l'amore in camere poco illuminate con le tende tirate e spesso circondati dall'aroma di paraffina bruciata. Qualunque cosa sopra i venti watt e lei non riesce a raggiungere l'orgasmo.

Martin ha elaborato decine di teorie per spiegare la diffidenza sessuale di Lily. Sa che le persone di successo spesso riescono a sublimare le pulsioni carnali concentrandosi sull'avanzamento sociale o professionale, anche se discorsi del genere sembrano basarsi su una discutibile idraulica del flusso libidico che riduce la personalità a un sistema di tubature. Alcuni potrebbero accennare a una formazione religiosa esasperata, ma la verità è che la famiglia di Lily è composta da calvinisti non praticanti che si sono allontanati dal gregge quasi un secolo fa. Quando Lily era bambina, i Van Slyke andavano in chiesa solo due volte all'anno, la vigilia di Natale e la mattina di Pasqua – ma non sempre a Pasqua e nemmeno a Natale. Per diversi anni, Martin era stato certo che le inibizioni di Lily in quel campo derivassero dall'alta considerazione che lei aveva di lui e delle sue capacità; si era convinto che se fosse stato un comune lavoratore a giornata o uno sterratore, lei lo avrebbe iniziato con gioia a una serie di acrobazie erotiche che si vedono di rado al di fuori di un bordello di Tijuana. Dopodiché per diversi anni aveva fatto il ragionamento opposto, chiedendosi se quell'apatia non discendeva dal fatto che la sua considerazione per lui fosse, in realtà, caduta così in basso; se fosse stato un armatore o un candidato al Nobel, lei con gioia lo avrebbe eccetera. Alla fine era arrivato a considerare entrambe le prospettive come il prodotto di un'ossessione morbosa per il proprio ruolo nello schema delle cose. E così, mentre continua a essere attratto dall'idea che dentro la moglie sia intrappolata un'altra donna, una donna più sfrenata, capace, nelle giuste circostanze, di scatenare una concupiscenza di una potenza colossale, la sua attuale prospettiva rimane agnostica. Si dice che forse la difficoltà di Lily in quell'ambito non è necessariamente uno svantaggio o un ostacolo, ma una solida prova del suo temperamento discriminante.

Ben presto si era reso conto che era meglio coglierla di sorpresa. Doveva tenderle un'imboscata erotica. Se era troppo maldestro o veloce, allora tutto era perduto. Se era troppo discreto o esitante, tutto era ugualmente perduto. Il trucco era di appostarsi sempre più vicino – bisognava sbucare fuori come un ladro – e poi al momento giusto piombare su di lei. Piombarle addosso con tutto sé stesso. Dopo tanti anni, Martin non sa mai di preciso quando o quanto à abbastanza ma non troppo.

Anche per un uomo abituato a calcolare le probabilità più recondite, le variabili sono troppe. Non è una scienza. È prima ancora un'arte.

Un po' come gli uomini delle caverne che tentano di catturare un fulmine mentre avanzano verso la scoperta del fuoco.

Il ricordo della loro prima volta gli mette ancora i brividi. Aveva finito prima ancora che lei cominciasse. Non che Lily si fosse lamentata. Si era allungata sul letto e gli aveva sorriso con dolce indulgenza senza emettere un suono. Lui si era sentito umiliato e curiosamente defraudato. Per lui, la componente sonora dell'atto aveva sempre avuto un ruolo importante. Si era aspettato almeno qualche gridolino. Ma lei era rimasta muta come il cuscino su cui aveva posato la testa. Quando era tutto finito – quando Martin ebbe finito – lei saltò su e andò in bagno. Sentirla far pipì cercando di non fare troppo rumore l'aveva lasciato stranamente sconsolato.

Era stato lo stesso la volta seguente e quella dopo ancora. Aveva provato tutto quello che gli era venuto in mente per gratificarla, ma le reazioni erano così apatiche che temeva ci fosse qualche tratto del suo carattere o del suo fisico che lo rendeva repellente agli occhi di lei. Non si era mai considerato particolarmente attraente, anche se un paio di volte era capitato che una donna avesse fatto apprezzamenti sul suo aspetto. Era stato un ragazzo alto e atletico, sottile come un giunco, e gli piaceva pensare che nonostante l'accumulo di anni e di chili il suo corpo conservasse qualche eco lontana di quei giorni. Aveva passato al setaccio i ricordi nel tentativo di stilare un elenco dettagliato di quali tecniche avevano avuto successo con altre donne e quali no. La sua esperienza era, lo doveva ammettere, limitata. Anche lui era ben lungi dall'essere un grande seduttore. Ma se c'era un filo conduttore nelle sue conquiste, gli sfuggiva. Aveva consultato i manuali sul sesso in biblioteca, con i disegni schematici di falli e monti di venere, ma le posizioni gli ricordavano i contorsionisti del circo. Aveva pensato che forse faceva l'amore troppo in fretta e così si era sforzato di ritardare il proprio piacere ripassando mentalmente le famose catene aritmetiche – la sequenza di Recamán, i numeri primi di Mersenne, la successione di Fibonacci – anche se Lily aveva continuato a stare sotto di lui placida come un ciocco di legno.

Martin aveva iniziato ad angosciarsi per il loro futuro. Ma poi una sera – stavano insieme da quasi quattro mesi – lei all'improvviso aveva iniziato a tremare. Non aveva mai tremato in quel modo. Martin non aveva idea del perché fosse accaduto. Non capiva cosa aveva fatto. Forse non aveva fatto nulla e qualcosa della giornata di lei o del suo stato d'animo o dei feromoni nell'aria si era combinato per proiettarla vicino alla conclusione. Forse le stelle avevano trovato un allineamento propizio. Qualunque fosse la ragione, era evidente che stava per venire. Aveva pensato, Finalmente potrò vedere la sua espressione all'apice del piacere. Lei come al solito aveva insistito per spegnere le luci e a dare esistenza alla stanza era stata solo una sottile membrana di illuminazione emanata da un'insegna al neon fuori dalla finestra. Nel nudo bagliore, si profilavano sempre più vicini. Nel momento culminante, però, Lily aveva sussurrato, Non guardare, allungando la mano per coprirgli gli occhi.

Aveva sussultato appena, una volta sola, e si era abbandonata. Solo allora l'aveva lasciato guardare, ma era troppo tardi. Lui non l'aveva vista quella sera e nemmeno le sere dopo. Trema solo di rado, con una regolarità non molto maggiore di quella di un'eclissi lunare. Ha tremato in un una baita di montagna, in un bed-and-breakfast in campagna e una volta a pochi passi dal ponte di passeggiata a bordo della *The Flying Duchess* a un tiro di schioppo da Quintana Roo, ma lui ha visto il suo piacere di rado e sempre per un tempo troppo breve. In tutti gli anni trascorsi insieme, non ha mai ottenuto una valutazione onesta, diretta e senza ostacoli di sua moglie nel pieno calore del trasporto carnale, perché ogni volta che quell'istante si avvicina – ogni volta che lei comincia a tremare – gli chiede di non guardare. Lui deve rubare quelle occhiate di sfuggita quando può. Deve riempire i vuoti con l'immaginazione. Fa l'amore non con la moglie, ma con un miraggio della moglie immerso nel ribollire del suo cervello.

Quello che Martin non riesce a vedere è che la frequenza e l'intensità dei rapporti dei Fowler rientra perfettamente nei normali parametri statistici. Si aggrappa all'idea che la loro vita amorosa sia ostacolata dall'inibizione di Lily. Non vede come le sue aspettative in questo campo siano state, di fatto, enormemente falsate da una delle sue primissime amanti, una divorziata di mezza età che si era trasferita in città l'estate tra il terzo e il quarto anno di college. Faceva parte del circolo di cucito della madre. Era fuggita da Fort Wayne per sottrarsi a un matrimonio disastroso. A suo dire, l'ex marito era un uomo dispotico e fisicamente ripugnante che lasciava passare troppo tempo tra un bagno e l'altro. Era così presa dalla duttilità sessuale di Martin e dal profumo di sapone carbolico sulla sua pelle che a letto esplodeva a ripetizione come una candela romana. Non vede che quella donna era l'eccezione e non la regola. Non vede che lo stuolo di rapporti pubblicati sulla stampa popolare relativi allo scarso rendimento sessuale femminile sono dovuti quasi interamente alla goffaggine di mariti la cui comprensione dell'anatomia di base deriva dalle incisioni sul muro del bagno dei maschi al liceo. Non vede come l'incessante bombardamento di immagini online, pubblicità sulla stampa e spot televisivi zeppi di donne sensuali seminude che ha subìto durante gli oltre quarant'anni passati su questa Terra gli ha lasciato il sospetto, ammesso a fatica ma assillante, che da qualche parte esista una ninfomane mozzafiato che si strugge in segreto solo per lui.

Non vede che quella possibilità non è più credibile delle storie su Bigfoot o Nessie. Martin non vede come le donne sentano l'intenso bisogno di rendersi attraenti per gli uomini e tuttavia rimangano altrettanto intensamente consapevoli di quanto questo bisogno possa farle sentire umiliate e deboli. Non vede che all'età di ventotto anni la donna media è andata a letto con 2,9 uomini che le hanno promesso di telefonare il giorno dopo ma che non si sono più fatti sentire. Non vede che a quella stessa età la donna media è stata definita una figa di legno fredda e senza cuore dai 6,3 uomini con cui si è rifiutata di andare a letto. Non vede che a quella stessa età la donna media ha frequentato per più di cinque mesi almeno un uomo che ha parlato spesso di matrimonio, ma che non solo si è rifiutato di presentarla ai genitori, ma si è poi scoperto avere una moglie, tre figli e uno schnauzer nano di nome Banjo e vive in un appartamento su due livelli a Weehawken, New Jersey. Martin non vede che vivere in un mondo in cui sei pagata ottanta centesimi di dollaro e devi dedicare ogni settimana sei ore in più del coniuge alle pulizie di casa, quattro ore e tre quarti in più alla cura dei figli, tre ore in più alla spesa e due ore e dieci minuti in più per truccarti la faccia – per non parlare dei capelli – ti lascia così sfinita e stremata che quando trovi il tempo di andare a letto con tuo marito è probabile che tu ne esca sentendoti non solo inadeguata e confusa, ma anche usata, risentita e appena un po' nauseata. Non vede che le storie che Paul Bogdasarian – un broker di materie prime (caffè etiope, tè cinese, rum portoricano) e la cosa più vicina a un amico che Martin abbia in ufficio – racconta sugli appetiti sessuali di Sheila Bogdasarian sono probabilmente complete invenzioni. Martin ha conosciuto Sheila Bogdasarian. È una donna pericolosamente magra con un accenno di baffi. Ha un timbro acuto e nasale e insegna all'asilo. Dall'aspetto e dalla voce nessuno la definirebbe una bomba da materasso. Ma secondo Paul Bogdasarian la moglie è insaziabile. Secondo Paul Bogdasarian le donne non manifestano una passione simile perché hanno perso di vista sé stesse nella parte più profonda del loro essere. Secondo Paul Bogdasarian quelle donne hanno solo bisogno di un uomo gentile, sensibile e premuroso che faccia capire loro chi sono veramente. Secondo Paul Bogdasarian, Paul Bogdasarian quanto a intelligenza emotiva è un genio. Fa conoscere la vera se stessa alla moglie con regolarità in camera da letto. Fa conoscere la vera sé stessa alla moglie piegata sull'ottomana del soggiorno. Fa conoscere la vera sé stessa alla moglie sul tappeto del salotto. Sheila Bogdasarian proprio l'altra sera l'ha afferrato per la camicia dicendo, Prendimi nel seminterrato, così sono andati al piano di sotto e lui le ha fatto conoscere la vera sé stessa accanto alla sega circolare da banco. Dopo una conversazione di quel genere con Paul Bogdasarian, Martin è rientrato a casa e si è insinuato dietro Lily mentre lei stava preparando la cena. Aveva intenzione di strofinarle il naso sul collo e poi farle conoscere la vera sé stessa sul linoleum della cucina. Martin però non vede che Lily gli ha inavvertitamente infilzato la coscia con un forchettone non per riluttanza sessuale, ma perché colta di sorpresa e spaventata lo ha scambiato per un intruso mentre era intenta a rendere commestibile un taglio di arrosto di manzo scadente. Martin non vede che da qualche parte nel profondo della mente di una donna sopravvivono frammenti selezionati di Simone de Beauvoir, Andrea Dworkin, Mary Wollstonecraft e Aristofane che hanno fermentato per decenni, cosicché ogni sei mesi o giù di lì ti alzi di botto da un sonno profondo con l'impulso passeggero ma cristallino di uccidere ogni uomo nel raggio di ottanta chilometri, a cominciare dall'ammasso di carne e sangue che russa accanto a te. Martin non vede – non ne ha il minimo sentore – la soddisfazione compiaciuta che gli deriva dal pensare a quanto è comprensivo nei confronti di quelle che ritiene essere le difficoltà di sua moglie a letto.

*

Diversi anni fa Martin ha cercato di affrontare l'argomento direttamente con Lily. L'avrebbe fatto prima, ma temeva che la conversazione si sarebbe rivelata imbarazzante e turbolenta. Con la nascita dei gemelli, tuttavia, la frequenza dei loro rapporti era ancora diminuita. Sembrava che si stessero velocemente avvicinando al punto di non ritorno. Si è detto che nessun uomo dovrebbe passare l'ultima metà della sua esistenza senza amore. E poi sentiva di dovere alla donna della sua vita onestà in tutte le questioni. Sperava che lei avrebbe apprezzato tanto la sua sincerità che avrebbero avuto una discussione matura, ponderata e profonda, e a quel punto lei gli sarebbe caduta tra le braccia e candela romana a ripetizione.

Il piano gli si è ritorto contro in modo spettacolare. Ha parlato a lungo, menzionando le aspettative fisiche mutevoli, le rispettive storie sessuali, i tabù repressivi della società, le difficoltà e le ingiustizie dell'essere donna al giorno d'oggi e a quell'età. Un discorso di ampio respiro che ci aveva messo un po' a preparare. Ha fatto citazioni da Kinsey, Theodore Reich ed Engels sulla famiglia. Ha parlato per circa venti minuti, e poi lei l'ha guardato e ha detto, Hai finito? Lui ha esitato prima di dire, Sì, credo di sì. Lei ha detto, Non avevo capito che eri così infelice. Non sono infelice, ha replicato lui. Non voglio renderti infelice, ha sussurrato lei. Non mi rendi infelice, ha ribadito lui, ma prima che potesse dire altro lei è uscita dalla stanza.

Lui aveva capito di averla messa in imbarazzo e offesa. Per i tre giorni seguenti si erano girati intorno come galli da combattimento, ma la quarta sera, ormai a letto, lei gli si era avvicinata in modo inaspettato e lo aveva tratto sopra di sé. Un momento dopo aveva iniziato a miagolare. La reazione era stata così insolita che lui aveva capito che era tutt'altro che autentica. Ma si era sentito rincuorato dalla sua disponibilità a fingere entusiasmo. Per mostrare il proprio apprezzamento, aveva grugnito in risposta. Lei aveva percepito che quel grugnito faceva parte di una recita intesa a mostrare quanto lui la trovasse vogliosa – anche se doveva essersi chiesta perché, se lui la trovava veramente vogliosa, aveva bisogno di fingere – e così aveva cercato di ricompensarlo con la stessa moneta. Distesa sotto di lui, aveva cominciato a gridare. Era molto, molto più rumore di quanto lei avesse mai fatto. Lui aveva risposto gemendo e sussultando sopra di lei. Ben presto ogni gesto, ogni piccolo suono fu contraccambiato, e poi contraccambiato di nuovo, in una dialettica crescente di cinguettii, belati e grugniti, una vera e propria aia di spasmi, palpeggiamenti e rictus facciali. Questi tic e rumori si manifestavano con un tale impeto che qualunque intenzione li avesse generati in origine scompariva sotto il loro accumulo crescente. Ogni convulsione e latrato non era più solo sé stesso, ma un oggetto di scena in un elaborato pezzo di scenotecnica inteso ad affermare quanto fosse sincera e spontanea la loro passione. E così la distinzione tra il reale e l'apparente era stata garrotata lì nel loro letto. In men che non si dica stavano farfugliando tutti e due. Se i suoni sono i mattoni con cui costruiamo la casa del significato, ecco la loro conseguenza, un cumulo di macerie fumanti di rumori.

Avevano smesso di colpo, avendo compreso a un tempo che avrebbero potuto andare avanti così per sempre e non arrivare mai da nessuna parte. Avevano smesso, anche se nessuno dei due era venuto. Dopo erano rimasti distesi a lungo. Lei gli aveva preso la mano, l'aveva stretta dicendo, È stato bello. Vero, Martin? Lui l'aveva guardata – nell'oscurità la luna entrava dal lucernario e dipingeva i piani del suo viso del colore dei lingotti d'argento – e aveva detto, È stato meraviglioso.

Eppure, tutto sommato, Martin si reputa fortunato. Se qualcuno glielo chiedesse, ribadirebbe che la loro è una coppia solida. Spesso prova una gratitudine smisurata per la sua buona sorte. Si dice che la ritrosia fisica di Lily è un piccolo prezzo da pagare per i rituali familiari e la stabilità del matrimonio. È meschino fissarsi su quei problemi quando c'è la sua mente brillante. C'è il modo in cui lei gli appoggia la testa sulla spalla mentre rientrano a casa in taxi. Alla fine torna sempre al paio di fossette che le incorniciano il solco tra i glutei come segni di punteggiatura personali, scritti in una lingua privata incomprensibile al mondo esterno. Nel profondo lui sa che se lei venisse improvvisamente strappata dalla sua vita, il suo senso di sé sarebbe così sovvertito che non riuscirebbe più a raddrizzarlo. Una volta ha sentito paragonare il matrimonio a un grande edificio, o forse a una nave enorme. Era una nave. Il matrimonio è una nave, e se non si fanno le mille e una riparazioni necessarie, l'imbarcazione affonderà. Dovete mettere in sicurezza lo strallo di prua matrimoniale e riattaccare i trincarini o anche voi potreste colare a picco.

Ecco perché Martin il giorno del suo compleanno la sveglia con biscotti alla pera nashi e caffè speziato. Ecco perché d'inverno fanno sempre una vacanza ai Caraibi. È per questo che lei riceve un chilo di tartufi al cioccolato belga il quattordici febbraio e un'orchidea che arriva direttamente dalla foresta pluviale peruviana la seconda domenica di maggio. È il motivo per cui nel corso degli anni ha risposto compiacente di rovescio al suo dritto nei doppi e nord al suo sud nel bridge a contratto, anche se lei ha un servizio penoso e non riesce mai a tenere il conto dell'asta. Ha frequentato con lei un corso di degustazione di vino di sei settimane alla New School, nove lezioni di ballo da due ore (ballo da sala, boogie-woogie e bossa nova) e un club del libro in cui nessuno leggeva. Ha sprecato un'estate infestata dagli insetti a cavare zucche dismorfiche e broccoletti striminziti dal terreno di un orto collettivo sulla Sedicesima Strada. È per questo che non obietta mai quando l'uno o l'altro dei fratelli di Lily si ostina a chiamarlo "Marty". Ed è per questo che si ripromette di essere sempre e per sempre fermamente fedele.

7.

Sempre e per sempre, anche se le occasioni non gli sono mancate. Dopo circa sei anni di matrimonio – un arco di tempo in cui i dissapori coniugali si sono concentrati sulla propensione di lei a monopolizzare il telecomando e sul fatto che lui non rimettesse il tappo alla pomata per le emorroidi – nella società di investimenti di Martin era arrivata un'impiegata che aveva iniziato ad alzare lo sguardo dalla scrivania tre file più in là ogni volta che lui attraversava il salone di immissione dati per raggiungere il suo ufficio. Aveva gli incisivi leggermente distanziati. Per il resto, erano gli occhi a dominarle il viso. Sembravano nascondere un dolore indicibile. La pelle aveva il colore della noce di betel. Nel suo aspetto c'era qualcosa che evocava la casbah, anche se in realtà era di Yonkers. Le prime volte che lei aveva intercettato il suo sguardo, Martin l'aveva subito distolto in preda allo sconcerto e all'imbarazzo, ma poi quando un giorno lei gli aveva sorriso si era ritrovato a sorridere di rimando. La fessura tra i denti non era più larga di un seme di cumino, eppure l'ampiezza bastava ad aprirgli una botola sotto il cuore. Quella sera era tornato a casa e aveva trovato Lily furibonda per uno sgarbo che a quanto pare le aveva fatto uno dei suoi superiori. Quell'anno era in lizza per una promozione e si vedeva come il bersaglio di un mucchio di maneggi avvocateschi e oltraggi professionali, reali o immaginari. La pressione su di lei era enorme. Se l'avessero fatta socia avrebbe avuto un futuro senza sorprese, se invece la promozione le fosse stata negata avrebbe dovuto passare a uno studio più piccolo, uno studio con fatturati un po' più bassi e di conseguenza molto meno prestigioso, e quindi ricominciare tutto da capo. Martin aveva ascoltato la moglie mentre raccontava l'episodio, anche se col pensiero non faceva che tornare allo sguardo che gli aveva rivolto l'impiegata. Era come se il suo sorriso continuasse a pulsare come il sangue che gli scorreva nelle vene. Nei giorni e nelle settimane a venire, quei sorrisi erano diventati sempre più intensi, costanti e languidi. Ogni sera stava ad ascoltare pazientemente Lily che gli raccontava di un altro associato junior che lei aveva sempre reputato un amico ma che invece aveva avuto la temerarietà di pugnalarla alle spalle, o di come il team di supporto di segretarie e paralegali si rifiutasse di trattarla con il rispetto che riteneva le fosse dovuto o ancora di come era chiaro che persino gli addetti alle pulizie ce l'avevano con lei, non avendo svuotato il cestino accanto alla sua scrivania – ma per tutto il tempo lui aveva continuato a immaginare un giorno forse non troppo lontano nel futuro in cui lui e la ragazza dell'ufficio dati sarebbero passati dai sorrisi alle chiacchiere, poi ai sussurri e a chissà cos'altro. Ma prima che arrivassero a chissà cos'altro, lei era stata trasferita alla filiale di Washington.

E poi circa tre anni dopo c'era stata la donna che aveva iniziato a salire sulla metropolitana a Spring Street. Aveva capelli biondo champagne, gambe infinite e lineamenti scolpiti che lui aveva associato alla nobiltà finnica. Indossava stivali di pelo e un cappello di zibellino. Le gonne avevano spacchi inguinali. Si sedeva sempre nel terzo vagone. Anche Martin aveva iniziato a salirci per dare un'occhiata furtiva alle sue gonne. Stava in piedi nel corridoio. Un giorno lei lo aveva sorpreso a fissarla e lui aveva subito distolto lo sguardo. Quando qualche minuto dopo gli era capitato di guardare, lo spacco si era allargato. Si era allargato ancora di più mentre il treno procedeva verso nord. Nel frattempo, lo sguardo di lei si era ristretto di un piacere consapevole. Quando Martin era sceso alla sua fermata, era convinto di essere riuscito a vedere la biancheria intima. Ogni giorno feriale per i due mesi seguenti, Martin salì sul terzo vagone. Spesso le mutandine erano bianche, a volte azzurro cielo o di un giallo tenue, due volte a pois e una volta di un violento carminio. Quelle tonalità avevano stabilito il colore dei suoi pensieri per il resto della giornata. Si era ripromesso che sarebbe arrivato il mattino in cui non sarebbe sceso dal treno, ma avrebbe viaggiato fin dove lo spacco l'avrebbe portato. Ma uno sciopero dei conducenti aveva bloccato la linea per una settimana. Quando il servizio era ripreso, la sua regina era scomparsa. Per il mese seguente, salì sul primo vagone e si fece strada fino all'ultimo, ma non rivide mai più la donna né le sue gonne.

In nessuna di quelle tresche era mai stata scambiata una parola, eppure gli sguardi che si erano scambiati Martin e quelle donne erano stati di una tale forza che ancora oggi continuano a svettare nella sua memoria come obelischi illuminati nella notte.

Un anno e mezzo prima c'era stato un ultimo episodio che Martin si rifiuta di rivangare. Non ne ha accennato a nessuno, né mai lo farà. Da allora ha fatto di tutto per dimenticare – questa è la ragione per cui ne dobbiamo parlare qui.

Un sabato aveva promesso di partecipare a un pranzo per una raccolta fondi. Lui e Lily di solito andavano insieme a quegli eventi. A volte avvertivano una responsabilità sociale. Erano fortunati, lo sapevano. Da tempo si erano liberati dell'assurda convinzione che chi ha di più lavora di più. I dati parlano chiaro. Malgrado l'aneddotica a sostegno del contrario, il concetto di mobilità sociale è perlopiù un mito.

Detto questo, il futuro era tragico. L'umanità stava esaurendo il carburante, l'acqua, la foresta pluviale, il pesce, il terreno, le coste, gli uccelli e le api. Lily vedeva con favore quei magnati della tecnologia che elaborano progetti per costruire villaggi di design sulle cime delle montagne o al riparo dietro una diga, che sognano di terraformare Marte o colonizzare le lune dei pianeti esterni, piani per nascondere il meglio che l'umanità ha da offrire, lontano da tutto il resto, al sicuro e protetto per quando il pianeta inizierà a bollire. Pochi dominano la vita, gli altri ne sono dominati. Di fronte all'apocalisse si può davvero biasimare qualcuno per aver scelto di salvare sé stesso e i suoi? In fondo era figlia di suo padre.

Eppure non era insensibile. Così Lily e Martin partecipavano coscienziosamente a questa o quella iniziativa benefica. Inoltre, le piaceva frequentare i Wainright, Naomi Woodbine e l'onorevole Douglas Blankenbaker. Quattro mesi prima, i Fowler avevano preso parte a una serata di degustazione di vini e formaggi per un impianto di desalinizzazione sulle rive del Mar Morto e la primavera passata lui e Lily si erano infilati magliette con un logo e avevano camminato per cinque chilometri per la palatoschisi nelle Ande. La mattina del pranzo, però, Lily si era svegliata lamentando un'emicrania. Martin non voleva andarci da solo, ma non era riuscito a pensare abbastanza in fretta a una scusa che non suonasse come una triste eco di quella di lei. Così aveva preso diligente un taxi per un hotel nei West Sixties, e una volta là si era diretto alla Sala Banchetti B. Aveva mangiato un'insalata fredda di pollo al curry (uvetta, cipolla rossa) e guardato un video sulla cecità fluviale tra i Phů'doc del delta del Mekong. C'erano bambini con gli occhi spenti che fissavano intorpiditi i torrenti d'acqua tumultuosi. L'oratrice era una donna tozza in un improbabile tailleur pantalone di lamé che aveva lavorato per vent'anni in una missione cattolica in Indocina. Le cosce erano possenti sotto il tessuto. I capelli erano lunghi e scuri. Strisce di grigio vi si infiltravano come filamenti. Doveva avere almeno cinque anni più di lui, però era imponente e vigorosa. Poiché sua moglie aveva una figura slanciata, Martin aveva sviluppato negli anni una crescente ma inconfessata attrazione per le donne tarchiate. Non guastava il fatto che fosse stata una suora.

Ritta sul podio, aveva spiegato che la cura per la cecità fluviale è già a portata di mano. Non sono necessarie scoperte di laboratorio, né programmi di ricerca imponenti. Tutto ciò che occorre è la volontà economica. Per una cifra irrisoria, i bambini del Phů'doc avrebbero riacquistato la vista. Aveva parlato a lungo. La voce era poco musicale ma venata di onestà. Martin sembrava uno dei volti tra il pubblico a cui i suoi occhi continuavano a tornare. Si era ritrovato ad annuire in risposta, incoraggiandola ad andare avanti. Al termine dell'intervento, molti si erano alzati e avevano applaudito. Martin si era alzato e aveva applaudito. Aveva compilato un assegno e l'aveva lasciato cadere nel cestino che faceva il giro della sala.

Martin era in fila per uscire dalla Sala Banchetti B con il resto del pubblico quando l'insalata di pollo gli aveva afferrato le viscere con artigli di curcuma. Aveva fatto dietrofront per raggiungere il bagno appena in tempo. Ne era uscito solo venti minuti dopo, accaldato e pallido. La Sala Banchetti B era buia. Le sedie erano impilate sui tavoli che erano stati spinti su un lato. Aveva oltrepassato la Sala Banchetti A, dove la *quinceañera* degli Ximinez era in pieno svolgimento, ed era entrato nell'ascensore. A quel punto era arrivata l'oratrice: avanzava nel corridoio con un bastone bianco che batteva sul tappeto davanti a lei. Gli occhi sembravano uguali ai vostri o ai miei, ma a quanto pare era cieca come una talpa. Martin non voleva stare in un ascensore o in qualsiasi altro posto con una persona non vedente. Aveva schiacciato più volte il pulsante CHIUSURA PORTE, ma era troppo tardi. Lei e il bastone bianco erano entrati nell'Otis. Martin aveva appoggiato la schiena alla parete senza far rumore ed era rimasto immobile. L'ascensore aveva iniziato a scendere. Aveva trattenuto il respiro e colto l'occasione per studiarla. Aveva la fronte ampia. Una medaglietta di Santa Lucia pendeva dalla catenina d'oro che portava al collo. All'improvviso si era voltata chiedendo, C'è qualcuno?

Ci sono io, rispose Martin dopo un attimo di silenzio. L'attimo di silenzio ebbe un che di sinistro. Pensò che avrebbe dovuto dire qualcosa di più per assicurarle di non essere un borseggiatore o un maniaco sessuale. Disse, Mi è piaciuto il suo discorso.

Rivolgendosi alla spalla di lui, lei disse, Grazie.

L'ho vista lassù e non me ne sono accorto. Non l' avrei mai detto nemmeno per un milione di dollari.

Lei si volse di nuovo verso di lui dicendo, Mi sono esercitata parecchio.

Il tono era ironico, ma le parole erano così piene di sofferenza – la distanza ravvicinata, unita alla lieve ma incquivocabile sensazione che diceva loro che stavano scendendo sempre più giù, incoraggiava una sorprendente intimità – che Martin non poté fare a meno di aggiungere, Dev'essere dura.

Lei inclinò la testa c lo guardò con quello che lui avrebbe descritto in qualsiasi altro contesto come interesse, ma ovviamente quello non era uno sguardo. Ci si sente soli, ammise. Ma ci si abitua.

Martin si ascoltò dire, Posso offrirle da bere?

Nel bar dell'albergo quando lei ordinò una vodka lui disse, Due. Gli altri clienti guardarono il bastone. Guardarono lui. Era seduto impettito sullo sgabello. Lei gli chiese come si chiamava. Bob, rispose Martin. Lei portò il bicchiere alle labbra. Lui guardò la sua gola muoversi.

Lui chiese, Da quanto?

Tre, quasi quattro anni.

È successo in Asia?

Questa è la cosa divertente. Il glaucoma mi è stato diagnosticato a Tulsa, in Oklahoma. Una cosa non ha niente a che fare con l'altra. A volte le cose capitano e basta.

Niente capita e basta, disse Martin, perché non gli piaceva credere che fosse così. Sorrise perché lei sapesse che non intendeva essere antipatico, ma si ricordò che lei non poteva vedere nemmeno quello.

Lei scosse la testa e ribadì, Tutto capita e basta.

Lui rifletté su come ci si deve sentire a essere ciechi. Non pensò al fatto di non riuscire a vedere un tramonto o le stelle di notte o i volti dei propri cari. Pensò invece a quanto sarebbe stato difficile tagliare una bistecca, abbinare i pantaloni alla camicia o tagliarsi le unghie dei piedi. Quando la donna disse che doveva tornare in camera a fare le valigie – aveva un volo serale in partenza dal La Guardia – Martin si offrì di aiutarla a trovare la strada.

Lei gli scrutò a lungo un orecchio prima di dire, Sicuro?

Salirono in ascensore. Nessuno disse una parola. Nel corridoio lei gli passò la chiave, ma lui non riuscì a farla funzionare. Lei la riprese e aprì la porta. Lui esitò prima di seguirla in camera. La guardò battere il bastone sulla moquette. Le tende erano tirate. La televisione era accesa con il volume azzerato. Sullo schermo, un branco di iene stava cercando di separare dalla mandria un piccolo di gnu. Una Bibbia Gideons era appoggiata sul comodino, aperta all'Esodo. Lei si calò sul copriletto. Era di un tessuto stampato a losanghe colorate, forse navajo.

Martin prese posto sulla sedia di fronte. Lei era seduta con le mani in grembo. Lui le guardò gli occhi. Sembravano uguali a quelli di chiunque altro. Con cautela sventolò le dita davanti a lei, ma lei non reagì. Notò il proprio riflesso nello specchio sopra il comò. Martin desiderò che ci fosse qualcuno in grado di vedere seduto accanto a lui così da poter contemplare uno sguardo che gli dicesse cosa pensare.

Le chiese, Vuoi toccarmi la faccia? L'aveva visto alla TV.

Lei sorrise. No, ma grazie.

Martin si guardò intorno. Guardò la lampada, il comodino, il copriletto forse navajo e la Bibbia. Il fatto che lei non potesse vederli faceva sì che questi oggetti sembrassero non del tutto presenti.

Ho mentito, disse lei all'improvviso. Non ci si abitua mai.

Martin annuì, ma poi si ricordò che i cenni erano inutili. Sullo schermo, una iena aveva afferrato la zampa anteriore dello gnu; un'altra aveva affondato i denti nella coscia dell'animale. Quando la donna si protese verso di lui, si baciarono. Baciava a occhi aperti. Lui vide la propria immagine riflessa. Poi chiuse gli occhi.

Fece finta di essere cieco anche lui.

Lei si alzò e cominciò a sbottonarsi la camicetta. Sembrava scorretto guardare quando lei non poteva vedere che lui guardava. Martin guardò lo stesso. Pensò ai gemelli. Pensò alla moglie. Pensò al disappunto di Lily – al suo dolore e alla sua rabbia – se mai l'avesse scoperto. Si chiese se l'avrebbe lasciato. No. L'avrebbe sbattuto fuori e si sarebbe tenuta i bambini. Pensò alla vergogna, al pubblico scandalo. Si chiese come sarebbe stato se si fosse sparsa la voce che Martin Fowler si era scopato una cieca.

A quel punto ebbe una curiosa epifania. Non era un uomo incline alla rivelazione – il suo pensiero in quei giorni tendeva ad arrancare, più che a volare – ma fu colto dall'intuizione inaspettata che né lo sdegno coniugale né la censura sociale si sarebbero rivelati la sua rovina. Avrebbe potuto sopravvivere a entrambi, se fosse stato necessario. Molto più preoccupante della possibilità che Lily potesse un giorno scoprire un'imprudenza del genere era l'eventualità più grave e quasi incalcolabile che lei potesse non scoprirla mai. Gli parve una prospettiva sinistra. Si vide sgattaiolare di nascosto per mesi o addirittura per anni, ingannando sua moglie. Si immaginò le infinite falsità che avrebbe dovuto architettare, gli innumerevoli depistaggi che avrebbe dovuto sostenere, il fardello crescente di una dissimulazione senza fine. Non capiva come avrebbe potuto vivere sapendo che lei rimaneva all'oscuro degli abissi in cui lui avrebbe potuto sprofondare. Martin aveva a lungo creduto che un coniuge fosse il prisma attraverso il quale si rifrangono i colori dell'io. Se fosse diventato un estraneo per Lily, allora quasi di certo avrebbe finito col diventare un estraneo per sé stesso.

Quando la donna si slacciò il reggiseno, la medaglietta di Santa Lucia balenò tra i suoi seni. Erano grossi e sgraziati. Continuavano a muoversi anche dopo che lei si fermò. Lei cambiava posizione e due secondi dopo quelli ancora si stavano muovendo. Sembrava un tutorial di come la vita non riesce a essere stabile. D'un tratto aveva capito che la cecità della donna sarebbe servita a mitigare il suo senso di colpa, come se la sua incapacità di vederlo volesse dire in qualche modo che lui non era tutto lì. E se non era tutto lì, allora la scopata non era una scopata, non del tutto. Certo, il suo ragionamento era strampalato, ma si sentiva lontano dalle sponde del buonsenso.

Aveva capito in quel momento ciò che non aveva mai afferrato prima: Se una sola persona vede qualcosa, allora nessuno vede niente.

Un altro avrebbe potuto accogliere con favore una constatazione simile. Accordava un'abbondante libertà. Avrebbe potuto mettere una ex suora a testa in giù, se avesse voluto. Martin però non era un altro. Non provò sollievo, ma un panico crescente. Ebbe la curiosa sensazione di essere uno spettro, vaporoso come una meringa. Portò la mano davanti al viso e la guardò.

Guardò il copriletto forse navajo. Guardò la Bibbia. L'incapacità della donna di vedere svuotò la camera della sua sostanza. Forse è così che appaiono le cose quando non c'è nessuno a vederle. Sembrava che una volta che lei si fosse tolta le mutandine, lui potesse scomparire del tutto dalla faccia della Terra.

Martin prese a tremare. Tremava lì seduto. Tremava in modo incontrollabile, come se il suo sistema linfatico avesse capito cose che lui no, né allora né mai.

Si alzò di scatto, facendo cigolare la sedia. Al rumore la donna esitò. Sullo schermo, un terzetto di iene si accaniva sullo gnu supino, sventrandolo del tutto.

Bob? disse rivolta al gomito di lui.

A quel punto Martin fuggì. Lui non era il suo gomito. Si precipitò fuori dalla stanza. Si mise a correre lungo il corridoio. Proprio accanto all'ascensore, l'Onorevole Douglas Blankenbaker si fermò a fissarlo, e Martin lo superò sempre correndo. Aprì la porta antincendio e scese le scale, due gradini alla volta, per quattro piani. Nell'atrio andò a sbattere contro un suonatore di mariachi, lo atterrò e fece vibrare le corde della sua chitarra, ma non si fermò. Si scaraventò fuori dalle porte dell'albergo e uscì alla luce del sole. Era come se fosse stato liberato da una caverna morale.

A casa trovò Lily ancora a letto, prostrata dall'emicrania. La raggiunse sotto le coperte, la prese tra le braccia e la tenne stretta. Non era mai stato così felice di vederla.

Non era mai stato così felice di essere visto da lei.

Martin, disse lei infine, mi stai soffocando.

Anche se da quell'exploit sono passati meno di diciotto mesi, il ricordo ora sembra lontano secoli. L'idea di essere andato così vicino a mandare all'aria il suo matrimonio sembra appartenere a qualcun altro. Martin con riluttanza lo attribuisce in parte alla ragazza alla pari; la sua presenza nelle loro vite ha aggiunto una bella dose di felicità al qui e ora. Di tanto in tanto, lei riesce a frapporsi tra loro e il disastro. È Maeve a trovare le chiavi della macchina la mattina in cui Lily è in ritardo per un'udienza. È Maeve a sorprendere Gavin che cerca di accendere uno dei fornelli. È Maeve che riesce a sturare il water quando Arnold ci butta dentro il suo dinosauro di peluche. E se è lei a chiederlo, Martin rinuncia volentieri al compito di ricaricare la pendola e le mostra come inserire la manovella in ognuno dei tre punti di carica dietro la cassa di cristallo. I rintocchi la fanno sorridere.

Martin e Lily scoprono d'un tratto di avere molta più energia da dedicare a sé stessi e ai loro interessi di quanto non sia mai successo dalla nascita dei gemelli. E persino Martin deve ammettere che la ragazza ha subito modificato i ritmi delle sue giornate per adeguarsi ai loro. Quando non lavora, fa attenzione a stare fuori dai piedi. A volte nel pomeriggio quando i gemelli dormono si siede al tavolo della cucina e sfoglia uno dei tanti cataloghi di Lily. Guarda le pubblicità di donne in abiti da gran sera, di donne che portano borse di Burberry, foto in cui ragazze della sua età prendono il sole in topless sul ponte di uno yacht. Oppure va su e giù nell'ascensore di servizio. Di tanto in tanto dà un'occhiata agli incartamenti che Lily porta a casa, i contratti, gli atti processuali o le presentazioni, e si stupisce della terminologia legale e dei latinismi. Oppure va a trovare il portiere, un signore anziano con cappello e cappotto da commissario sovietico. Lui le offre delle caramelle Almond Roca, che lei accetta volentieri.

Più di una volta Martin girando l'angolo se l'è trovata davanti seduta in silenzio con le mani in grembo, come se stesse prendendo le misure della stanza e delle cose nella stanza – delle cose nella loro vita. Altre volte lei sale per le scale fino al piccolo giardino sul tetto (il cipresso di Hinoki, il salice di Pechino; le piace soprattutto il caprifoglio viola) accanto al serbatoio dell'acqua e alla ringhiera bassa in modo preoccupante, e se ne sta lì circondata dai palazzi svettanti che bucano il cielo. Li guarda come se gli edifici non fossero semplici strutture, ricettacoli di persone e attività, ma invece misteriosi artefatti di un'età imprecisata, rune titaniche di cui si potrebbe leggere il significato se solo si sapesse come.

Malgrado la dedizione e la dolcezza del suo carattere continuano ad esserci momenti in cui la ragazza mette Martin a disagio. Ogni tanto voltandosi la scopre a scrutarlo con avidità. È come se non stesse guardando lui, ma attraverso di lui, come se il centro del suo essere fosse da qualche parte dietro di lui, che lo perseguita come un'ombra che non riesce mai ad afferrare veramente. Ha la sensazione che lei possa vedere cose di lui che lui non vede mai. Ma poi guardandola di nuovo conclude che sospetti del genere sono venali e infondati, lo sfogo di una personalità disturbata. Nota che lei ha spazzato lo studio o ha ricucito un bottone mancante su una delle sue camicie preferite, oppure la sente canticchiare i versi di qualche canzoncina accorata ma anche triste – la vede, in altre parole, ubbidiente e innocente, figlia di modi senza tempo – e così si biasima per avere un carattere tanto irritabile.

Lei ha una voce piena, limpida e melodiosa. Canta per i bambini, canta a sé stessa quando è sola, canta mentre lavora. Canta per Aristotele, il grigio africano, appollaiato nella gabbia. Non può non cantare. Canta inni rock, brani di musical degli anni cinquanta, nenie cattoliche, immortali ballate gaeliche. Al contempo, i suoi bisogni rimangono modesti. Fa docce tiepide di tre minuti, anche se Lily continua ad assicurarle che c'è acqua calda in abbondanza. La ragazza ha due paia di blue jeans, un paio di pantaloni di lino, tre camicette, una gonna e un vestito. Possiede due paia di scarpe: di tela da ginnastica e ballerine nere che indossa sempre e solo per la messa delle dieci e trenta a Nostra Signora della Vittoria. Alla base del collo una sottile croce celtica di ottone martellato pende da una catenina. Due piccole pietre verdi – il famoso marmo del Connemara, estratto da affioramenti preistorici – le compaiono ogni tanto alle orecchie. Per il resto il viso e le dita sono sempre nudi. Non prende il caffè, ma invece prepara il tè, filtrando le foglie in un piccolo colino annerito dall'uso.

Le danno due giorni liberi alla settimana e un finesettimana al mese. A volte trascorre quei pomeriggi in camera sua, ascoltando la radio che Lily ha messo sulla scrivania. Maeve ha un'amica, una dublinese grassoccia, una ragazza di diversi anni più grande che lavora come domestica nell'Upper West Side. Insieme frequentano un pub sulla Bowery dove spesso si esibisce una band di Kilkenny.

Una sera Maeve prepara per cena costolette d'agnello e gelatina alla menta, uno dei piatti più deliziosi che Martin abbia mai assaggiato – e dire che ha mangiato in diversi locali stellati Michelin sia a New York sia all'estero. Dopo cena lui e la moglie restano seduti in silenzio a tavola, sorseggiando il caffè, sbalorditi dalla quantità e dalla qualità del cibo. Ma quando i ragazzi chiedono a gran voce il gelato – Arnold ha afferrato Martin per il polso; Gavin gli strattona la gamba dei pantaloni e comincia a piangere – i genitori si alzano sospirando. Vanno tutti e cinque fino alla gelateria a quattro isolati di distanza. È una serata mite. Fuori, il sole è appena tramontato, striature di nuvole nel crepuscolo color pesca. A quel punto Lily prende la mano di Martin, sentire il palmo di lei nel suo gli allarga il cuore. Maeve e i gemelli li precedono sul marciapiede. È una di quelle serate che fanno rimpicciolire le sue pene, danno all'universo una forma benigna e fanno percepire la vita come un dono prezioso.

Maeve è sconcertata dall'assortimento di gusti. Non ha mai sentito parlare di cheesecake alla macadamia, pesca wasabi o acero e pancetta. Quando Lily la invita ad assaggiare il cono di Martin – un *faloodeh* persiano del colore della neve, infuso con acqua di rose – Maeve gli tiene fermo il braccio prima di sporgersi in avanti per staccarne un grosso morso dalla punta. Ancora aggrappata al gomito di Martin, sgrana gli occhi con un piacere inaspettato.

Quante palline? le chiede il gelataio.

Lei alza le dita: Tre.

8.

Settembre porta guai. La ragazza alla pari irlandese riceve una lettera di convocazione dall'Immigrazione. La mancata comparizione può comportare la revoca del visto e l'avvio della procedura di espulsione.

Vengo con te.

Ha cose più importanti da fare, signora Fowler.

In effetti è così. Ha in programma una riunione dei soci – anche se passeranno gran parte del tempo a litigare sul colore con cui dipingere la sala conferenze e con ogni probabilità alla fine decideranno di rimandare la questione a un altro anno. E visto che fattura milleduecento dollari all'ora, avrebbe più senso chiedere a un associato junior dello studio di accompagnare la ragazza e di riferirle eventuali problemi.

Ma ho imparato molto tempo fa che se vuoi una cosa fatta bene, fattela da solo. E chiamami Lily.

In un martedì pomeriggio di pioggerella si presentano all'orario stabilito, ma devono aspettare più di un'ora in un'anticamera affollata. Attendono tra un uomo che indossa un *dashiki* e due donne in sari. In seguito, alle donne si sostituisce un uomo con una kippah, che viene rimpiazzato a sua volta da una donna in burqa.

Mi sarei dovuta mettere il *caubeen* di mio padre, borbotta Maeve.

Sta seduta tenendo stretto il passaporto con l'arpa in copertina.

Posso vederlo? chiede Lily. Rigira il libretto tra le dita. Nella foto la ragazza guarda dritto nell'obiettivo, seria, i fragili lineamenti incorniciati in maniera netta dalle piccole orecchie ai lati della testa.

Sei molto carina, le dice.

Maeve arrossisce, Oh, no.

Ho un correttore che farebbe miracoli per quell'acne.

Quando arriva il loro turno, una guardia in uniforme le indirizza verso uno stanzino sul retro dove un uomo basso con un vestito della taglia sbagliata si presenta come signor Xanthopoulos. Sta seduto su una sedia girevole. Di tanto in tanto ci fa un giretto, piroetta sulle rotelle, sbatte avanti e indietro, in preda a una violenta irrequietezza. Sulla sua scrivania c'è un trittico di foto incorniciate. Nella prima, un signor Xanthopoulos molto più giovane cinge col braccio una donna minuta e sorridente. Nella seconda è ritratta la stessa donna, molto più in carne, seduta dietro tre bambini corpulenti. Anche se la terza foto non è rivolta verso di lei, Lily non può fare a meno di pensare che ritragga il signor Xanthopoulos e la famiglia come appariranno tra qualche anno.

Lui comunica che, a meno che non sia una parente, Lily dovrà attendere fuori.

Sono il suo avvocato.

Il signor Xanthopoulos fa a Maeve una serie di domande sulla data del suo ingresso nel Paese, il porto di entrata, la città di partenza, il nome del padre e della madre, il suo luogo di nascita e i loro. Poi fa le stesse domande in un ordine diverso. Lily ci mette un po' a capire che il problema si è verificato perché la ragazza ha omesso di firmare e restituire un modulo che avrebbe dovuto ricevere per posta. Spiega che Maeve ha cambiato indirizzo quando è entrata alle loro dipendenze.

Probabilmente il modulo è andato perso. Se lei potesse procurargliene un altro...

Non è così semplice, dice il signor Xanthopoulos. Il modulo deve essere firmato entro ventuno giorni dal ricevimento, e ora i ventuno giorni sono scaduti.

Porca miseria, sussurra Maeve.

L'uomo si volta a fissarla. Lily si sporge nel suo campo visivo e dice, I ventuno giorni sono scaduti perché la mia cliente non ha mai ricevuto il modulo.

Il signor Xanthopoulos scorre avanti e indietro con la sedia girevole e dice, L'omessa presentazione del modulo in modo tempestivo ha innescato una revisione automatica del visto. Dovrà produrre una serie di documenti, tra cui non solo il passaporto e il timbro del visto, ma copie autenticate del certificato di nascita, nonché dar prova di tutti i luoghi di residenza dal suo ingresso nel Paese. Tale prova può essere costituita da bollette o estratti conto bancari.

Se solo potessimo... inizia Lily.

Dovrà anche documentare ogni attività lavorativa svolta dal suo ingresso. Tale documentazione può constare di buste paga o lettere dei suoi datori di lavoro che specifichino la durata e la natura dell'impiego. Dovrà presentare una nuova domanda di visto insieme al versamento della tassa prevista. Dovrà anche fornire certificati medici che attestino il suo stato di salute e le vaccinazioni infantili, nonché lettere di raccomandazione di tre persone legalmente residenti negli Stati Uniti.

Ma dovreste già avere tutto in archivio, dice Lily.

Gli occhi del signor Xanthopoulos si stringono. Lei non mi sta ascoltando, dice.

Lily torna a sedersi. Lo guarda con freddezza. È il suo sguardo da tribunale. Sto ascoltando, dice, ma non mi sta dicendo nulla di nuovo.

Un tremito si impadronisce del mento del signor Xanthopoulos e poi lo lascia andare. Dovrei aggiungere che, poiché le recenti direttive hanno inasprito i requisiti in materia di immigrazione, l'esito della domanda della sua cliente – alla luce della mancata presentazione dei documenti necessari in modo tempestivo – potrebbe rivelarsi... problematico.

L'ultima la parola cala come un taglio incrociato nel bridge.

Che stronzo, dice Maeve.

Questa volta non si prende la briga di sussurrare. Lily posa una mano sul braccio della ragazza prima di voltarsi di nuovo verso il signor Xanthopoulos. Quando tutti gli altri perdono la testa, Lily mantiene una calma straordinaria. La lunga esperienza le ha ridisegnato la mappa sinaptica del lobo parietale del cervello. Dice, Lei deve avere un notevole potere discrezionale in questioni del genere.

L'uomo si avvita sulla sedia, fa un giro completo, e dice, Ho le mani legate.

Allora vorremmo parlare con qualcuno che ha le mani libere.

Il signor Xanthopoulos si china in avanti. Posa i gomiti sulla scrivania. Congiunge le mani e scruta Lily con attenzione. Lei è un avvocato, vero?

Sì.

Per caso è un avvocato che si occupa di immigrazione?

No.

Ah. Sprofonda un po' più giù, il tono si fa più intimo, ancorché insinuante. E di preciso che tipo di avvocato è?

Lily gli fissa un punto in mezzo alla fronte. È uno sguardo studiato, uno sguardo di una pazienza incommensurabile. L'aria nella stanza diventa corrosiva.

Sono il tipo di avvocato che sa come presentare il reclamo appropriato e, se necessario, ottenere un'ingiunzione proibitiva.

*

Fuori ha smesso di piovere. Il sole sfolgora in cielo. Battono le palpebre per difendersi dalla luce.

Non so come ringraziarla, mormora la ragazza. Le manca il fiato, come se avesse appena fatto una lunga corsa.

Non è niente.

Maeve scuote la testa. Sa. È tutto. Non avrei saputo cosa dire, e anche se l'avessi saputo, non mi avrebbe ascoltato.

Andiamo a festeggiare, dice Lily.

I bambini...

Ho detto alla signora Nagorsky che saremmo tornate tardi.

Si avviano tenendosi a braccetto. Attirano sguardi di ammirazione. Potrebbero essere madre e figlia, o insegnante e allieva. Potrebbero essere amanti nella guerra contro gli uomini. Deviano insieme verso un minuscolo caffè che si trova dietro una porta anonima. Non lo troveresti mai se non sapessi che è lì. I camerieri indossano camicie candide con bottoni di lapislazzuli. Lily ordina pasticcini e vino. Una fontana al centro della sala da pranzo è un unico monolite di siltite. L'acqua vi scorre in un velo continuo, così uniforme da sembrare immobile.

L'ha fatto arrabbiare, dice ora la ragazza alla pari irlandese. È come se vedesse Lily per la prima volta.

Ma non era arrabbiato con te, spiega Lily. Aveva paura.

Paura. La parola esce dalle labbra della ragazza come se avesse sentito male.

Lily immagina che sia arrivato lì anni fa, o forse è stato il padre ad arrivare per primo, o il padre di suo padre. Non ha molta importanza. Alla fine, tutti quanti arrivano da qualche altra parte. Molli tutto, prendi in mano la tua vita e ti trasferisci dall'altra parte del pianeta, pregando che quando arrivi ti facciano entrare. Non ti sto dicendo nulla di nuovo. Lo sapevi che quando gli emigranti venivano respinti a Ellis Island alcuni erano così sconvolti che si gettavano dalla nave che li stava riportando a casa? Le famiglie avevano messo insieme tutti i loro soldi e le speranze perché un cugino o un fratello o un nipote potesse avere un'occasione. Avendo fallito, non potevano affrontare i familiari delusi e così si tuffavano nel porto di New York, nel disperato tentativo di restare. Alcuni sono annegati. Devi aiutarmi a mangiare questi. Solo a stare seduta così vicino ai pasticcini sento che mi si allargano i fianchi. Se penso all'infanzia del signor Xanthopoulos lo vedo che torna a piedi da un pozzo lontano, tenendo in equilibrio sulla spalla un'anfora pesante piena d'acqua, o girare la manovella di un frantoio per spremere fino all'ultima goccia d'olio. Sono stereotipi, lo so, ma il bello degli stereotipi è che spesso sono veri. Me lo immagino seduto a cena in una minuscola cucina affollata da tre, quattro generazioni. Vedo lo sterco di capra sulle sue scarpe. Adesso magari usa il filo interdentale tutti i giorni, beve acqua filtrata, usa l'esfoliante ogni sera e si ferma tutte le mattine alla Grand Central a farsi lucidare le scarpe. Ma da qualche parte nel profondo vive ancora nella paura che gli altri sentano l'odore dello sterco. Tu strofini, strofini e strofini, ma se è ancora lì? È quello l'unico terrore della sua vita. Ogni volta che qualcuno non lo tratta con quello che lui considera il giusto rispetto, il signor Xanthopoulos va nel panico. Si dice che l'America sia la terra degli immigrati. Ma in realtà è la terra delle persone che hanno paura di essere smascherate.

Ma lei non ha paura, dice subito Maeve, come se avesse capito qualcosa della sua datrice di lavoro che non aveva mai capito prima.

Lily è stranamente commossa dall'ammirazione della ragazza – strano perché il rispetto non è certo una novità per lei. È stata Lily a vincere il Golden Gavel Award dello studio legale per tre degli ultimi cinque anni. È stata Lily a essere inserita nella lista dei "più notevoli" della valutazione annuale dell'ordine degli avvocati. Lily ha un mucchio di amici, donne e uomini, a loro volta molto stimati: uno è a capo della campagna per la rielezione del sindaco; un altro ha una mostra imminente al Natsional'nyy institut keramikiin di San Pietroburgo; Hannah Finkelmeyer, professore associato alla Barnard, ha di recente pubblicato un articolo sulla Cabala e Walter Benjamin; tutti loro ricercano la sua compagnia e i suoi pareri.

Eppure questa in qualche modo è una cosa diversa. La considerazione che questi altri nutrono per lei è sempre venata da una sottile sfumatura competitiva. Adesso, invece, l'ammirazione della ragazza sembra non essere intaccata dall'invidia. Non è lì che calcola come le fortune in ascesa degli altri possano contrastare le sue prospettive. La sua ammirazione è così nuda e disadorna che colpisce Lily come di gran lunga più preziosa. Significa di più, d'un tratto, dei riconoscimenti professionali o dell'approvazione di un politico locale o delle preghiere di un intero *minyan* di mistici ebrei.

E tu di cosa hai paura?

Maeve non risponde subito. Resta in silenzio così a lungo che Lily pensa che non abbia sentito, o magari ha sentito ma ha scelto di ignorare la domanda fingendo di non averla sentita, nel qual caso, decide Lily, farà finta di non averla fatta, ma alla fine la ragazza si volta con uno sguardo che Lily non ricorda di averle mai visto prima, e dice, Ho paura di non sapere di cosa dovrei avere paura.

In un primo momento sembra una cosa sciocca da dire, pressoché insignificante, un tentativo di essere brillante che non è davvero brillante, ma il tono della ragazza è così pacato e riflessivo che Lily capisce che non intende essere brillante, è di un'onestà disarmante, che è quanto di più lontano dall'essere brillanti ci possa essere. E ora si rende conto la ragazza si è ritrovata all'improvviso a doversi confrontare con il mondo della città, il mondo degli adulti, un mondo pieno di pericoli nascosti, costretta a decidere da sola cosa conta e cosa no, una distinzione che deve imparare subito, prima che sia troppo tardi, se non è già troppo tardi.

Lily riempie di nuovo i bicchieri. Sai chi ha paura? Gli uomini. Tutti gli uomini in certo senso sono immigrati, se non altro perché sono stati partoriti dalle donne. Pensaci. Emergono da quel buco nel corpo che a loro manca. Anche le ragazze escono da lì, ma è diverso. È familiare. Le donne vengono da un luogo che possono chiamare proprio. Vivendo nel grembo materno, alla deriva nella membrana amniotica, le ragazze si sentono al sicuro. Forse sarà la prima e unica volta nella vita, ma perlomeno lì dentro una ragazza si sente a casa. Gli uomini invece si trovano circondati da un tessuto estraneo, immersi in ormoni incredibili. Gli uomini non si sentono mai a casa. Non hanno mai avuto una casa. Sono senza patria fin dall'inizio. Non sanno nient'altro. Forse per loro tutta la vita è un paese straniero. Diciamo che è una ferita da cui non guarisci mai del tutto. In qualsiasi momento potresti essere buttato fuori. Gli uomini, che se ne rendano conto o meno, si guardano sempre le spalle. So di cosa sto parlando. Sono stata circondata da uomini per tutta la vita. Sono cresciuta in una casa piena di uomini. Da questo punto di vista io e te siamo uguali. Quando ho frequentato la facoltà di legge, quasi tutti i miei compagni erano uomini. Sono stata una delle due donne assunte dal mio studio come associato al primo anno, insieme a quattordici maschi. L'altra se n'è andata al terzo anno per avere un bambino e non è più tornata. Quando faccio deporre un testimone, sono quasi sempre l'unica donna nell'aula, a parte la stenografa del tribunale e quella che fa il caffè. Quando torno a casa, ad aspettarmi ci sono tre uomini, o un uomo e due bambini. O tre bambini. Gli uomini sono sempre stati ovunque nella mia vita. E così mi sono accorta che il silenzio spaventa gli uomini. Nel silenzio si sentono i passi che si avvicinano. Anche quando si rilassano, non riescono a rilassarsi davvero. Li hai mai visti cercare di prendersela comoda, di giocare, di fare una pausa? Sono rari gli uomini che riescono a starsene seduti a leggere un libro. Hanno difficoltà a godersi una cosa così semplice come un tramonto. Devono guardare la televisione o andare a giocare a golf o accendere il computer. Perché guardare il sole quando si può fare paracadutismo o indossare l'attrezzatura subacquea o controllare le e-mail. Gli uomini non si sentono mai veramente a casa, e così passano tutta la vita a cercare di dimostrare a sé stessi e a chiunque altro che meritano di stare a casa.

Lily dice, Le donne la sanno più lunga. Non si può portare in grembo un bambino e non capire che lui o lei è pura innocenza e qualsiasi cosa succeda da lì in poi non è colpa sua. La vita non è equa. Non è mai stata equa. Gli uomini, sotto sotto, non credono nell'equità, ma pensano che tutti gli altri ci credano, quindi è meglio che facciano finta di crederci anche loro. Questo è il vantaggio che hanno le donne. Le donne sanno che nessuno crede nell'equità, non davvero. L'equità è una storia che raccontiamo agli uomini perché non ci trattino con troppa durezza. E perché sono così duri? Perché temono di essere fuori posto, di non essere mai stati nel posto giusto e che mai lo saranno, e questo li terrorizza.

Anche il signor Fowler? chiede Maeve.

La domanda coglie Lily alla sprovvista. Ma dopo una pausa dice, Soprattutto il signor Fowler.

Mi piace suo marito, confessa la ragazza alla pari irlandese. Beve dal bicchiere. È molto attraente.

Lily le dà un'occhiata. Grazie, dice dopo un po'.

E mi fa ridere.

Lily sorride. Piace anche a me.

Davvero? chiede Maeve.

Certo che mi piace.

Voi due non vi toccate. Non vi baciate.

Lily la fissa. Noi ci baciamo.

La ragazza scuote la testa. Mai, dice. È sicura.

Lily appoggia il tovagliolo sul piatto. Sorseggia il vino. Potrebbe offendersi, ma l'espressione della tata è così schietta e sincera che non lo farà. Forse un matrimonio è come un buon libro, spiega Lily. Le parti migliori non sono le prime cose che si vedono.

Indicando i pasticcini dice, Adesso aiutami a finirli.

Per strada chiamano un taxi. L'autista porta il turbante. Il pugnale cerimoniale è nascosto sotto la cintura. Ma lui sa che c'è. Il suo Dio lo sa. Questo è ciò che conta.

Il veicolo si scosta dal marciapiede e si immerge nel traffico che intasa la Settima Avenue. Gli edifici scorrono veloci. Gli ultimi minuti del sole autunnale si affrettano.

Ringraziami un'altra volta e comincerò a farti pagare all'ora, dice Lily. Maeve ride, poi si sporge per darle un bacio, un breve ma umido tocco di labbra. La ragazza puzza di sudore e di profumo scadente. I brufoli le punteggiano la fronte. Sul ginocchio sinistro ha una crosticina. E poi ci sono quei denti. Eppure quando sorride, finisci per sorriderle anche tu. Lily si ritrova a tenere Maeve tra le braccia per quell'unico battito di tempo di troppo, il viso della tata a contatto con il suo, le sue mani sulla schiena esile della ragazza.

Poi Lily si sporge in avanti per bussare sul divisorio che le separa dall'autista. Perché prende Bleecker Street? chiede. È la strada più lunga. Non siamo mica turisti.

9.

Lily non si occupa di diritto dell'immigrazione, ma di proprietà intellettuale. È il gioco degli scacchi del sistema giuridico, più metafisica che diritto. La vita nel Ventunesimo secolo si riduce a una domanda: chi ottiene cosa? Gli oggetti naturali hanno definito i confini del mondo per gli ultimi quarantamila anni. Questo va qui, quello va là. Ma la natura non è più quella di una volta. A quanto pare la natura non è mai stata quella di una volta. La natura è là dietro da qualche parte, sepolta per sempre.

Malgrado i suoi anni di studi, Martin si è accorto da tempo che Lily riesce a cogliere connessioni che a lui sfuggono del tutto. Dove lui vede soltanto semplici elementi indipendenti – un divano imbottito o un tostapane o una bicicletta a dieci rapporti – lei vede un'innovazione partorita alle quattro del mattino da un designer commerciale ventitreenne con due mesi di affitto in arretrato. Vede una fonderia nella provincia cinese del Fujian. Vede il raccoglitore di caucciù che torna a casa a fine giornata per cenare a noodles e polpette di pesce. Vede gli scaricatori del porto di Liverpool. Vede in pixel, diagrammi, progetti, marchi. Il reale non esiste e basta. Deve essere estratto, raccolto, preso, plasmato, tagliato, lucidato, timbrato, impacchettato, spedito, comprato e venduto.

Il reale per lei è sempre già in transito verso qualcos'altro.

Alcuni uomini sono intimiditi dalle donne intelligenti. Martin no. Per lui è uno stimolo.

Lily ha dedicato gran parte degli ultimi tre anni a un solo caso. Il cliente, una piccola azienda tecnologica di Poughkeepsie con una dozzina scarsa di dipendenti, sta citando in giudizio Schlüsser-Bonhoeffer, il colosso tedesco del software, per violazione di brevetto. Le questioni sono molto tecniche, non euclidee, virtuali. In questo contesto, lei cerca di risalire all'origine di un'intuizione, di una tecnica rivoluzionaria. Segue un'ispirazione nel suo snodarsi attraverso i decenni. Tutti gli asset più importanti ormai sono diventati intangibili.

Anche se ha più volte esposto nei dettagli le questioni a Martin, il caso continua a confonderlo. Gli aspetti specifici sono abbastanza semplici: La causa riguarda il brevetto SIM (Solid Imaging Materials) del suo cliente. Il SIM è il prototipo di un programma che un giorno sarà in grado si trasmettere forme e solidi tridimensionali, un po' come adesso un fax trasmette caratteri e immagini. Macchine simili esistono già, ma non sono altro che apparecchiature rudimentali. Le proiezioni dicono che questo nuovo modello rivoluzionerà il trasporto dei materiali in meno di dieci anni.

Pensa alle conseguenze, dice lei.

Martin, seduto al tavolo della cucina, punta un occhio al soffitto cercando di immaginare.

Quanto sarà simile all'oggetto reale quello che trasmette quest'affare?

Molto simile, dice lei. Identico.

Non identico.

Identico. Col tempo, non riusciremo di notare la differenza.

Lui scuote la testa. Impossibile.

Possibile, dice lei. Inevitabile.

Trasmetterà anche le persone? chiede lui, e sorride.

D'accordo, forse le persone no.

Sembra una cosa da fantascienza.

Dieci anni, ripete lei. Forse meno.

Lui dice, Ma il mondo?

Aggiunge, Ma il mondo dove va?

Pensa ai vantaggi, insiste Lily. Pensa anche solo al risparmio nelle spedizioni.

A quale costo?

A un costo molto inferiore a quello attuale.

Martin si strofina gli occhi con la parte interna dei polsi. Non è ciò che intende. Dice, Non si perde qualcosa, da qualche parte?

Stai facendo il sentimentale.

Può darsi.

Non preoccuparti, lo rassicura Lily. Quando succederà non sembrerà nulla di straordinario, sarà una cosa naturale.

Martin invece è preoccupato. Non può farne a meno. Se una macchina sarà in grado in un solo pomeriggio di arredare una stanza con oggetti che una volta richiedevano settimane o addirittura mesi per essere costruiti, spediti e installati, si preoccupa che in poco tempo la durata stessa diventerà solo un altro prodotto tra gli altri.

Lo preoccupa il fatto che ci troviamo su una frontiera malsana, all'apice di cambiamenti inaspettati e inesorabili. Forse siamo già andati oltre. E se ci fossero eventi che si avvicinano di soppiatto alle persone, le sorprendono tendendo un imboscata, le sopraffanno in maniera da rimodellare le loro vite alle loro spalle – trasformazioni che rimodellano le nostre vite anche mentre dormiamo, così ci svegliamo per scoprire che tutto è irrimediabilmente cambiato, cambiato in modi da cui non possiamo più tornare indietro.

O forse sta facendo il sentimentale.

*

Sempre più spesso quei pensieri lo tengono sveglio la notte. Rimane disteso per ore, sforzandosi di prendere sonno, ma quando non ci riesce, quando quelle preoccupazioni minacciano di sopraffarlo del tutto, si alza in silenzio e si avvia lungo il corridoio. A volte si siede a leggere oppure controlla i mercati. Ma una sera, quando arriva nello studio, trova Maeve inginocchiata sulla poltrona con il viso a pochi centimetri dalla porta della gabbia per uccelli, un quadretto di sorprendente intimità.

Lei si alza quando lo vede. La fascia bianca delle mutande è appena visibile sotto il tessuto della camicia da notte. Se l'ho svegliata... comincia.

No. Non riuscivo ad addormentarmi.

Nemmeno io.

Si scambiano un rapido sguardo prima di voltarsi di nuovo verso il pappagallo per cercare un altro posto dove guardare. Nel cono di luce della lampada, la creatura se ne sta rannicchiata in una maestosità implacabile, immobile come un trofeo. Ma quando la ragazza alla pari irlandese allunga la mano tra le sbarre per accarezzargli delicatamente il fianco, l'uccello si rianima, si china verso il suo dito. Martin guarda la testolina oscillare.

Non l'ho mai sentito parlare, dice.

Aristotele si volta al suono della sua voce e scivola di un solo passo lungo il posatoio.

Forse ha un segreto da mantenere, dice lei, e sorride. Continua a muovere il dito. L'animale vi si strofina contro chinando il capo.

Non credo che gli uccelli abbiano segreti, le dice Martin, e anche se non sa assolutamente nulla di psicologia aviaria gli sembra vero.

Lei lo guarda pensosa. Parla con la sicurezza di una ragazza di campagna: Tutti gli animali nascondono segreti. Anche solo a sé stessi.

Aristotele dispiega le ali una volta sola, per un attimo – l'ampiezza è sorprendente; l'uccello si gonfia fino a riempire la gabbia – poi affonda la testa nel petto mentre Maeve gli liscia le lunghe piume lungo la schiena.

È bellissimo, ammette Martin.

Può accarezzarlo anche lei, se vuole.

Quando lui esita, lei aggiunge, Aristotele non morde, e sorride di nuovo.

Lui guarda il pappagallo e poi Maeve. Lei annuisce. Lui avanza di un passo e fa scivolare timidamente un solo dito tra le sbarre. Ma proprio quando sta per toccare la creatura, la ragazza gli afferra il braccio con una forza tremenda e sibila, Attento!

Martin balza bruscamente all'indietro. Lei sbuffa alla sua reazione, con una risata scatenata, un raglio incontrollato del tutto sproporzionato ai lineamenti minuti. È un suono così grezzo. Vasti continenti inaspettati della sua personalità appaiono alla vista e a lui in quell'istante sembra di riuscire a intravedere tutta la storia della sua giovinezza su un'isola lontana. Immagina un focolare annerito, sente l'odore della muffa umida, immagina persino il rumore di una tempesta che si abbatte su un tetto di pietra costruito con una forte pendenza, la pioggia che scroscia sulle grondaie e lei in un angolo della stanza, che ride di qualcosa che qualcuno ha detto.

L'ho spaventata, continua Maeve. Strizza gli occhi con un'espressione di piacere immenso, del tipo di cui lui non aveva immaginato potesse essere capace. Si ricorda troppo tardi di coprirsi la bocca.

No, per niente.

Se la stava facendo sotto, dice lei.

Forse un po', dice Martin, e adesso ride anche lui. Solo ora le viene in mente di allentare la presa sul polso. In quel momento lui prova una strana, inspiegabile felicità.

Martin però si sente meno felice diverse notti più tardi, quando – dopo aver barricato la porta con *Diritto di proprietà*, *Testi fondamentali nel diritto penale* e *Diritto costituzionale: principi e politiche* – lui e la moglie vengono di nuovo interrotti dal fragore e dallo scroscio del bagno in fondo al corridoio, seguiti dallo scrupoloso strofinamento di uno spazzolino da denti. Quando la ragazza fa una pausa per sputare, si allontanano l'uno dall'altra. Dopo alcuni istanti lui sussurra, Quindi immagino che non potremo scopare mai più.

La testa di Lily si gira. Nell'ombra si gira come la testa di un falco.

Non dire *scopare,* Martin. Non in camera da letto.

Negli ultimi undici anni il custode ha vissuto con la moglie, tre dei figli – c'è un'altra figlia, la maggiore, che si è trasferita in California da diversi anni per motivi che nessuno ha mai approfondito – e i rispettivi coniugi e nipoti in nove stanze nel seminterrato del palazzo. Prima aveva lavorato come assistente di un falegname a Staten Island, e prima ancora aveva lavato i piatti in una pizzeria nel Queens. Da ragazzo aveva fatto l'apprendista da un soffiatore di vetro fuori Tallinn.

L'ufficio di Paavo Kuusik si trova appena fuori dal locale caldaie. Le pareti sono rivestite di scaffali zeppi di apparecchiature elettroniche rotte, vecchia rubinetteria e scatole di piastrelle crepate. Le scaffalature arrivano fino al soffitto, incombono come se stessero per crollargli addosso da un momento all'altro. Un rotolo di moquette color senape si erge come un pilone. Sopra, attrezzi appesi a un pannello di legno. Paavo Kuusik, seduto in mezzo a tutta quella roba, sta riparando una lampada. Quando compare Martin, il custode continua a lavorare con le pinze a becchi lunghi. È un uomo basso, sulla cinquantina, forse sulla sessantina, di carnagione scura, ha le braccia coperte di peli neri e ispidi, dal colletto aperto della camicia da lavoro spunta un ciuffo degli stessi peli, striati di grigio. Abita silenzi immensi, taciturno, pensieroso, come se le parole fossero un attrezzo curioso che ha scoperto tardi. La testa sembra un blocco di legno e il naso ha la forma di una scimitarra.

Martin gli dice della porta della camera da letto: Non si chiude, non completamente.

Questo vecchio palazzo, dice Paavo Kuusik dopo un po'.

I due si guardano. Il custode si china di nuovo sulla sua lampada. Martin non riesce a ricordare quanti soldi gli ha messo nella busta a Natale, anche se vorrebbe che fossero stati di più. Nel frattempo, il vecchio estone maneggia le pinze. Sono piccole nelle sue manone. Ma i suoi movimenti sono agili. Culla l'asta della lampada come se fosse la gamba di una ragazza.

La verità è che Martin si sente a disagio di fronte a uomini come Paavo Kuusik. Martin è incapace di ricablare apparecchi elettrici. Non sa installare del cartongesso. Non è in grado di mettere a punto un'auto, spurgare il tubo dei freni o sostituire una pompa dell'acqua. Non ha idea di come cambiare la rondella di un rubinetto.

Paavo Kuusik invece sì. Sa anche aggiogare un bue, sventrare un cervo e castrare una capra. Sa come soddisfare una donna. A Martin capita spesso di incrociare la moglie del custode che sta lucidando un caposcala o pulisce l'atrio davanti alle cassette della posta. C'è un fondo di irritazione nel modo in cui lei lo guarda, un che di bellicoso, come se in passato Martin le avesse recato qualche offesa profonda, irrintracciabile. A volte ha macchie di barbabietola sulle dita. Le spalle sono rotonde e piene. Indossa camicette senza maniche che si spalancano per mostrare ascelle puntinate in modo memorabile. È una donna vistosa dagli occhi a mandorla, con file di braccialetti d'argento che le tintinnano ai polsi. Immagina che Paavo Kuusik debba bere enormi quantità di *kvass* il venerdì sera per poter montare la grossa moglie cerea, lanciandosi con impeto su di lei, ripetutamente, come un uomo che cerca di sfondare una porta. Ogni volta che Martin immagina la donna in preda all'euforia sessuale – e l'ha fatto una o due o quattordici volte – la pensa sdraiata sotto il suo Paavo con un ghigno eloquente sul viso, mentre le grosse cosce si allargano per ricevere l'uomo nel folto boschetto del suo sesso.

Martin si sente a disagio in mezzo a persone del genere. Sono vicine a un livello di esistenza radicato nell'humus dei secoli passati, mentre lui è relegato a incespicare e inciampare in un paesaggio accidentato di cui non è l'artefice e che non comprende appieno. Teme che avvertano il suo disagio come si dice che un cane avverta la paura.

Martin ci prova di nuovo. La porta. Se potesse darle un'occhiata, dice.

Paavo Kuusik affonda i becchi delle pinze più a fondo nella scatola dell'interruttore e dice, Quando ero bambino? Io, i miei quattro fratelli, i miei genitori e i miei nonni vivevamo tutti in tre stanze sull'isola di Hiiumaa nel Baltico. Una terra gelida in un mare freddissimo. Bisognava gettare il secchio nel pozzo con tutte le forze per rompere la crosta di ghiaccio in superficie. Stavamo ammassati uno sull'altro per sopravvivere. Vedevamo tutti tutto. Sentivamo tutto. Non aveva importanza. Eravamo in famiglia.

L'espressione di Paavo Kuusik diventa fiera, orgogliosa, tribale.

Abbiamo una nuova tata per i bambini, spiega Martin. Si è trasferita da noi da poco.

L'altro alza la testa. Credo che l'ho vista. Lei ucraina?

Irlandese, dice Martin.

Ma il custode è irremovibile. Mi dia retta. Tutti gli ucraini sono ladri. Lo so per esperienza.

10.

Il compleanno di Martin coincide con il Columbus Day. Lui è il tipo d'uomo che si finge sorpreso se ci si ricorda della ricorrenza, ma se la si dimentica, si offende. Però i quarantaquattro lo fanno sentire vecchio, come non gli è successo con i quarantadue o i quarantatré. Cerca di consolarsi indugiando sul carattere curiosamente propizio del numero: le quattro nobili verità del buddismo, i quattro fiumi che si dipartono dall'Eden, i quattro Vangeli. Ma ci sono anche i Quattro Cavalieri dell'Apocalisse. Twain usa il numero quarantaquattro per riferirsi al nipote di Satana.

In cinese, la parola che indica il quattro ha un suono molto simile alla parola morte.

Martin ha sempre dimostrato meno della sua età. Lo dicono tutti. Quando ne ha compiuti trenta, la gente gliene dava venti. A quaranta, la gente pensava che ne avesse trenta. Ma sta cominciando a capire che non può continuare così per sempre. Lievi ma innegabili segnali hanno iniziato a comparire. Piccole mezzelune d'ombra gli sottolineano gli occhi. Le rughe gli solcano il collo e la fronte. Allo specchio il naso sembra sempre più grande di quanto ricordasse, i pori nella carne più pronunciati. Sospetta di essere uno di quelli che sembrano giovani in modo inquietante per quasi tutta la vita, fino a quando a sessant'anni una mattina al risveglio scoprono di essersi trasformati d'incanto durante la notte assumendo le sembianze di un ottantenne rimbambito.

Così, anche se la ricorrenza porta sempre con sé una punta di disperazione, è comunque rinfrancato quando rincasando presto dal lavoro sente provenire dal soggiorno risolini trattenuti a stento. Si ferma nell'atrio a posare la valigetta, fa una specie di pistola con la mano e grida, Mani in alto, hombre! e i gemelli urlano e ridono, sbucando dal loro nascondiglio dietro il divano per correre verso di lui, le mani in alto. In cucina, trova Lily e Maeve in grembiuli coordinati. La moglie lo sospinge verso lo studio dove lo deposita nella grande poltrona reclinabile in pelle, un bicchiere di Bordeaux in mano. Il menù: medaglioni di cervo e carciofi al vapore. Martin ha sempre trovato il sapore della selvaggina troppo intenso e non gli piace il fastidio associato ai carciofi, anche se i loro sforzi lo rincuorano. Mangerebbe una scarpa vecchia se fossero loro a servirgliela.

Una volta che i gemelli sono a fare il riposino, la casa diventa silenziosa, se non fosse per le voci sommesse delle donne e il suono ritmico di un coltello che batte sul tagliere. Lui le ascolta parlare dei bambini. Lily accenna a quanto Gavin ama ancora giocare a cucù, mentre Arnold si è stufato da un pezzo. Maeve dice, A proposito di Gavin, sembra un po' giù ultimamente; forse gli sta venendo il raffreddore. Lily dice che è un po' giù perché probabilmente si è sfinito cercando di stare al passo con Arnold. Il suono delle risate ricorda a Martin lo scorrere di un ruscello tranquillo. A questo punto le voci diventano ancora più fievoli, e Martin si riscuote di scatto proprio quando sta per addormentarsi. Non è così vecchio da voler passare il suo compleanno a dormire. Accende la televisione e viene premiato con il golf. Gioca assai di rado, ma non è molto bravo. Parecchi dei suoi colleghi sono patiti del golf. Martin non ne ha mai compreso il fascino. Si colpisce la palla e le si corre dietro. Poi si colpisce di nuovo la palla e la si rincorre di nuovo. Ogni volta che gioca, ha la strana impressione che sia la palla quella che si diverte.

Strano a dirsi, gli piace guardare le gare alla televisione. Lo divertono quanto i programmi di cucina, le storie di vita vera dei pescatori di granchi artici e il curling alle Olimpiadi – anche se è ipersensibile allo iodio e non può stare sul ghiaccio per dieci secondi senza cadere. Però Martin prova una malcelata ammirazione per i professionisti del golf. È convinto che gli atleti siano membri di una delle ultime autentiche aristocrazie. Anche quando i golfisti vincono un milione di dollari o più per quattro giorni di lavoro, sembrano stranamente incontaminati dal denaro. La lezione dettata dalla loro esperienza non è semplicemente che la vita assomiglia a un gioco – cos'è un bunker, dopotutto, se non una sabbiera per adulti – ma che forse le leggi della natura, per quanto divinamente concepite, non ottengono manifestazione più sublime di quando un uomo tira un gran colpo, supera un ostacolo o fa sparire una pallina in una buca. Sospetta da tempo che la portata dell'emozione umana si estenda più lontano nello sport che in quasi ogni altra impresa umana, sia essa il commercio, l'arte di governare o le arti. Se vi siete mai trovati su un campo o un terreno da gioco con una folla di tifosi che vi incitano nei momenti finali di una gara serrata e vi siete guardati intorno per vedere i vostri compagni di squadra che vi osservano con una paura che è una sorta di gioia, allora avete conosciuto un'intensità di sentimento che, secondo Martin, è diversa dai desideri affettuosi di un genitore, o dall'amore di una donna, o anche dalla tenera sollecitudine di un Dio per il Suo popolo. E così quel pomeriggio, quando un golfista sudafricano spedisce la palla in un ostacolo e sembra non solo sorpreso ma profondamente afflitto, Martin soffre per lui. E quando quello con un poderoso swing che fa sollevare una nuvola di sabbia spera di ribaltare la situazione, Martin esulta. Esulta per il giocatore; esulta per lo sport; esulta per la specie.

*

Fa caldo nella stanza. Il vino gli va dritto alla testa. Malgrado i suoi sforzi, Martin si appisola. Riprende i sensi in un sogno. Sogna di essere sul campo da golf. Centinaia di persone lo stanno guardando. Indossa una camicia rosa fluo e pantaloni giallo limone, ma poco importa: la folla applaude ogni suo colpo. Applaudono quando scaglia la pallina a trecento metri dal tee. Urlano quando imbuca il putt da nove metri. Nel sogno Martin incede sul fairway, il pubblico preme contro i cordoni. Completa le prime nove buche molto velocemente – un sogno è una macchina del tempo a sé – ma sull'undicesimo fairway, proprio mentre sta per effettuare il secondo colpo, puntando al green e a un possibile eagle sulla buca, un corvo si alza in volo dalla macchia di querce a sud (non aveva visto il corvo; non aveva fatto caso alle querce) e acchiappa con destrezza la palla nel becco, con un gracchiare penetrante. Il grido diventa più forte, fino a che Martin si sveglia e si accorge di sentirlo ancora. Si precipita in cucina, dove Lily stringe una mano nell'altra sopra una cipolla tritata a metà, il coltello accanto al tagliere. Un sottile rivolo di sangue le scorre lungo il braccio per poi punteggiare il piano di lavoro. Tiene la mano ferita davanti a sé come si potrebbe tenere una bottiglia che perde.

La visione lo spaventa. Il suo cervello va in tilt. Quello che gli è sempre piaciuto dei numeri è che possono seguire un solo percorso: in su o in giù. La vita, invece, tende a esplodere, spargendo frammenti ovunque. La vista del sangue di Lily fa fare una piroetta ai suoi pensieri che lo portano alla prospettiva di ore al pronto soccorso, a nutrire i bambini con formaggio e cracker presi al distributore automatico mentre litiga con l'infermiera dell'accettazione che continua a posticipare le cure della moglie a favore delle ferite da arma da fuoco e degli scontri frontali che intasano la corsia d'ingresso. Poi si chiede se la carne di cervo può contenere qualche spora fungina che potrebbe infiltrarsi nel più banale taglietto e trasformare gli organi interni in una poltiglia. Poi gli viene in mente che una parte del dito potrebbe essere sul piano di lavoro o sul pavimento o addirittura nascosta tra le bistecche di cervo. Lancia una rapida occhiata in giro per vedere se riesce a trovarlo, ma smette quando si rende conto che potrebbe trovarlo davvero.

Se la situazione paralizza Martin, galvanizza Maeve. Per quanto modesta possa apparire a volte, si muove con una coordinazione fluida, appoggia la terrina sul bancone e si avvicina a Lily. Ha un fare insolitamente autoritario. Prende la mano di Lily per esaminarla e un istante dopo serra le labbra attorno al dito. Quando si bada a una nidiata di fratellini, forse questa è la terapia d'elezione nella contea di Galway. I Fowler fissano le guance della ragazza che si incavano e i lineamenti che si contraggono. Poi gli occhi della moglie si agganciano a quelli di lui. I pensieri di lui si accordano mormorando con quello che intende lei. Tutto ora rallenta. Il tempo sembra camminare sulle ginocchia. Lily si libera con uno strattone e guarda la mano come se fosse quella di qualcun altro lì attaccata all'estremità del suo braccio.

La tata irlandese dice, Sanguina ancora, ma prima che possa infilarsi di nuovo il dito in bocca Lily lo mette sotto il rubinetto. Lascia che la ragazza applichi una benda. È una cosa da nulla, insiste Lily. In effetti la ferita si rivela di poco conto. In men che non si dica il dramma è finito. Riprendono a preparare la cena, anche se un silenzio teso si impadronisce della cucina. Tornato in salotto, Martin spegne la televisione. Finisce il bicchiere di vino. Quarantaquattro gli suona peggio che mai. Ma il cibo, quando arriva, viene servito con inaspettata solennità. I gemelli, freschi di sonnellino, indossano cappelli di cartone. Suonano trombette di carta. Maeve sistema un cappellino con l'elastico in testa a Martin. Anche lui suona una trombetta. L'atmosfera diventa festosa. Lily stappa una seconda bottiglia di vino. Le donne lo sorprendono con una torta al cioccolato decorata da loro. Vengono accese le candeline. Si intona "Tanti auguri". Le fiamme tremolanti incantano i bambini. Uno stupore primitivo, uno dei primi. Si mettono in piedi sulle sedie e aiutano Martin a spegnere le candeline. Compaiono i regali. La carta si strappa, si increspa rumorosa tra le mani. La moglie gli regala un carica-batterie senza fili per la macchina. Maeve una sciarpa di lana di Aran color avena. I due figli hanno lavorato alacremente tutta la mattina per fare ritratto del padre su carta da costruzione.

Martin ha quattro dita in un piede, sette nell'altro e la faccia come un toro di Picasso.

Più tardi, Lily fa il bagno ai bambini e Martin li mette a letto. Lui prova a leggere qualcosa di Robert Louis Stevenson, ma loro chiedono a gran voce di guardare i video sul tablet. Ne vedono uno con un barboncino che sa cantare l'inno nazionale, un altro su una banana parlante e un altro in cui un operaio edile cade dal secondo piano sopra una colata di cemento fresco. Ne esce illeso, ma i gemelli insistono a riguardarlo a ripetizione, e ridono ogni volta di più. A Martin ci vuole mezz'ora prima di riuscire a liberarsi. Tornato in salotto, si candida per scegliere un film se Maeve prepara una ciotola di popcorn. Nel frattempo Lily apre una terza bottiglia e l'appoggia sulla credenza a respirare. Il vino, con le sue note intense d'alloro della Calfornia e melassa, solletica lo spirito. I Fowler si sistemano sul divano e si spostano da un lato per fare spazio alla ragazza. Lei invece sceglie la grande poltrona reclinabile di pelle. Si appoggia all'indietro e punta i piedi nudi davanti a sé. Sono piccoli ma robusti, le articolazioni nodose, l'arco pronunciato. Martin vuole guardare un vecchio film in bianco e nero in cui un gruppo di guerrieri Apache ha accerchiato un avamposto del

West. Maeve vuole vedere un musical che ha per protagonisti una cameriera di bar, un lattoniere e un medaglione perduto. Lily vuole vedere un film horror ambientato dopo un cataclisma non meglio precisato.

Guardano il film horror, passandosi la ciotola di popcorn. Il numero dei sopravvissuti è esiguo, stanno rintanati in una biblioteca assediata da un esercito di zombie. Quell'ultimo residuo di umanità alimenta il fuoco lanciando nelle fiamme un volume antico dopo l'altro – addio, Agostino; a mai più, Tucidide; *adieu,* Descartes – per tenere a bada la minaccia. Presumibilmente una volta spento il fuoco della conoscenza la civiltà soccomberà alle forze brute della barbarie. Martin non ricorda se ha visto proprio quel film decenni fa o se invece è diventato un tale riferimento culturale nel corso degli anni che gli sembra di averlo appena visto.

Maeve fissa lo schermo, lo sguardo vigile. Durante una scena particolarmente raccapricciante – uno dei non morti rosicchia un femore umano – Martin dice, Possiamo cambiare canale se ti dà fastidio

La ragazza scuote la testa. Voglio vedere.

Proprio quando sembra che ogni speranza sia svanita, un bibliotecario con sembianze da gnomo che il tempo ha dimenticato – ha continuato a lavorare diligente nella legatoria, ignaro dell'apocalisse imminente – si fa avanti per guidare ciò che resta della razza dei vivi attraverso un passaggio sotterraneo. Riemergono in un parco urbano, dove si rifugiano non dietro pagine di polpa di legno, ma tra gli alberi veri. La natura, la natura salvifica. La musica cresce. Ma gli zombie non demordono. Incalzano le fievoli speranze dell'umanità attraversando una stazione ferroviaria deserta, un negozio di caramelle saccheggiato – viscere in mezzo al croccante di anacardi e ai *lokum* – e lungo la navata di un'antica cattedrale. Li inseguono in un centro commerciale, in cui cappelli e pelletteria sono stati strappati dagli scaffali mentre i manichini sono pietrificati nelle vetrine. Il bibliotecario finisce ucciso in un negozio di computer, schiacciato sotto una vetrina piena delle ultime console per videogiochi. I pochi sopravvissuti malconci fuggono giù per un tombino, mentre un'orda di senz'anima avanza a grandi passi dietro di loro.

Maeve dice, Io preferirei morire subito e farla finita.

Lily e Martin si voltano verso la ragazza, che aggiunge, Vorrei essere una delle prime ad andarmene.

Lily scuote la testa. Io no. Vorrei una possibilità di combattere. Datemi la speranza di riuscire a cavarmela.

Entrambe guardano Martin. Lui si toglie un pezzetto di popcorn rimasto tra i denti prima di dire, Fatemi diventare uno degli zombie, subito.

Davvero? dice Maeve.

Davvero? dice Lily.

Almeno sarei vivo.

Ma sarebbe ancora lei? chiede la ragazza.

Il film si conclude con un'immensa palla di fuoco che incenerisce l'esercito dei decerebrati – si vede un piede annerito, una testa mozzata ardente di braci – mentre gli ultimi tre umani sulla Terra passeggiano in un tramonto scintillante, la sfera gigantesca striata di sfumature di giallo, arancione e rosso. Due dei sopravvissuti si tengono per mano. La terza cammina con un fucile a tracolla in spalla.

Maeve e Lily ora si alzano per sparecchiare, la moglie versa le ultime gocce di vino in un bicchiere e lo beve. Martin va davanti alla finestra del soggiorno. A quell'ora le luci degli edifici vicini si alzano tutt'intorno come costellazioni cadute dal cielo. Sente il lieve tintinnio di cristalli in cucina, i mormorii sommessi delle donne. Quando la ragazza ricompare dice, Penso che andrò a letto. Si ferma a dargli un timido bacetto prima su una guancia e poi sull'altra. Gli dà un lungo abbraccio, premendogli il viso sul collo.

Ancora tanti auguri, signor Fowler.

Hai dato una mano a renderlo un compleanno meraviglioso. E chiamami Martin.

Lily si è fermata sulla soglia a guardare. Adesso tocca a me, dice in tono vivace. Si scosta dal telaio della porta e si fa strada tra i mobili per dargli un breve bacio sulla bocca. Si ritrae per scrutarlo, gli occhi a pochi centimetri da quelli di lui. A quel punto qualcosa di nuovo si dipinge sul volto della moglie. Lui se ne accorge all'istante. Cala sui suoi lineamenti come un velo. Lo bacia di nuovo, questa volta con la lingua. Lui chiude gli occhi e ascolta un suono tenue provenire dal fondo della gola di lei, un rumore che proviene direttamente dalla natura: fruscio di erbe della prateria, di foglie sparse dalla brezza. Quando guarda di nuovo, Martin vede che gli occhi della moglie sono spalancati e fissi su Maeve.

Vado a letto, ripete la ragazza alla pari, anche se non si muove. A questo punto Lily comincia a sbottonargli la camicia. Martin sente il dito fasciato di lei contro la pelle.

A meno che tu non voglia, mormora la moglie.

Continua a slacciargli i bottoni. Quando arriva all'ultimo esita, lo sguardo va ancora una volta a Maeve. La ragazza risponde con un'espressione opaca, indecifrabile come il nodo su un tronco. Incrocia lenta le braccia e si appoggia alla parete, in attesa. I tre rimangono perfettamente immobili, come se fossero sorpresi di trovarsi d'un tratto ad abitare quelle vite. Il tempo dilata l'attimo fino a che sembra stia per frantumarsi. Stanno ad ascoltare il silenzio, che non è affatto un silenzio, ma un suono al di là di ogni significato. È il suono dei nervi che cedono.

E poi l'attimo svanisce. Maeve si gira infine per uscire dalla stanza, i passi percorrono lentamente il corridoio. Lily si sposta verso la parete più lontana, a destra del caminetto. Lei e il marito si guardano come pugili che si ritirano nei rispettivi angoli. Nessuno dei due parla per un lungo istante, finché Lily non si siede sul divano. Anche Martin si siede, con le mani in grembo. La pendola ticchetta nell'aria sopra le loro teste come una bomba in attesa di esplodere.

Dov'è il telecomando? chiede la moglie.

Due sere dopo, però, Martin si sveglia con un gomito nelle costole. Sua moglie gli dà un altro colpetto. A un certo punto della notte, è iniziato a piovere. La pioggia batte sulla finestra. I lampioni emanano un nimbo aureolato, come se bruciassero decine di falò.

Martin si mette seduto. C'è un fantasma sulla soglia. Il fantasma è in accappatoio e pantofole logore. Il silenzio monta lentamente. Il tempo sembra ancora covare, non ancora pronto a far schiudere il futuro.

La ragazza entra nella stanza. Si ferma per togliere la croce celtica dalla catena che ha al collo, la posa sul comò e poi trascina la sedia della toilette ai piedi del letto per sedersi e guardare.

SECONDA PARTE

11.

Il primo sabato di novembre, si svegliano con il sole che filtra attraverso le tende. La temperatura aumenta nel corso della mattinata. La giornata si trasforma presto in una di quelle di una bellezza inaudita che sembrano arrivare dal nulla, senza preavviso. A colazione, Martin racconta ai gemelli che si chiama estate indiana perché i primi coloni un tempo lasciavano i magazzini incustoditi al sopraggiungere del freddo, ma se fosse arrivato un caldo fuori stagione i nativi americani avrebbero organizzato un'ultima scorreria.

Maeve posa la forchetta. Davvero?

La luce si riversa dalle finestre, riverberando sulle posate. Anche se Martin aveva stabilito di lavorare quella mattina e Lily si sarebbe dovuta vedere con Naomi Woodbine per il brunch, all'ultimo minuto lui suggerisce di buttare all'aria i piani e andare tutti a fare una gita al parco. I gemelli esultano. I cinque escono dalla metropolitana davanti al Plaza Hotel e cominciano con un giro in carrozza, Lily e Martin seduti da una parte e Gavin e Maeve di fronte, mentre Arnold pretende di stare davanti con il cocchiere. Nell'area giochi i bambini si precipitano verso i telai per arrampicarsi, con la tata subito dietro di loro. I Fowler siedono su una panchina e guardano i figli inerpicarsi verso la cima, ciascuno smanioso di arrivarci per primo. La ragazza è sorprendentemente agile. Li batte entrambi. In cima, scaldata dal sole, si ferma a togliersi il maglione e gettarlo a terra. Aggancia le gambe a un piolo e si appende a testa in giù, con le braccia penzoloni, non meno sottili di quelle dei ragazzi, la camicetta le sale esponendo la pancia, una striscia sottile di carne fatta ancora più pallida dalla luce del sole.

Quando lei spinge i gemelli sulle altalene, fianco a fianco, ciascuno con la testa protesa in avanti, sforzandosi di andare sempre più in alto, Arnold urla, Sto volando.

No, io sto volando, replica Gavin gridando.

Quella sera Martin e Lily sono distesi a letto e aspettano di vedere se la ragazza comparirà. Appare ogni tre, quattro, cinque notti. Non sanno mai quando aspettarsela. Non appena arriva prende il via una curiosa pantomima. Se i Fowler non sono mai stati particolarmente audaci a letto, i loro movimenti ora diventano più disadorni che mai, quasi casti. Lily guarda il soffitto. Martin guarda le coperte. Iniziano, smettono e ricominciano. Persino i Pellegrini erano più sfrenati. Eppure ogni gesto, per quanto piccolo, appare estremamente stilizzato, quasi Kabuki. Intanto la ragazza è seduta lì davanti, le mani aggrappate ai braccioli della sedia.

Ma ecco che esplodono episodi inaspettati di feroce ardore animalesco. Avvampano come la capocchia di un fiammifero. In quei frangenti lei rotola qua e là per il letto in un modo che lo eccita profondamente. Quando lui le sta sopra, lei spalanca le braccia. Stringe le lenzuola nei pugni, il suo corpo si contorce. Lui si china verso il suo seno come se fosse un neonato, la bocca che si muove alla cieca.

Durante il giorno stanno attenti a non parlarne. Vanno avanti con le loro abitudini, decisi a comportarsi come se nulla fosse cambiato. A volte però Martin è tentato di chiedere cosa passa per la testa di Maeve mentre li osserva. Non riesce a stabilire se è eccitata, disgustata o spaventata o, a rotazione, tutte e tre le cose. E vorrebbe capire come sia potuto accadere che lo stesso ragazzo che a undici anni è stato battezzato dal reverendo Wilford "Bud" Vogel della Seconda Chiesa Congregazionale di Nice sia diventato un uomo che sbuffa come uno stallone mentre la ragazza sta a guardare, con il cuore che gli scoppia nel petto. Vorrebbe soprattutto sapere quale particolare cocktail di cause, quale bizzarro jackpot di fattori ha reso la moglie di norma così pudica tanto più spudorata.

Ma per rispondere a questa domanda dovrebbe prima mettere in chiaro cosa c'è dietro la sua timidezza sessuale di tutti quegli anni. Se capisci una cosa capisci anche l'altra. Eppure anche a questo riguardo brancola nel buio più totale. Forse la sua ritrosia iniziale scaturiva dalla sensazione di impotenza, dall'abisso di vulnerabilità a cui ci si espone durante l'orgasmo. In natura i predatori a volte aspettano di sorprendere la preda in fregola prima di attaccare. O forse perché le sue aspettative romantiche sono così elevate – fomentate dall'immaginario proposto con accanimento da reality televisivi, commedie romantiche, tabloid zeppi di foto di matrimoni hollywoodiani, fiabe che narrano dell'ennesima damigella salvata dalle grinfie di un orco / troll / suoceri malvagi / mascalzone / briganti / Duca Nero – che la realtà è destinata a essere una delusione. O perché ha avuto un'esperienza spiacevole agli inizi che l'ha inasprita per sempre su un intero percorso di esperienza umana. O perché uno dei suoi primi appuntamenti si è rivelato così incredibilmente elettrizzante che da allora tutto sembra una pallida imitazione. O perché una qualche idiosincrasia anatomica da parte sua mette l'estasi fuori portata. O perché qualcosa dell'architettura genitale di Martin condanna all'insuccesso il loro accoppiamento. O perché il padre ha brutalizzato la madre, e Lily ha dovuto ascoltare una serie infinita di rimproveri e imprecazioni attraverso le pareti matrimoniali. O perché la madre ha deriso e schernito il padre, mettendo a segno la castrazione virtuale di quello che altrimenti sarebbe stato un uomo orgoglioso e arrogante. O perché il clamore e il fetore del boudoir sembrano alla moglie troppo stridenti, barbarici e animaleschi. O perché quegli stessi suoni, quelle stesse fragranze sono troppo deboli e sfuocati per innescare il brio sessuale che giace in sonno nel profondo della sua psiche. O perché una volta è andata con una donna e il ricordo di quell'avventura mette così in ombra tutti gli episodi seguenti che lei sperpera le sue energie nella futile ricerca di riconquistarlo o di negarlo del tutto. O perché una volta è stata con due uomini che l'hanno presa con una tale foga e da così tante direzioni, una creatura dalle molte appendici piegata a soddisfare le sue molteplici zone erogene in una performance virtuosistica tanto polimorfa quanto coinvolgente, che le attenzioni di un solo uomo con appena due braccia e due gambe e un cazzo solitario sembrano per forza di cose centellinate e grette. O perché negli anni di formazione è diventata così esperta nel suonare la tastiera della propria vulva, nel distribuire una mano di solitario carnale – immagina la Lily adolescente sdraiata, a gambe divaricate, gli occhi strizzati nello sforzo effimero di tenere a bada il mondo e i suoi difetti – che la presenza di un altro non solo non è uno stimolo al piacere ma al contrario, una garanzia di frigidità nelle sue dimensioni più artiche. O perché le proscrizioni contro l'autosperimentazione sono state impiantate così presto e così a lungo che di fatto non si è mai azzardata a scoprire i pro e i contro della propria cartografia psicosessuale, ed è rimasta a vagare sola e persa come una naufraga cieca, e ha segnato il passare dei giorni, dei mesi e degli anni graffiando in codice braille sulla parete di una grotta, ignara che il gommone che potrebbe riportarla alla civiltà si trova opportunamente proprio dall'altra parte della laguna.

Le possibilità sono molte, non catalogate, spesso contraddittorie e sempre non conclusive. Martin non riesce a comprendere come gli schemi familiari del matrimonio, i sentieri ben tracciati e i percorsi consumati che hanno battuto senza problemi per tutti quegli anni, abbiano all'improvviso deviato nel profondo delle terre selvagge, lasciandoli a farsi strada in entroterra sessuali inesplorati. È quasi come se lei – come se tutti loro – fossero diventati altre persone in quelle serate, come se anche lui si fosse trasformato in qualcun altro. In effetti, guardando il proprio riflesso sopra il lavandino la mattina appena sveglio, Martin ha la sensazione crescente di non vedere più ciò che vede lo specchio. Vorrebbe chiedere se quello che stanno facendo è in un modo o nell'altro saggio o prudente. Vorrebbe chiedere se magari è sbagliato, e se è il caso di prendere in considerazione l'idea di smettere.

Ma Martin non lo chiede, perché allora potrebbero smettere.

Se Martin e Lily non toccano mai quegli argomenti, ecco di cosa parlano: Una sera dopo cena, quando Maeve si alza come al solito per sparecchiare, Lily posa la mano sul braccio della ragazza.

Hai fatto abbastanza, dice. Faccio io.

Non mi pesa...

Siediti, dice Lily, per favore, e si alza per portare i piatti in cucina. Maeve si riaccomoda sulla sedia. Sente il raschiare di un coltello sulla porcellana, seguito dal brontolio del tritarifiuti. Quando Lily riappare sulla soglia, pulendosi le mani su un canovaccio, dice, io e Martin ci stavamo giusto dicendo quanto ti dai da fare.

Lui dice, Lavori sodo.

La ragazza alla pari irlandese guarda uno e poi l'altra con aria stupita e dice, Mi piace tenere bene la casa.

La casa con te è meravigliosa, le dice Martin.

Stavamo dicendo che non è troppo presto per parlare di un aumento, dice Lily. Accenna a una cifra.

La ragazza si abbandona sulla sedia. Al mese?

Alla settimana, dice Lily.

Maeve li guarda entrambi. Gli occhi si spostano avanti e indietro. Non dovete, dice loro. Scuote la testa. Non dovreste. Parla come se stessero agendo in maniera poco saggia, come se avesse a cuore i loro interessi.

Nessuno dei due replica. Non serve. La questione è stata decisa. Invece, Lily mette una mano a paletta per spazzolare le briciole dal piano del tavolo nel palmo dell'altra.

Osservandoli, intanto, la tata è impressionata dall'enorme fatica fisica. I Fowler sembrano impegnati in un compito estenuante, uno sforzo che li spinge al limite. È curiosamente commossa dalla fatica che fanno. Da bambina ha visto uomini sudare e sbuffare allo stesso modo mentre scavavano le ultime torbiere di Roscommon.

I movimenti all'inizio sono fluidi. C'è una particolare flessuosità nel modo in cui Lily allunga un braccio, solleva una gamba. A poco a poco, lei e il marito cominciano a prendere velocità. È come guardare un meccanismo calibrato con precisione. Si muovono ancora più veloci. Ma a un certo punto – non si può mai dire il momento esatto, la consapevolezza arriva sempre dopo il fatto – il ritmo inizia a disintegrarsi. Il letto comincia a fare un rumore sordo sotto di loro, un vero e proprio frastuono. Nel giro di tre o quattro secondi, perdono completamente il ritmo. Il meccanismo è sgusciato fuori dal suo alloggiamento. Si trasformano in un groviglio di membra bellicose, le teste che rimbalzano alle estremità dei colli. C'è una potenza sconcertante, spaventosamente cruda nei loro corpi. Lily comincia a urlare. Sembra il grido di un animale preso in trappola. Martin grugnisce a denti stretti. Le sue spinte sono scomposte, selvagge, le natiche si contraggono. La ragazza alla pari sa che non dovrebbe vedere.

Nessuno dovrebbe vedere.

*

Non parla mai durante quelle serate, o quasi mai – il potere delle parole è sminuito in un contesto simile – ma una notte Lily le dice, Sai, se c'è qualcosa che vuoi...

I Fowler sono seduti fianco a fianco dall'altra parte della stanza, appoggiati alla testiera del letto. Lo sguardo di Maeve passa da uno all'altra. Qualcosa che voglio, ripete.

Qualcosa che possiamo fare, suggerisce Martin. Anche se lui e Lily non ne hanno parlato, capisce al volo.

Qualcosa che possiamo fare per te, aggiunge Lily.

La ragazza ora si volta per guardare fuori dalla finestra. Rimane così a lungo, mentre i Fowler si scambiano sguardi d'intesa. Lei non sa cosa vuole. Non ha idea di cosa dire. Ma quattro sere dopo – è quasi come se avesse intenzione di centellinare quelle visite, come se non potessero essercene più di tante – Maeve dice, Baciala.

Parla piano, le parole sono appena udibili, eppure così del tutto inaspettate che sembrano palpitare nell'aria come ali.

La coppia guarda la ragazza, poi si guardano tra di loro. Martin la accontenta, si china e bacia delicatamente la moglie sulle labbra.

Non così, dice la ragazza alla pari.

Solo che sembra dire, Non osi.

Restano immobili per diversi secondi – potrebbero essere in posa per una foto – fino a quando Martin dice, Va bene.

Prende posto tra le cosce della moglie. Lily esita prima di allargare le gambe. Lo fa lentamente, come una donna che si stiracchia dopo un pisolino. Il viso le diventa rossissimo. Il marito si china davanti a lei come un supplicante. I suoi sono i versi di un animaletto che beve tranquillo. La moglie appoggia un piede su ciascuna delle sue spalle. È distesa con la testa all'indietro, il collo lungo. Dopo un po', tende le braccia per tirargli piano le orecchie. La testa di lui si muove lentamente in un otto laterale, come se volesse tracciarle il simbolo dell'infinito all'interno delle cosce. Il viso, il collo, lo spazio tra i seni di lei sono tutti rossi. Alla fine, Lily chiude gli occhi. Chiude gli occhi, ma la bocca si apre in un'ampia silenziosa O di piacere.

Dopo restano in silenzio a lungo, fino a quando Maeve parla ancora una volta, dicendo, Ora tu, a Lily. La voce della ragazza suona affannata, strozzata. Piccole perle di sudore le compaiono sul labbro superiore alla luce della lampada.

Martin si affretta a dire, A Lily non piace.

Quando la ragazza non ribatte, dice, Non si sente a suo agio.

Lo sguardo della ragazza si sposta da lui a Lily. Gli occhi si fermano su Lily.

Non credo che tu capisca, riprende lui.

Sta' zitto, Martin, gli dice la moglie.

È vero, ha sempre trovato la posizione e i rumori avvilenti. Solo ora le viene in mente che forse è proprio questo il punto.

Lei gli mette una mano sul petto e lo fa stendere di nuovo sul letto. Si siede accanto a lui, con le gambe ripiegate sotto di sé. Si china su di lui, i lineamenti le si contraggono per la concentrazione, come se stesse eseguendo qualche calcolo complesso, facendo lunghe sequenze di somme. I capelli si muovono su e giù.

Martin è disteso con la testa all'indietro. Chiude gli occhi e li apre. Osserva come la ragazza lo guarda dalla sedia ai piedi del letto. Lo guarda come se vedesse chi è lui quando non cerca più di essere chi è, in quel luogo segreto dove tutti noi viviamo veramente.

Lily, dice lui dopo un po', forse ti dovresti fermare.

I secondi passano lenti, come uccelli che attraversano il cielo aperto.

Dice, Lily.

Lil.

Dice ancora una volta, con una voce non del tutto sua, Lilith, è meglio che ti fermi.

Ma lei non si ferma.

12.

Giunge voce senza preavviso: la causa Schlüsser-Bonhoeffer è stata calendarizzata per l'inverno. Dopo anni di preparazione, di mozioni e deposizioni passate al vaglio per intere stagioni, sembra che il caso possa andare presto a processo. Lily prende a rientrare a casa alle nove, alle dieci, a volte alle undici di sera. Viaggia sul sedile posteriore della Lincoln nera con autista lungo i viali deserti, le strade bagnate dalla pioggia.

Durante quelle serate la sua sedia a tavola resta vuota. Sembra strano mangiare con la moglie assente, tutto sbagliato per qualche ragione stare di fronte alla ragazza con i bambini seduti accanto a lei.

È imbarazzante, si lamenta. Quasi non ce la faccio a guardarla.

Per l'amor del cielo, Martin, non morde mica.

Ma per quanto la presenza di Maeve lo metta a disagio, sotto sotto è contento che la tata sia lì. Senza di lei i bambini sarebbero impossibili. Sarebbe costretto ad aprire un barattolo di zuppa. Dovrebbe fare il bagno ai gemelli da solo, metterli a letto da solo. Invece di quelle incombenze si occupa Maeve. Non sei tenuta a farlo, continua a dirle, ma lei avverte la disperazione nella sua voce.

Lo faccio volentieri, dice lei.

Dopo cena siedono insieme in salotto a guardare la televisione. Anzi, lei guarda la televisione; lui guarda lei. Segue attenta qualsiasi programma, gli occhi fissi sullo schermo. Le piacciono i quiz e i documentari sulla natura. Si affanna a trovare la risposta prima di lui. Si solleva dalla poltrona quando il puma atterra la gazzella. Spesso non riesce a cogliere l'umorismo nelle sitcom. L'accento la confonde. Lo guarda per farsi spiegare, ma nonostante o forse a causa di tutto quello che è successo, lui è imbarazzato dai giochi di parole spesso grossolani e dalle allusioni sessuali appena velate. Gesticola con enfasi, cercando con delicatezza di farle capire. Lei osserva la sua bocca con attenzione mentre lui parla. Questo in qualche modo rende le sue parole più vere nell'aria. Durante il notiziario della sera, lei lo tempesta di domande: Perché tanti americani sono così grassi, è davvero così facile comprare una pistola, cos'hanno i politici statunitensi contro gli immigrati. Come mai nessuno saluta mai.

Quando si ritirano per la notte, Martin resta disteso a lungo, senza riuscire a prendere sonno. Dal corridoio arriva lo scricchiolio delle assi del pavimento, seguito dal suono della ragazza che apre la porta del bagno. Fa pipì senza ritegno, risuona rumorosamente nella tazza.

Lily rimane in ufficio fino a tardi per le quattro notti seguenti. Anche se il giorno libero della tata è il giovedì, la ragazza lavora lo stesso.

Mi sento in colpa, dice Martin.

Non deve, gli dice Maeve.

Mi sento in colpa comunque. Stasera non si cucina, dichiara. Portiamo fuori i gemelli.

Lei si illumina. Dove andiamo?

Scegli tu.

La serata è fredda. Infagottano i bambini nelle giacche e prendono un taxi fino a Canal Street, dove lei ordina i gamberi del Sichuan. Martin cerca di farle vedere come si tengono le bacchette. Alla fine deve prenderle la mano nella sua e piegarle le dita nel modo corretto. È di nuovo colpito da quanto è esile. Le ossa sembrano quelle cave di un uccello.

Il gusto piccante del piatto la fa avvampare. Invece il maiale di Martin è insipido. Lo spinge da parte dopo pochi bocconi e ordina una seconda birra. Poi gli viene in mente di chiedere, Ne vuoi una?

Lei indica il suo tè. Sto bene così.

Per una volta i bambini sono tranquilli. Sono ipnotizzati dalle gigantesche carpe dorate che nuotano nel grande acquario a parete.

La ragazza alla pari irlandese usa tutta la faccia per mangiare. Lavora alacremente di mascelle. Si sente il ticchettio delle sue bacchette, il rumore della tazza da tè contro il piattino. Alzando lo sguardo scopre che lui la sta guardando.

Mangia fuori spessissimo, dice.

È vero. Serate con gli amici, cene con Lily, qualche pranzo di lavoro in ufficio.

Lei si infila in bocca un anacardo e lo mastica con lentezza, chiudendo gli occhi come se la vista del cibo interferisse con il gusto. Dice, Mi racconti di questo lavoro.

Lavoro per una società d'investimento.

Lei apre gli occhi e chiede, Di cosa si occupa in questa società?

È un po' complicato.

Conta i soldi, dice lei. Non le pare così complicato.

Compro e vendo future valutari, le dice lui. Ossia faccio analisi statistiche perché altri possano comprare e vendere future.

Vende il futuro? Lo sta prendendo in giro.

Future. Non è proprio la stessa cosa.

I dettagli del suo lavoro, le assicura, sono inesorabilmente aridi. Annoiano persino lui. Il suo ufficio è senza pretese. La scrivania è una semplice lastra di acrilico spessa cinque centimetri su cui è montata una console per computer con uno schermo enorme. Di fianco c'è un secondo schermo più piccolo. Accanto c'è un telefono. Dietro di lui c'è la stampante. La sedia è costruita secondo i più recenti criteri di ergonomia. Non ci sono foto, né piante, né distrazioni di alcun tipo. La sua concentrazione deve essere totale. Le pareti sono bianche. Il soffitto a volta conferisce alla stanza l'austerità di un tempio antico.

Martin beve la birra e le racconta che l'unica finestra del suo ufficio si affaccia su un'altra finestra dalla parte opposta del vicolo, attraverso la quale vede parte di un grande sistema di computer. Ogni sette giorni compare un uomo in tuta beige per fare manutenzione al mainframe. A Martin capita di rado di vedere qualcun altro. Certo, c'è la riunione settimanale dello staff, e quasi tutti i giorni un fattorino del negozietto in fondo alla strada gli porta un panino integrale al tacchino per pranzo. Per il resto, passa il tempo a guardare numeri che scorrono su uno schermo. Ascolta voci incorporee al telefono.

Si sentirà solo, dice lei.

Lui ammette che a volte immagina di essere in una capsula spaziale e di essere partito per un lungo viaggio interstellare.

E a volte immagina di essere in prigione, di essere stato condannato all'isolamento per crimini non meglio precisati; anche se questo non lo dice.

Martin sta seduto alla scrivania tutto il giorno, tutti i giorni, e cerca di indovinare quale influenza la produzione interna di soia, di petrolio o di legname avrà sul dollaro tra un mese, sei mesi o un anno. Controlla quei numeri in rapporto alla sterlina britannica, all'euro, al peso messicano. Calibra una serie di ventisette variabili diverse, che vanno dalle inondazioni negli stati del Golfo ai resoconti sulla contaminazione del riso vietnamita a uno sversamento di petrolio al largo delle Aleutine. Mappa la fluttuazione dello yuan agganciata alle previsioni di un'imminente siccità nella regione di Zhengzhou nonché agli effetti delle misure di austerità proposte dal nuovo regime. Inserisce scrupolosamente tutti i dati in una batteria di algoritmi ideati da lui, ognuno dei quali genera proiezioni per i prossimi due anni a intervalli trimestrali.

E funziona? chiede lei.

Lui la guarda con nuovo interesse. No, ammette. Il fatto è che non funziona.

Gli studi mostrano che i broker fanno poco meglio del giro casuale di una ruota della fortuna. Eppure le somme in gioco sono da capogiro. Per questo motivo, nel settore prevalgono i tipi superstiziosi. I suoi colleghi si riempiono le tasche di zampe di coniglio, medagliette religiose e amuleti d'ambra. Tengono monete antiche o frammenti levigati di quarzo nascosti nel cassetto della scrivania. Indossano calzini portafortuna. Mescolano il caffè sette volte precise. Il tredici del mese, il tasso di assenteismo si impenna.

Lui dice, La gente non si rende conto di quanto il tutto è fragile, di quante minuscole contingenze – ognuna delle quali potrebbe andar storta – devono allinearsi perché la vita come la conosciamo possa continuare. Non è un castello di carte; è un grattacielo di carte. Il numero di cose che devono andare bene solo per consentirti di prelevare da un bancomat è elevatissimo. I broker lo sanno, certo, e così incrociano le dita e fingono di capire cosa sta succedendo.

Per chissà quale ragione, le previsioni di Martin sono più attendibili delle altre. Si è fatto una discreta reputazione per la precisione delle sue proiezioni. Passa tutto il giorno, tutti i giorni, a raccogliere più dati che può. Appaiono su tre o quattro finestre che apre sul monitor del computer. Accanto al suo gomito sono aperti tre tabulati. Ha appuntato una nota per sé stesso e l'ha incollata in un angolo dello schermo. Al telefono una voce gli dice quali cambiamenti può aspettarsi nei prossimi quindici minuti dalla Börse Stuttgart.

Sono molti più dati di quanti una sola persona possa assimilare. Sono più di quanti una decina di persone possano assimilare. Ma lui assorbe tutte le informazioni che può e un attimo dopo si ritrova a spedire una e-mail agli operatori di borsa della sala contrattazioni della sua società per dare istruzioni di sbarazzarsi del boliviano perché la domanda di rame sta per crollare.

Lei sa cosa vogliono le persone, dice Maeve.

Punta una bacchetta. Lei sa cosa vogliono le persone prima che sappiano di volerla.

Martin scuote la testa. So cosa vogliono le persone, anche se non lo vogliono.

Lei lo guarda con calma, e con gli occhi nei suoi si allunga verso la mano con cui lui tiene la birra. Restano seduti in quel modo per un istante, finché lei non libera la bottiglia dalle dita di lui e la inclina in alto e all'indietro, e beve una lunga sorsata.

Indica il piatto di Martin, Lo mangia?

Si ritrova a dirle che a volte immagina di aver sostituito la capsula spaziale con una macchina del tempo. Si sente come un viaggiatore ai comandi di una macchina del tempo, che sfreccia verso il futuro per controllare il tasso di cambio del rublo. Ritorna nel presente per dare indicazioni in base a quelle proiezioni. Così facendo rende le proiezioni obsolete. Quindi deve generare una nuova serie di proiezioni, all'infinito.

Le dice che in quella stanza passano ore, giorni interi nell'arco di quelli che a volte sembrano minuti scarsi. Settimane e persino mesi volano in un lampo. Vorrebbe poter rallentare tutto solo per una volta. Vorrebbe poter congelare un istante e studiarlo, rigirarselo tra le mani. Ma tutto scorre via così veloce. Ogni secondo si innalza e si abbatte su di te e sparisce prima che tu te ne accorga.

Gavin si è addormentato, la testa appoggiata sulle braccia. Arnold è sgusciato dalla sedia e si è avvicinato all'acquario per guardare le carpe da vicino. Maeve finisce quel che resta della cena di lui. Prende la tazza di tè con entrambe le mani e la beve tutta.

Chiede se può prendere il dolce.

Certo.

Vorrebbe i dolci della luna con il ripieno di cinque noccioli. Quando arriva il piatto lo attacca con i gomiti sul tavolo. A questo punto Martin confessa una paura assurda e inconfessata. Dice, Senti. Il tono è disinvolto e lieve, ma lei percepisce una vena sincera nelle sue parole. Ogni tanto è sopraffatto dall'idea che se non fa attenzione, lui e quelli come lui piegheranno e distorceranno il tempo così tanto da romperlo. È sciocco, lo sa. Il tempo non funziona così. La vita non funziona così. Ma due generazioni fa le transazioni passavano per gli operatori alle grida nel salone della borsa e richiedevano tre o quattro secondi, e oggi i modelli informatici controllano transazioni del genere in picosecondi – scambi così veloci che nessun umano può sperare di stare al passo. Gli scambi avvengono a cascata, una valanga di transazioni che minacciano di finire del tutto fuori controllo.

Martin è turbato dalla possibilità che anche il tempo possa essere spinto oltre i suoi limiti.

Martin è ossessionato dal pensiero che lui e altri come lui trafficheranno tanto con il lato nascosto delle cose che l'ordine dell'esistenza vissuta sarà fatalmente compromesso.

Martin è tormentato dall'idea che se non stanno attenti potrebbero finire per far aprire vasti buchi interdimensionali nel tessuto dell'universo.

*

Ordina un'altra birra e dice che spesso pensa a come doveva sentirsi uno sciamano del passato, uno di quei profeti tribali che gettavano le ossa a terra o esaminavano le viscere degli animali in cerca di auspici. Ora non prendiamo in considerazione pagliacciate del genere, anche se lui si rende conto di non essere così diverso. Anche lui esamina segni oscuri alla ricerca di indizi sul futuro, in un modo che gli altri considerano misterioso, anche se seguono i suoi pronunciamenti con grande interesse, addirittura con timore reverenziale. Il potere che detiene appare ridicolo persino a lui. Si sente come un anziano del tempio senza il pastorale e la mitra d'ufficio, un sant'uomo che contempla i misteri. Ma poi ricorda a se stesso come nell'antichità il senso della cronologia fosse avvertito in molto diverso. Prima e dopo in passato significavano tutt'altra cosa, tanto che viene da chiedersi quanto lui e quelli che lo hanno preceduto millenni prima hanno in comune, ammesso che abbiano in comune qualcosa.

Siamo tutti umani, è ovvio. Dobbiamo condividere ogni tipo di connessione, profonda o meno. Eppure gli uomini primitivi non stavano seduti da soli in un ufficio tutto il giorno, tutti i giorni. Non scrutavano un computer. Non parlavano con qualcuno a quindici o venti o venticinquemila chilometri di distanza, con uomini e donne dall'altra parte del mondo. Non compravano e vendevano il futuro. Martin ha sentito dire che il linguaggio verbale è iniziato con il calcolo. Il primissimo testo scritto è stato una cambiale. Il denaro non è altro che una sorta di memoria sociale. Tali innovazioni hanno segnato rivoluzioni sconcertanti. La contabilità a partita doppia, la società per azioni: la storia è costellata di progressi. L'interesse composto sta al contante come il motore a combustione interna sta alla ruota. Per eoni, l'umanità è sopravvissuta senza mai aggregare titoli e prodotti d'investimento in un unico strumento finanziario – due, tremila mutui, ognuno dei quali rappresenta il lavoro di una vita, decenni di duro lavoro – che viene parcellizzato e accorpato, poi suddiviso e accorpato di nuovo, per essere venduto e rivenduto più e più volte, il tutto infine compresso in un unico numero lampeggiante sullo schermo, un numero che può in qualsiasi momento moltiplicarsi in maniera esponenziale o svanire del tutto, come la più sinistra delle magie.

Queste cose mi svegliano la notte, spiega Martin. Resto lì senza riuscire a riaddormentarmi. Rimango lì a pensare a tutto quello che deve essere successo mentre stavo ronfando e a tutto quello che continua a succedere. Mi alzo alle due o alle tre del mattino per controllare il prezzo dello yen. Controllo lo yuan, il rand, lo shekel. Controllo le opzioni sul grano, sul gas naturale e sul tungsteno, e intanto mi chiedo se il tempo sta per ingarbugliarsi, annodarsi e legarsi in un groviglio irrimediabile, e cosa succede se le cose vanno così, e cosa farei se succedesse.

Mette in guardia sé stesso per aver già detto troppo, però le racconta di come la sua reputazione sia stata consolidata qualche anno fa quando aveva previsto un forte rialzo della corona norvegese mentre tutti gli altri pronosticavano un ribasso. Tutta Wall Street. La sua società, seguendo le sue indicazioni, aveva fatto un mucchio di soldi. Gli operatori di borsa avevano presto finito per associarlo alla corona norvegese a tal punto che se la valuta si deprezzava molti di loro diventavano freddi e distanti con lui, se invece saliva lo salutavano con sorrisi e pacche sulle spalle. Era come se la corona portasse la sua faccia. La corona in effetti ha continuato ad apprezzarsi, con solo qualche occasionale passo falso, in gran parte grazie al boom del petrolio nel Mare del Nord; per questo motivo la sua posizione in azienda è ora ai massimi storici.

Nei primi anni di lavoro era un outsider. La gente tendeva a ignorarlo. Di recente, però, hanno iniziato a invitarlo a pranzo o a bere qualcosa dopo il lavoro. Alcuni mesi fa l'hanno invitato a giocare a poker. Non è mai stato un buon giocatore di poker, il che potrebbe sembrare strano se si pensa alla sua dimestichezza con i numeri, ma è pessimo a bluffare. Eppure quella sera era tornato a casa in attivo di ottocento dollari. Era quasi certo che il suo successo fosse dovuto al fatto che gli altri intorno al tavolo speravano di rimanere nelle sue grazie. I vertici della società ora lo consultano per avere consigli su questioni relative all'uranio o ai derivati del solare termico. Martin non sa nulla dell'energia nucleare o del sole, ma è lusingato dall'attenzione – tanto che quando i suoi modelli successivi avevano prospettato un lento ma costante ribasso della corona rispetto al dollaro non è riuscito a divulgare l'informazione, e invece ha alterato i dati per prevedere un altro lieve rialzo. Nel profondo sapeva benissimo che non era solo indegno ma anche autolesionistico, ma aveva pensato che magari questa volta avrebbe potuto essere fortunato e guadagnarsi così un po' più di tempo per troncare l'associazione tra il suo nome e la moneta norvegese. La corona aveva zoppicato per diversi giorni, ma alla fine si era ripresa. Questo aveva avuto lo sfortunato effetto di consolidare ancora di più la connessione nella mente degli altri. Diversi mesi dopo il suo modello aveva ancora una volta prospettato un ribasso, ma a questo punto sentiva di non avere altra scelta se non manipolare di nuovo i dati. La sua discreta celebrità gli piaceva e non voleva rinunciarvi. Come previsto, la valuta aveva avuto un'impennata dopo un modesto deprezzamento. In ufficio avevano preso a chiamarlo Martin il Rosso, un'allusione scherzosa all'esploratore nordico. E così la stima di cui gode sul lavoro è indissolubilmente legata al destino della corona; è da un po' di tempo ormai che falsifica i dati. Parte di lui vuole persino credere di avere in qualche modo avuto un ruolo attivo, per quanto minuscolo, indiretto e inesplicabile, nelle crescenti fortune della corona. È come se avesse un potere che non sapeva di possedere. Si rende conto che è completamente assurdo e sì, pericoloso, e che alla fine la verità verrà a galla, eppure gli piace così tanto essere uno dei capofila dell'ufficio che continua a ingannare non solo i suoi colleghi ma letteralmente sé stesso.

Ecco quello che non le dice: Diversi anni fa gli è capitata tra le mani una ricerca che affermava che circa il cinquanta per cento di tutte le ricerche sul web riguardano la pornografia. Il tempo di leggerla e avrebbe voluto non averla vista. Non le dice che non aveva mai cercato materiale pornografico prima – davvero, mai, se non altro per via della sua sconsiderata paura dei virus – ma quando aveva scoperto che lo fa mezzo mondo si era messo a farlo anche lui.

Da allora, di tanto in tanto si sofferma su un sito web che pubblica immagini di donne nude. Se telefona a quel numero può parlare con loro. Non lo fa. Non intende farlo. Gli basta sapere che può. Controlla invece il prezzo dell'euro. Controlla il prezzo del dollaro neozelandese e del córdoba nicaraguense. Poi si premia tornando sul sito internet per accedere a un'altra foto che ritrae un uomo con due donne. In quella seguente, la donna è vestita e l'uomo è nudo. Segue una foto di una coppia di donne, e un'altra di una donna sopra un uomo. Nel frattempo la sterlina scende. Il dollaro è in rialzo. Una donna corre nuda su una spiaggia. Corre sulla sabbia, le onde spumeggianti dietro di lei. La sterlina continua a scendere.

Non dice a Maeve del sito web che ha scoperto in cui una coppia ha installato una telecamera nella stanza da letto. Diverse sere alla settimana diffondono via web i loro amplessi. Si fanno chiamare Day for Knight. L'uomo calza sempre un elmo da cavaliere completo di visiera e pennacchio color ciliegia. Lei porta una parrucca alla Doris Day e occhiali da sole. Indossano quei travestimenti e nient'altro. Non si vedono in faccia. Si vede tutto il resto. Lui ha le spalle larghe, le braccia grosse e un petto possente. Lei è una donna formosa con un'abbronzatura artificiale e piercing labiali. I due fanno l'amore a favore di telecamera, e quando hanno finito restano stesi uno accanto all'altra sul letto, sfiniti, l'attrezzo dell'uomo arricciato a mo' di pitone contro la sua coscia, il sesso della donna che brilla sotto le luci. Guardano verso di te per un lasso di tempo sconcertante senza dire una parola, finché l'uomo con l'elmo non si protende per spegnere la telecamera.

Le chiede invece dell'Irlanda. Teme di aver sproloquiato troppo a lungo. Vuole che lei lo ripaghi con paio di confidenze. Le sue domande però la rendono reticente. Dice che a casa non succede mai nulla; non c'è molto di cui parlare. Mi interessa, le dice lui, mi interessa davvero. A questo punto il suo accento irlandese si accentua, venato di inaspettata commozione. Lei dice che la madre è morta qualche anno fa o che la madre sta morendo oppure che la madre è quasi morta quando lei ha lasciato l'Irlanda. Dice che non è mai stata da nessuna parte prima, tranne che a Dublino, che è a sette ore di autobus, o forse sta dicendo che una volta ha passato sette ore a Dublino in gita scolastica. Dice che il suo paese è un antico villaggio di pescatori fondato all'arrivo del cristianesimo nel Quinto secolo – o forse sta dicendo che il suo è il quinto villaggio di pescatori più vecchio d'Irlanda. Però lui riesce a ricavare qualche informazione in più, un rapido scorcio della vita di lei che emerge all'improvviso nel racconto per scomparire di nuovo nel rivolo delle sue parole. È cresciuta in un allevamento di mucche sull'orlo del fallimento. Crescendo, la vita era il clima. La vita erano i pasti semplici. I fratellini sempre tra i piedi. La casa si trovava all'incrocio dei sentieri per le mucche. C'era il richiamo dei gabbiani nell'aria, la vista delle lenzuola che si asciugavano stese su un filo. Nomina una zia Clodagh, e di sfuggita un cugino

Rionach, strani suoni che sembrano non appartenere a persone ma a paesaggi, intere topografie. Parla dell'immensa estensione della campagna, della costa frastagliata, del tonfo delle onde alla base dello strapiombo molto più in basso. La combustione della torba ora è vietata, ma quando era più piccola l'aroma si infilava nei vestiti, nei capelli, sembrava invaderle anche i sogni.

Alla fine quei ricordi la fanno sorridere. Rammenta le brume in lontananza, la lunga cortina di pioggia, i campi di grano invernale ondeggianti al vento. Preme il pollice su un seme di sesamo solitario nel piatto. Lui la guarda portarlo distrattamente alla bocca. Lei gli racconta della vecchia chiesa, con il campanile mezzo crollato che ha perso la campana. Nel cimitero, le lapidi s'inclinano venerande. Ricorda sanguinacci e zamponi di maiale in salamoia. Guardandola, Martin è di nuovo colpito da quanto sia piccola e snella, un fuscello, anche se i polpacci sono grossi per aver ballato i *reel* giù nella sala comune il sabato sera.

13.

La ragazza alla pari passerà il Ringraziamento con i parenti, il venditore di strada e la moglie, a Hoboken. Il martedì prima della festa, i Fowler si imbarcano su un volo per l'Indiana per andare a trovare la famiglia di Martin. Lo facevano sempre, ma l'anno scorso non sono riusciti ad andarci perché Lily aveva una lunga lista di testimoni da far deporre e nemmeno l'anno prima perché Arnold aveva la laringite difterica. Questa volta non possono mancare. Ma il viaggio si rivela infausto fin dall'inizio. L'auto a noleggio per l'aeroporto li va a prendere in ritardo, e devono attraversare di corsa il lungo terminal del La Guardia cercando di tenere vicini i bambini come fossero mustang per non perdere il volo. Quando arrivano a Indianapolis scoprono che due delle valigie hanno proseguito per San Diego. L'auto a noleggio puzza di sigaro. A causa del traffico del periodo festivo e della neve caduta di fresco arrivano tardissimo a Nice. Anche se i genitori hanno preparato il divanoletto del soggiorno per i gemelli, i bambini, agitati per il viaggio, si rifiutano di dormire. Alle tre del mattino Martin, in boxer e basta, sta ancora urlando minacce terribili quanto vane ai figli.

Seduto di fronte al padre a colazione, Martin si accorge che è dimagrito. L'uomo sembra sofferente; nell'occhio sinistro si nota un leggero strabismo. Sembra confuso, vaneggia. Martin prende da parte la madre per informarsi sulla salute del padre per due volte, ma lei continua a ribadire che non è mai stato meglio. Quando Martin la interroga di nuovo, lei si mette a piangere. Suo padre le ha fatto giurare di non dirlo. Incalzata, rimane però vaga sui dettagli in modo esasperante. Non sanno qual è la causa della malattia, non sanno come curarla. Non sanno per quanto ne avrà. Quella sera il marito della sorella più giovane di Martin – è un insegnante di teatro part-time e un aspirante drammaturgo che ha all'attivo un seminario su un suo soggetto alla YMCA di Ypsilanti, Michigan – si rivolge a Martin per chiedergli in prestito cinquemila dollari, cioè duemila in più di quelli che ha chiesto l'ultima volta.

Il poeta ha scritto che non si può tornare a casa, ma il poeta non ha mai vissuto in una zona rurale dell'America. A meno di quarantott'ore dal suo arrivo in Indiana, Martin si sveglia con l'impressione persistente che i due decenni trascorsi lontano da lì di colpo si siano ridotti, ogni anno non è più sostanziale della piega di una fisarmonica rotta. Manhattan non è solo lontana ma a una distanza galattica, come se nemmeno un'astronave potesse riportarcelo. La desolata familiarità di tutto – lo stesso tavolo da pranzo, il cibo di mille pasti insediato nella grana del legno; la quercia massiccia sul margine orientale del prato, i rami alti che scalava con tale slancio che il mero ricordo gli dà le vertigini; il fetore umido del seminterrato, l'odore di muffa che si insinua fino nella saletta della TV; la scala a scomparsa che porta in soffitta, i tuoni che battono contro il pavimento quando viene calata, pezzi di materiale isolante consunto che si spargono tutto intorno come neve molle; gli stessi piatti disposti in verticale nella vetrina delle porcellane, bordati da fili intrecciati d'azzurro e oro sbiadito; la familiare ragnatela di crepe nell'asfalto del vialetto; l'identica marca di succo d'arancia sul secondo ripiano del frigorifero, quel sapore eterno nella sua vita – genera in lui lo stesso senso di impotenza di fronte alle circostanze che ha provato da ragazzo.

Comunque rimangono differenze fastidiose. Se ne rende conto in modo spietato quel pomeriggio, quando scendendo la scala principale della vecchia casa sente uno strascichio provenire dalla nicchia sotto i gradini. Apre la porta – l'architrave segue la pendenza – e trova il padre rannicchiato all'interno, seduto in mezzo a scatole di vecchi documenti fiscali, album di famiglia e libri conservati dai tempi dell'università di Martin (Planck, Hawking, Feynman; anche Tommaso d'Aquino, il vescovo Berkeley e Kierkegaard), libri che una volta divorava, anche se non li apre più da quasi vent'anni.

Papà?

Entra, dice il padre. Si sposta in modo che il figlio si possa sedere. Voglio farti vedere una cosa.

Martin osserva il padre ricurvo, la testa che sfiora il sottoscala. Dice, Perché non ci spostiamo fuori...

Vieni dentro.

Martin si infila dentro e si siede sui *Principia* di Newton. Il vecchio chiude la porta. L'unica illuminazione proviene da una sottile lama di luce alla base della porta. L'effetto è subito claustrofobico.

Guarda cos'ho trovato, dice il vecchio. Posa una moneta nel palmo di Martin.

Dalle dimensioni Martin tira a indovinare, Un nichelino?

Conta le zampe, esorta l'uomo.

Quando Martin fa per aprire la porta, il padre tende il braccio per richiuderla con violenza. Non si può fare là fuori, dice.

Ma non riesco a vedere qui dentro.

Il padre si avvicina per spiegare. Alla luce gli cresce la quarta zampa, dice.

Martin fissa il padre. I suoi occhi si sono adattati all'oscurità, così riesce appena a distinguere il viso avvolto nella penombra, le stesse sopracciglia folte e lo stesso naso affilato che popolano molti dei suoi ricordi. È lì seduto accanto al padre sotto le scale della casa in cui è cresciuto, la casa in cui è successo tutto ciò che lo ha trasformato nella persona che è diventato.

Il padre gli dà una pacca sulla gamba e dice, Per ora sarà il nostro segreto.

La mattina del giorno del Ringraziamento spunta grigia e gelida. Il cortile davanti sembra un dipinto su specchio che si potrebbe frantumare con un sasso. Poiché la sua famiglia vive in quella zona da generazioni, i partecipanti alla cena sono una moltitudine, la logistica è degna di un assedio al castello. Prozie, nipoti, cugini di secondo grado, un numero imprecisato di concittadini che, nel corso degli anni, hanno telefonato al padre per un rimorchio, nonché il vicario in pensione, il nuovo vicepreside del liceo e una coppia di giapponesi al primo viaggio negli Stati Uniti convinti di visitare un edificio Frank Lloyd Wright prima maniera: si aggirano tutti per le stanze della vecchia casa e nonostante il freddo si riversano sul portico davanti e nel viale. Un'ora prima della cena, la madre di Martin decide che le occorrono altri minimarshmallow per lo sformato di patate dolci e così lo spedisce al supermercato. L'unico negozio aperto in quel giorno festivo è un piccolo minimarket all'altro capo della città. I mini non ce li hanno. Martin compra due sacchetti di quelli grandi, ma tornando verso casa sbaglia strada e si ritrova in aperta campagna. Mentre gran parte del panorama che sfila davanti al parabrezza gli appare alieno, qualche punto di riferimento sbuca in un lampo di ricordo. È come guardare i resti sfilacciati dell'arazzo a brandelli della sua infanzia. Gli scorrono davanti la torre dell'acquedotto, l'entrata della cava di calcare e il vecchio diamante di baseball. La chiesa presbiteriana scozzese cadente con i suoi pilastri ottagonali. La fattoria Broadhurst che sorge accanto a un campo incolto, con la brina che impolvera i solchi. Sei mucche stanno immobili sotto un frassino spoglio. E poi va verso il fiume, trascinato dalla calamita che è la memoria. Ricorda ancora una volta i colori autunnali delle sponde, il suono dell'acqua che scorre in lontananza, l'azzurro del cielo lassù dipanato tra gli alberi e il crepitio delle foglie secche sotto i piedi e le tracce di escrementi animali e l'antico sicomoro sfregiato da un fulmine di vent'anni prima con gli uccelli che girano intorno ai rami più bassi e la gigantesca macina inclinata fuori asse, tutto quel che resta del vecchio granaio.

La scena ha il carattere di una xilografia: spoglia e inquietante, la resa dell'immagine austera e per questo tanto più bella. Un attimo e Martin si rimprovera per tutta quella sdolcinatezza. L'Indiana della sua infanzia è avvolto nel mito. La storia dello stato trabocca di linciaggi, sterilizzazioni forzate e feroci lotte sindacali nelle acciaierie intorno a Gary. Le scorie radioattive una volta scorrevano liberamente nel fiume Wabash. Il Klan è ancora attivo. La commissione statale per i libri di testo ha stabilito che Robin Hood è un comunista. Se incalzato, Martin potrebbe ricordare di essere andato con il padre a guardare uno dei contadini locali piantare un proiettile calibro dodici nella fronte di tutti i suoi settantanove capi di bestiame dopo un'epidemia di afta epizootica. Il gruppo di uomini – erano tutti uomini – se ne stava in silenzio a condividere l'impotenza di fronte alla natura. Ricorderebbe i lavoratori migranti stagionali che passavano in città a primavera per raccogliere cavoli e cetrioli, i loro figli che comparivano all'improvviso nei corridoi della sua scuola per cinque o sei settimane di fila – quella che si chiamava Asunción stava seduta davanti a lui a storia americana; il giorno che gli aveva sorriso quel suo sorriso aveva brillato come una torcia che indica la via d'uscita da un pozzo sotterraneo – e poi altrettanto all'improvviso scomparivano.

Alla fine arriva al terreno sui cui lui e Wendy Chalmers avevano fatto progetti, anche se all'inizio stenta a riconoscerlo perché è occupato da alcune casette a due piani raccolte intorno a uno stretto cul-de-sac. Le case sono nuove. Il prato non è ancora stato posato. Non si riesce più a vedere il fiume per via dei tetti. Dall'altra parte della strada, dove una volta c'era una distesa erbosa, la terra è stata squarciata. Le fondamenta di cemento di altre due case mostrano le loro facce piatte e una rete incompiuta di tubature sotterranee giace nuda ed esposta all'aria fredda. Parcheggia accanto al marciapiede e guarda le auto nei diversi vialetti. Guarda le cassette della posta e le grondaie già intasate di foglie e il triciclo che giace su un lato nel fango. Un cane invisibile guaisce in lontananza. Una sagoma si muove dietro una delle finestre. È come ascoltare un perfetto estraneo che ridispone a caso i tuoi sogni più preziosi in modo così intimamente dettagliato da risultare disarmante.

Tornando verso la casa dei genitori, Martin è costretto a fermarsi a un passaggio a livello. Guarda i carri merci della Norfolk Southern passare sferragliando. A volte basta il fischio di un treno per farti cadere la testa tra le mani.

Al rientro a New York scoprono che le decorazioni natalizie sono state montate. Ghirlande nelle vetrine dei negozi, giganteschi fiocchi rossi legati ai lampioni. Il portiere del loro palazzo appende lucine nell'atrio e un ramo di agrifoglio accanto alle cassette della posta. I Fowler aspettano ad addobbare l'appartamento, non per mancanza di spirito natalizio da parte di Martin, ma perché ha sempre creduto che la fretta prematura di annunciare lo Yule non faccia che diminuirne il potere. È un purista in materia. Malgrado le proteste della moglie e l'impazienza dei gemelli, installa il grande abete nell'ingresso di casa solo alla fine della terza settimana di dicembre. Il sempreverde è imponente. La stella si piega in cima, due delle punte si appiattiscono contro il soffitto. Le luci si accendono e si spengono, le decorazioni catturate nei loro arcobaleni.

La presenza dell'albero scatena tutta l'energia della festa. Lily prepara piattini natalizi di pot-pourri fatto in casa: petali di rosa essiccati, cannella macinata, chiodi di garofano schiacciati. I ragazzi appendono le calze – di cotone intrecciato, comprate, il prestito di un gigante – alla mensola del camino. Le ghirlande compaiono alle finestre. Un crooner degli anni Sessanta morto da tempo (tossico e marito violento, secondo una recente biografia) diffonde dagli altoparlanti i classici di stagione. Maeve spacchetta un piccolo presepe: i pezzi sono grossolanamente intagliati nel legno pietrificato della foresta di Curraghchase. Le sculture sono rozze, quasi informi, salvo una linea rada qua e là a suggerire l'incavo di un braccio, un solco della fronte. Proprio questa essenzialità, unita all'antichità, conferisce loro una gravità che dà un senso e un peso ai preparativi. Più tardi quella sera la ragazza accompagna i Fowler a un'esecuzione di Haendel alla Trinity, gli alleluia rimbombano dalle capriate della chiesa.

Uno dopo l'altro i fedeli si alzano, e ben presto anche Martin è in piedi, a cantare nei secoli dei secoli.

Eppure quest'anno lui si accosta alla festa con sentimenti contrastanti. Gli piace il suono delle campane della slitta e il profumo di cedro, ma le origini selvagge e pagane del Natale riescono ad imporsi come mai prima d'ora. Anche se è la stagione della bontà non può ignorare il modo in cui le sue notti sono state dedicate a una tresca disgustosa. Lui e la moglie hanno preso l'abitudine di stare in agguato nella loro camera da letto come libertini. I loro rapporti sembrano segnati da un cinismo sessuale da cui teme non si riprenderanno mai del tutto. Non è solo un uomo diviso ma un uomo diviso a metà, squartato e squartato di nuovo.

Martin ha sempre avuto gusti modesti, nulla di sensazionale. Dategli olio d'oliva e parmigiano invece che un ragù denso; cravatte legate con un nodo mezzo Windsor invece che con un Van

Wijks o un merovingio; Rothko anziché Pollock. Dato che anche la sua offerta in camera da letto è stata mediocre, ora scopre con sconcerto di nutrire tali sudicie propensioni libidiche. Non avrebbe potuto essere più sorpreso se avesse scoperto di avere un talento ignoto per il funambolismo circense o una speciale abilità nel disinnescare le bombe in tempo di guerra.

La difficoltà è resa ancora più spiccata dal fatto ovvio che Martin prova un divertimento smodato e del tutto imprevisto nel sapere che qualcun altro sta a guardare mentre lui si trastulla con la moglie. È più divertente di quanto non abbia il diritto di essere. Pur avendo letto un po' di Freud qua e là, ancora non capisce perché debba essere così. Forse perché la situazione risveglia in Lily un appetito di cui è rimasto del tutto ignaro per tutti quegli anni. Anche se sarebbe addossare l'onere alla moglie quando sospetta che sia suo. Si preoccupa che questi episodi suggeriscano un difetto incorreggibile nel proprio carattere, un'indecenza a vasto raggio. Per Martin, il talamo coniugale è sempre stato l'arena in cui la sua inclinazione erotica era al servizio di uno scopo più alto – ossia il suo amore per la compagna. Un po' vecchio stile, forse, ma definiva con esattezza il suo punto di vista. Ora però si sente perseguitato da impulsi più bassi a cui non riesce a sfuggire. Sullo sfondo del periodo natalizio, i contrasti gli appaiono spregevoli e osceni.

L'approccio rigoroso di Martin ai riti del Natale risale all'infanzia. Era sempre lui a portare le decorazioni giù dalla soffitta. Era Martin a vagare per i boschi alla ricerca di ramoscelli di vischio. Era Martin a trovare il cappello e la sciarpa del pupazzo di neve ed era Martin a pescare la carota più grossa nel frigo. E se gli piace aspettare fino all'ultimo minuto per fare l'albero, durante l'infanzia non voleva vederlo disfato fino a parecchio dopo la fine delle feste, anche se gli aghi secchi punteggiavano il pavimento e una lampadina calda troppo vicina avrebbe potuto incendiare il vecchio pino scozzese. Il Natale ha sempre infuso in lui la speranza che ci siano pace e bene da qualche parte là fuori, anche se non sulla Terra.

I gemelli hanno amplificato la gioia di Martin per la festa. Quando ancora camminavano a stento erano già inebriati dai pacchetti colorati, dai canti natalizi, dai vassoi di biscotti glassati con Babbo Natale in verde, bianco e rosso. Quest'anno, per la prima volta, hanno cominciato a cogliere la misura piena delle feste. Maeve li aiuta a scrivere le letterine al Polo: Volio una machina elletrica. Il loro entusiasmo ravviva l'apprezzamento di Martin. La loro risata è purificante, persino redentrice. Aiuta anche il fatto che lo considerano non un pervertito, ma il loro padre. Ma questo, ammette, è solo perché sono stati cullati dalle illusioni che lui stesso ha alimentato. Non lo conoscono. Non sanno di cosa è capace. Quando riflette sul benessere dei figli e poi ricorda le stravaganze serali in cui lui e la loro madre sono coinvolti, prova non tanto una vergogna cocente – anche se quella c'è, certo – ma soprattutto un lieve palpito di sbigottimento. Quest'anno quel genere di comportamento minaccia di strappare al Natale gran parte della sua innocenza, svuotandolo. Il suo umore nei giorni che seguono riecheggia spesso i tropi druidici di freddo e oscurità, decadenza e morte. Si preoccupa che persino le calze zeppe di dolciumi appese al caminetto di noce abbiano al suo naso un sentore di carbone.

14.

Quella di Martin è stata un'infanzia benevola e bucolica. Può contare sulle dita di una mano gli episodi di tumulto emotivo o vergogna cocente: aveva rubato per scommessa una merendina da Quiki-Mart ed era stato così divorato dal senso di colpa che l'aveva buttata via anziché mangiarla; aveva avuto la peggio in una scazzottata con Billy Kolchak in quinta elementare dopo che Billy aveva definito la madre di Martin una mongolfiera; una delle sue sorelle era entrata in bagno quando lui era in bagno non per fare quello che si fa in bagno. Eppure, nonostante oggi siano di gran voga i memoir in cui l'eroe subisce maltrattamenti fin dalla più tenera età, ha dovuto affrontare poche sfide alla sua autostima o al suo benessere. Un episodio però merita di essere citato: a sei anni era venuto a sapere che Babbo Natale non esiste. Tutti i bambini scoprono questa verità prima o poi, ma le statistiche dimostrano che a Martin era successo quasi due anni e mezzo prima della media, e in un modo che lo aveva segnato nel profondo. A quell'età si pensa che Dio indossi un maglione rosso. La ricaduta esistenziale era stata notevole.

Era andata così: Mary Lou Rasmussen, una ragazzina che abitava in fondo alla strada, badava ai bambini Fowler nei rari pomeriggi estivi in cui la madre si concedeva una matinée a La Cinémathèque. Questo accadeva ben prima dell'avvento dei multisala nei centri commerciali, all'epoca in cui ogni cittadina aveva il proprio cinema, di solito con un nome d'altri tempi – il Savoy, il Bijou, il Teatro, il Roxy – e un arredo da bordello di Reno, con una buca per l'orchestra delimitata da cordoni, un sipario di velluto e palchi con cupidi in rilievo di finta foglia d'oro. A causa di un errore di programmazione che era passato inosservato per quasi un anno intero, una grande società di distribuzione cinematografica aveva inviato a queste sale di provincia una serie di film sottotitolati destinati ai cinema d'essai lungo l'asse Boston-New York-Washington. Ogni giovedì arrivava una bobina che esplorava la condizione umana a tinte noir. L'errore di spedizione aveva generato un pubblico improbabile di casalinghe di paese, una categoria demografica che di norma optava per commedie demenziali, drammi romantici o storie di giustizia di frontiera per sfuggire alla depressione domestica. E invece si erano ritrovate folgorate dalla Nouvelle Vague francese e dal neorealismo italiano. Quelle signore avevano visto *Ladri di biciclette, Fino all'ultimo respiro, La battaglia di Algeri* e *Bella di giorno* (tre volte). Chi avrebbe mai immaginato che la casalinga tarchiata con un ricciolo di capelli umidi che le ricadeva sulla tempia mentre preparava il pranzo al sacco per i figli e rammendava i calzettoni del marito sognasse di farsi possedere da Belmondo sul pavimento di un pied-à-terre di rue Saint-Jacques? Se la società di distribuzione non avesse corretto l'errore a tempo debito, uno di quegli sconvolgimenti culturali – questa volta innescato da casalinghe in prima fila – che all'improvviso squarciano il paesaggio sociale avrebbe potuto far implodere l'America riportata nei libri di storia. Come sappiamo, quelle sale hanno finito per chiudere, solo per resuscitare come negozi di telefonia mobile, catene di frozen yogurt e saloni di manicure. Così era tramontata la congiuntura rivoluzionaria.

Dunque Mary Lou Rasmussen faceva da babysitter ai bambini Fowler mentre la mamma usciva a prendere una boccata di

Godard. Un pomeriggio un amico di Mary Lou si era presentato alla porta poco dopo che la madre era uscita. Martin ne ha un ricordo molto vivido. Il ragazzo aveva lunghi capelli arruffati e il mento ispido, la barba di due giorni come limatura di ferro sotto la pelle. Una sigaretta gli pendeva dalle labbra. Aveva detto, Chiamami Knuckles. Martin non faceva più il pisolino dall'anno prima, però Mary Lou aveva mandato i bambini a coricarsi in camera da letto. La giornata era calda e le mosche ronzavano sulle zanzariere. Quando si era alzato per prendere un bicchiere d'acqua, era arrivato sulla tromba delle scale giusto in tempo per vedere Knuckles affondare le mani nel top a fascia di Mary Lou. Martin si era aggrappato alle colonnine come un animale allo zoo.

Tutti i giovedì dei mesi seguenti Martin si era appollaiato sulle scale. Poiché Mary Lou Rasmussen era una fedele della congrega luterana, non permetteva al fidanzato di avventurarsi sotto l'equatore dell'ombelico. Ma gli consentiva il pieno sconfinamento a nord. Era una di quelle ragazze del Midwest di robusta stirpe scandinava. Martin era stato sopraffatto dallo stupore e dalle dimensioni dei suoi seni. Erano di un candore inquietante, quasi di porcellana, il sinistro leggermente marmorizzato da una vena azzurrognola. La vena era il fiume su cui navigava a vele spiegate la goletta del suo desiderio. I seni sembravano provenire da un altro luogo e da un altro tempo, emissari dedicati di una terra dal fascino smisurato. Mary Lou Rasmussen non si era mai accorta di Martin seduto sui gradini, ma i suoi capezzoli lo guardavano come iridi violabrune dilatate per la sorpresa. Il fidanzato, intanto, pizzicava, stuzzicava e sbavava su quei bozzi di pelle arricciata. L'attenzione che dedicava loro era febbrile e prolungata. L'espressione sul volto sudato di Knuckles era tormentata dal desiderio. Soffriva. Mai prima d'allora Martin aveva assistito a una devozione tanto sincera e palpabile verso qualcosa o qualcuno. La prospettiva di poter un giorno provare anche lui sentimenti tanto estremi – che si trattasse di una donna, di un principio, di un'ossessione o di un modo di vivere – faceva sudare anche Martin. Solo al rumore degli pneumatici che risalivano il vialetto di ghiaia Knuckles si affrettava a uscire dal retro, mentre Mary Lou si ricomponeva. Era andata avanti così per tutta l'estate e fino all'autunno. Il ragazzo di Mary Lou Rasmussen non faceva caso ai bambini, ma quando era arrivato il giovedì prima di Natale e aveva trovato l'albero che risplendeva in salotto, si era rivolto al piccolo Martin e aveva detto, Sai, Babbo Natale è morto.

Il tono del ragazzino era serio, non malevolo. Knuckles, pur ottuso, non era cattivo. Eppure era un pronunciamento degno di Nietzsche. Non, Babbo Natale non esiste o Babbo Natale è una bugia: rivelazioni che Martin avrebbe potuto sopportare. Ma Babbo Natale è morto no. Gli era rimasta l'immagine di Babbo Natale che si schiantava con la slitta sulla statale 168 dell'Indiana. Si era immaginato i pannelli rossi della slitta sfondati, i giocattoli sparsi, le renne malconce che bramivano distese sull'asfalto. Si era figurato un pattino scheggiato che aveva trafitto al cuore Babbo Natale. Alla fine aveva compreso che San Nicola era solo una storia che si racconta ai bambini, ma le parole di Knuckles avevano continuato a ossessionarlo. Il Natale rimane per Martin una festa molto cara, ma ancora adesso avverte una connessione oscura e non del tutto comprensibile fra Babbo Natale e il caos, fra Babbo Natale e le membra straziate.

Nei primi mesi del nuovo anno, Mary Lou Rasmussen aveva mollato la scuola e si era trasferita a Cincinnati per frequentare un programma di formazione in massoterapia che aveva pure mollato. Da allora la storia ne aveva perso le tracce. Knuckles era morto diversi anni dopo in una delle guerre del deserto quando la testata di un lanciarazzi aveva perforato la corazza del suo carro armato M1 Abrams. Dopo che Mary Lou se n'era andata, la madre di Martin aveva incaricato la vedova Frackingham dall'altra parte della strada di badare ai bambini. La vedova Frackingham portava calze contenitive arrotolate appena sotto le ginocchia e puzzava di pasticche deodoranti per WC. Martin non aveva più rivisto Mary Lou Rasmussen, anche se l'episodio si era rivelato uno spartiacque nel suo sviluppo. Forse la confluenza del suo ampio davanzale con il refrain archetipico della Madre Assente, nonché la distruzione del pantheon dell'infanzia – Martin aveva concluso che con Babbo Natale aveva abbattuto il Coniglietto di Pasqua, la Fata dei Denti, e anche l'Omino della Sabbia doveva essere destinato all'estinzione – aveva innescato una crisi sismica in cui il suo ego in via di sviluppo era stato incrinato da spostamenti tettonici edipici, psicosociali e metafisici. Particolarmente spaventosa per Martin era stata la natura elaborata e assoluta dell'inganno. Non solo la minaccia di un Babbo Natale che tiene la lista dei buoni e dei cattivi veniva impiegata senza vergogna per imporre norme di comportamento draconiane ai bambini e per infliggere danni ecologici enormi a grandi masse di conifere abbattute e pollame macellato, ma vasti quadranti dell'economia si affidavano all'espediente per raccogliere fino al 40, persino il 50 per cento in più delle loro entrate annuali. Senza quella finzione, gli ingranaggi del commercio sarebbero stati rasi lisci entro primavera. Babbo Natale morto era più potente di quanto Babbo Natale vivo avrebbe mai potuto mai essere.

Una simile disillusione è un rito di passaggio naturale che tutti affrontano, ma nel caso di Martin c'era stata una coda che aveva aggravato il trauma: l'autunno seguente Warren Dewhurst, un compagno di scuola, aveva chiesto a Martin se pensava che Babbo Natale esistesse davvero. Warren glielo aveva domandato apertamente, con un tono indagatore così velato di preoccupazione che Martin aveva capito che l'amico sarebbe stato annientato dalla cruda realtà dei fatti. Martin mentì e gli rispose che esisteva di sicuro. Aveva fatto un lavoro così magistrale nel tenere in piedi la finzione per il bene dell'amico che in alcuni momenti se n'era dimenticato anche lui e così aveva sperimentato ancora una volta, anche se solo per pochi secondi, quell'incanto delle feste che deriva dalla fedeltà ai suoi miti e alle sue icone. Martin aveva trovato quegli scambi innocenti eppure così dolorosi da lasciargli una nostalgia dolceamara. Nella giusta dose la nostalgia può avvicinarci a un apprezzamento per il sublime, ma in quantità troppo grande o grossolana ha la consistenza della bile. Soltanto all'età di dieci anni Martin aveva capito che anche Warren aveva scoperto per caso la verità anni prima. A quanto pare ognuno di loro aveva mantenuto la facciata per il bene dell'altro. Sì, lui e Warren Dewhurst erano amici del cuore.

Nonostante la delicata ironia della situazione e la tenera sollecitudine reciproca dei protagonisti, Martin aveva tratto dall'incidente una cupa lezione. Aveva visto in quell'accorato sotterfugio a fin di bene una meccanica più sinistra. Se la potenza del motore sociale poteva essere usata per alimentare un'illusione di tale portata, allora bisognava chiedersi quale dei totem della civiltà fosse genuino. Una duplicità sostanziale e ineluttabile sembrava occupare il cuore di tutte le cose. Forse niente è sicuro. Temeva che Dio, la patria, la libertà, l'io e tutto il bagaglio concettuale che alimenta il nostro senso della realtà potessero essere semplici *shibboleth* che adottiamo per paura, pigrizia o negligenza intellettuale, il risultato di un istinto di gregge atavico che riesce a corromperci tutti. Forse alimentiamo la finzione negli altri per crederci anche noi. Come se il reale fosse quello che si ottiene solo quando abbastanza persone si comportano come se lo avessero già.

Il nichilismo adolescenziale è tra i più virulenti. Può spingere una persona su un qualsiasi numero di strade che ottundono l'anima, dallo sniffare colla al giocare ininterrottamente ai videogame, dall'onanismo compulsivo alla politica del consiglio studentesco. Martin no. La matematica lo aveva salvato alla fine. Ricorda il momento preciso. Un attimo prima era un ragazzino svogliato che guardava saghe spaziali sul grande schermo, sfogliava fumetti e andava a nuotare alla cava. Un attimo dopo aveva perso la testa per le cifre. Lì c'era un mondo più reale, più duraturo del suo ambiente familiare di tavoli e sedie. I numeri non gli avevano restituito la fede nelle cose. I numeri gli avevano restituito la fede nella fede.

Fino a quel momento era stato uno studente mediocre. I docenti lo notavano a malapena. Invece la professoressa di quell'anno era diversa. Si chiamava signorina Bucknell. Aveva un approccio quasi evangelico all'insegnamento. Si sentiva in dovere di restare con lui dopo le lezioni a spiegargli Euclide. Lui si trovava in difficoltà con la più semplice delle deduzioni, incapace di vedere ciò che era ovvio per tutti gli altri. La signorina Bucknell non riusciva a capire che cosa era che Martin non riusciva a capire. Si può essere così intelligenti da essere stupidi.

Aveva tentato vari approcci, gli aveva prestato un testo dopo l'altro. Uno di questi includeva un'appendice che esponeva nel dettaglio i famosi enigmi della matematica. Il teorema dei quattro colori, che afferma che in una mappa è sufficiente un quartetto di tinte per fare in modo che regioni confinanti non abbiano lo stesso colore, aveva catturato la sua attenzione. Benché formulata a metà Ottocento, l'ipotesi ha richiesto più di un secolo ai matematici per essere avvalorata. Martin la risolse durante la funzione della domenica dopo. La risposta arrivò come una sorta di grazia, trasportata dai raggi del sole. Dal suo banco vide il modo in cui la luce penetrava attraverso i vetri colorati, riversandosi nel transetto, inondando tutte quelle teste chine. Nella vetrata, la Madonna teneva in braccio il Bambino. Giuseppe stava a guardare. Il nimbo sopra la testa dell'Arcangelo

Gabriele era rosso scuro. Anche il rosso, il blu, il verde e l'oro brillavano nel vetro. La soluzione gli era arrivata come se Martin fosse sulla strada di Saulo: l'oro non era necessario. La cognizione aveva riportato il mondo al posto giusto. Affrontò poi il problema del Principe Rupert, quindi la famigerata Torre di Hanoi, seguita dai famosi Sette Ponti di Königsberg di Eulero. Non si può fare, disse alla signorina Bucknell di quest'ultimo, e spiegò perché.

Lei lo guardò fisso. Come hai fatto? chiede. Lui alzò le spalle. Sotto i piani e gli angoli del mondo scorgeva indizi del sacro. Aveva vissuto le inferenze di vasta portata che sono gli strumenti del mestiere del matematico come folli atti di fede.

Non lo so, confessò.

Cara signorina Bucknell. Uno aspetta per tutta la carriera uno studente simile. Era morta serena alcuni anni dopo, come se la missione della sua vita si fosse compiuta. Al funerale c'erano solo il prete e il nipote venuto da Kokomo, che dopo la cerimonia aveva chiesto a Martin se sapeva dove poteva procurarsi un po' d'erba.

Ma quegli enigmi non erano che giochi da salotto. Il vero lavoro ancora l'attendeva. Al college Martin si immerse in equazioni differenziali, topologia, analisi armonica, meccanica dei fluidi. Non si studia matematica per fare un mucchio di soldi o per guadagnare l'ammirazione degli altri o per far colpo sulle ragazze. Lo sanno tutti che per conquistare una donna si gioca a football o ci si veste alla moda. Lui portava gli abiti smessi dal padre oppure acquistati sui cataloghi di vendita per corrispondenza. Mentre quando si buttava nelle competizioni sportive sui campi e gli stadi della sua giovinezza subiva tre strike in battuta, sbagliava il passaggio o falliva il tiro libero. Forse fu questa una delle ragioni per cui prese prontamente in simpatia i numeri. In quell'ambito sentiva di avere il controllo come non gli era mai capitato altrove. Gli bastavano una matita, un foglio e un'ora di tempo per lavorare indisturbato, e sondava fino al nocciolo, vedendo oltre il mondo fisico fino all'essenza. Qualsiasi altra cosa nella vita pareva comportare un'esibizione consapevole di sé, uno spettacolo che interpretava per una folla di spettatori anonimi. La matematica no. Quando faceva matematica non era per altre persone. Quando faceva matematica aveva un pubblico formato da una sola persona. Il pubblico era Dio.

È stato tutto molto tempo fa. Erano passati quasi due decenni da quando Martin aveva abbandonato il suo tentativo di provare in "Una dimostrazione stocastica del principio di ragione sufficiente mediante la Congettura Saperstein-Hideaki" l'esistenza dell'Onnipotente attraverso le tecniche matematiche più avanzate e le recenti innovazioni della fisica. Se decenni prima la scomparsa di Babbo Natale era stata scoraggiante, quella di Dio nell'età virile aveva rischiato di farlo sprofondare in una disperazione paralizzante. Ciò che si era rivelato più snervante era che, nonostante il fallimento, Martin non poteva evitare il fastidioso sospetto che la vita non sia abbastanza buona per nessun Dio. Ancora oggi non riesce a superare il timore che in assenza di Dio i colori dell'esistenza siano dominati da pastelli sbiaditi invece che dalle ricche tonalità accese che la condizione umana merita. A notte fonda, disteso a letto nell'oscurità solitaria, è convinto che ci debba essere qualcuno o qualcosa là fuori che sia un testimone compassionevole delle nostre aspirazioni più profonde, degli aneliti disperati e dei terrori inespressi.

Questi sentimenti sono complicati dall'incrollabile convinzione di Martin che senza Dio i tentativi contrastanti di spiegare il perché e il percome dell'esistenza si dimostrano disperati. È sufficiente la considerazione più superficiale per riconoscere il Big Bang – l'idea che la totalità dell'essere sia spuntata non so come in una manciata di zeptosecondi dalla punta di una matita di materia incredibilmente piccola e incredibilmente densa – come niente più che una metafora grossolana. La domanda davvero interessante è cos'è successo nel batter d'occhio prima del Big Bang, e di questo non abbiamo la benché minima idea.

I suoi colleghi del settore investimenti e i suoi conoscenti nella vita privata non vengono nemmeno sfiorati da domande simili. I perché dell'universo non li turbano. Martin si sente a disagio per le sue preoccupazioni. Certo, ad alcuni piace ribadire che la ricerca delle risposte alle grandi domande dell'esistenza sta al vertice dell'impegno umano, però Martin ha lottato per uscire dalle loro fila. In effetti c'è qualcosa di puerile, se non addirittura patologico, in tali preoccupazioni. Lily, per esempio, attraversa le giornate senza essere turbata da questi pensieri. Lui ammira questo in lei. È una donna di incalzante pragmatismo. Sorriderebbe se sapesse fino a che punto le altre questioni continuano ad assillare Martin. Eppure lui non può sfuggire allo spettro dell'anarchia che infesta tutte le visioni di un universo senza Dio. Poiché se il proverbiale vuoto o quasi vuoto si trova al di sotto di tutto, allora i nostri mali e i nostri successi sono privi di logica. Avendo avuto il successo che ha avuto, a Martin piace credere di essere in misura apprezzabile l'artefice della propria fortuna. A forza di duro lavoro e di intelligenza innata, ha giocato un ruolo nella propria buona sorte. Eppure se al nucleo dell'esistenza ci fosse un'autentica assenza di legge – e cos'è l'assenza di legge se non uno sconcertante nulla? – allora non ci sarebbe niente a distinguerlo dai barboni, dai mendicanti e da tutti gli altri sfortunati che sopportano un'ignominia insostenibile in questa vita; nulla se non un briciolo di casualità e circostanze fortuite. E questo lo spaventa. Spaventerebbe chiunque. Lo spaventa perché se non c'è ragione di credere che merita ciò che ha, allora non c'è ragione di credere che da un momento all'altro non possa essergli portato via.

Questa consapevolezza contagia anche la più tenera delle sue esperienze. Può bersi uno scotch di dodici anni in una serata tranquilla o rimboccare le coperte ai bambini o contemplare la sagoma della moglie che gli dorme accanto o guardare la prima luce del giorno che bagna di miele le torri della città e l'attimo dopo ricorda quanto è fugace, fragile e immeritata ognuna di queste cose. L'unica spiegazione che rimane del perché lui ha avuto fortuna e molti no è che per qualche motivo il caos del cosmo ricade in modo sproporzionato su questi altri. In qualche modo è riuscito a frapporre le loro vite tra sé e la catastrofe. E allora il suo passato non è più il compendio di prudenza accorta e impegno metodico che gli piace pensare che sia, ma invece una litania di brigantaggio e offesa a cui in qualsiasi momento potrebbe essere soggetto a sua volta, senza appello o ricorso. Un quinto di noi non può continuare per sempre a consumare quattro quinti del cibo. In un mondo simile Martin si sente nudo ed esposto. La fortuna potrebbe essergli sottratta, la casa saccheggiata e incendiata. La moglie potrebbe essere violata in modi indicibili e i figli venduti come schiavi in qualche porto beduino. Potrebbe venire assassinato nel suo letto. E, cosa più orribile di ogni altra, tali atrocità passerebbero infine inosservate, poiché in assenza di Dio gli unici testimoni rimasti sarebbero o quelli che partecipano al saccheggio o coloro che provano sollievo perché non sta succedendo a loro.

E così Martin aspetta. Aspetta che Dio si mostri. Aspetta che i figli crescano, che le rendite maturino, che il temperamento della moglie si ammorbidisca, che il suo prestigio tra i colleghi si sviluppi. Di notte aspetta – si strugge – che la ragazza compaia. Disteso a letto nella penombra, Martin prova una curiosa affinità con l'iperone subatomico, e si chiede quando l'osservatore si presenterà ancora una volta, dandogli così la vita.

Intanto anche Lily aspetta. Ascoltano il vento soffiare attraverso le grondaie e sentono i clacson e il brontolio smorzato del traffico salire dalla strada. Gli capita di vedere un aereo sorvolare il lucernario o a volte la luna appesa lassù, grande in modo ridicolo.

È buffo, sussurra una sera alla moglie.

È buffo, ma tu stai qui e speri e speri e speri e speri, e poi ti addormenti.

Lei lo studia a lungo prima di dire, Sai, la vita è così.

15.

Lo studio di yoga di Lily si trova nel seminterrato di un fitness club del centro. Si entra da un ingresso chiuso a chiave, si oltrepassano i vogatori, i tapis roulant e i pesi liberi, l'odore dei detergenti chimici si mescola a quello del sudore, e si arriva a una stanza controsoffittata senza finestre in cui un giovane emaciato con la barba incolta e la testa rasata accende diversi bastoncini d'incenso e una registrazione di mantra accompagnati dal sitar. Le guida in una serie di posizioni: montagna, cane a testa in giù e albero, fermandosi di tanto in tanto per battere su un grande gong di metallo con un martello di gomma.

Maeve indossa una delle vecchie tutine di Lily. Le sta larga sui fianchi e una delle spalline non fa che scivolarle dalla spalla. Il giovane continua ad accostarsi per correggere la posizione della ragazza e quando lo fa ancora una volta, mettendole una mano sul diaframma e l'altra sulla coscia durante la posizione del guerriero due, lei gli spinge via il braccio mugugnando, Toglimi di dosso le tue zampacce.

Dopo le due donne vanno a fare la sauna. Stanno sedute sulle assi di legno avvolte negli asciugamani, con la schiena appoggiata alla parete, insieme a diverse altre persone. Maeve si allunga due volte per versare altra acqua calda sulle pietre scure, raccolte alla base di un vulcano a un'ora da Reykjavík, proprio sopra la spaccatura dove si incontrano la placca tettonica eurasiatica e quella americana. Siccome viene da una terra di pioggia battente e di correnti ghiacciate che arrivano dal Mar di Norvegia, per lei il calore intenso ha l'effetto di un tonico. Quando prende il mestolo per la terza volta, una delle altre dice, Ho letto da qualche parte che se lo si fa troppo spesso le pietre possono esplodere. Il diamante sulla sua mano sinistra è grosso quanto una nocciola. Maeve esita con il mestolo in mano e guardando l'altra dritto negli occhi lascia che l'acqua goccioli sulle pietre ancora una volta, facendole sibilare e crepitare. Quando Lily ride, la donna che aveva parlato si alza e se ne va sbattendo la porta della sauna. Dopo un altro minuto l'altra donna scende dalla panca e fugge a sua volta. Lily e la ragazza sono sole. Stanno a occhi chiusi. Il pallore di Maeve, di solito esangue, si imporpora. L'umidità le imperla le braccia lunghe e le spalle esili. La croce celtica le si incolla alla pelle nell'incavo della gola.

Potrei restare qui per sempre, mormora la ragazza.

Lily la guarda. Allora fallo.

Senza aprire gli occhi, la ragazza alla pari dice, In questo momento mio padre probabilmente cerca di riportare le capre nella stalla prima che inizi una pioggia gelata, mentre uno dei ragazzi – Liam o Padraig – è fuori con la mietitrebbia a raccogliere la segale invernale. Finbar starà riparando i recinti. Fa freddo, e quando torneranno a casa accenderanno il fuoco e poi si siederanno a prendere il tè. C'è sempre freddo. Anche quando hai caldo, c'è la paura che il freddo presto arriverà di nuovo.

Eppure ti manca, dice Lily.

Mi manca.

Pensi che un giorno tornerai a casa?

La ragazza alza un sopracciglio. Certo, dice lei. Certo che ci tornerò.

Lily annuisce piano prima di dire, Com'è?

La ragazza la guarda con la coda dell'occhio. Com'è?

A cosa pensi quando pensi a casa? dice Lily. Si aspetta di

sentirla parlare degli amici, della scuola o della vita domestica. Si immagina il racconto di lunghi pomeriggi pigri, di rigogliosi panorami verdeggianti, di animali da fattoria nei paraggi.

Invece Maeve inizia a parlare di un evento accaduto molto tempo fa, anche se il ricordo non è il suo. È il ricordo di un ricordo. C'è una storia che si raccontava sul suo bisnonno da parte materna. L'ha sentita per la prima volta quando aveva solo due o tre anni, prima che fosse in grado di capire, e ha continuato a sentirla per tutta la vita. È parte integrante della tradizione di famiglia. Si chiamava Declán Duffy. Da ragazzo non aveva potuto arruolarsi per combattere il Kaiser per via dei piedi piatti, ma il difetto non gli aveva impedito di essere assunto come portalettere per la Royal Mail a Dublino. Questo accadeva nel 1916. Aveva preso servizio da appena due o tre mesi quando il giorno dopo Pasqua tornando dal suo giro aveva scoperto che l'ufficio centrale delle poste era stato occupato dalle forze insurrezionali. Declán Duffy non sapeva nulla di politica. Declan Duffy non aveva alcun interesse per la politica. Le sue passioni erano giocare a hurling e bere, e il pub dove mangiava, e raccontava storie e ballava. Gli piaceva anche una certa *cailín* che si chiamava Fionnuala ó Súilleabháin. Quelle faccende occupavano tutto il suo tempo. Ma i miliziani di Sua Maestà avevano circondato l'edificio e quando avevano visto passare il bisnonno di Maeve nella sua uniforme da postino il comandante aveva ordinato a Declán Duffy di portare un dispaccio ai ribelli asserragliati all'interno. Gli inglesi avevano dato al portalettere impaurito una bandiera bianca da sventolare e una busta sigillata. Terrorizzato, Declán si era avvicinato con cautela all'ufficio postale e gli avevano sparato due volte, ma alla fine aveva fatto capire loro che stava portando una lettera degli inglesi. Lo avevano scortato oltre le barricate, dove avevano appreso che il messaggio intimava loro di abbandonare l'edificio o affrontare un processo per direttissima e una probabile esecuzione per sedizione. Sollevato per essere sopravvissuto, il bisnonno voleva solo tornare a casa, ma gli insorti avevano preteso che tornasse dal comandante con una nota che spiegava che, essendo ormai quella l'Irlanda Libera, gli inglesi lì non avevano alcuna autorità. In questo modo e del tutto involontariamente Declán era diventato l'intermediario. Aveva fatto la spola per sei giorni, portando un comunicato dopo l'altro. Il settimo giorno, stanco del gioco, il comandante reale aveva dato a Declán una grossa borsa contenente un ordigno esplosivo sufficiente a spazzare via l'intero consiglio direttivo del Sinn Féin insediato nella sezione lettere morte dell'Ufficio Postale. Il bisnonno di Maeve non sapeva nulla del contenuto della borsa e, ignorando che stava egli stesso per morire, come ordinato stava facendo ritorno alla roccaforte dei ribelli quando aveva incrociato una coppia di briganti di strada. Coltello alla mano, avevano liberato Declán del borsone dall'aria costosa e si erano subito dileguati. Erano appena passati dall'altra parte del cordone militare quando la borsa era esplosa, provocando decine di morti e feriti gravi tra la polizia inglese. Quando i ribelli avevano saputo dell'esplosione, il bisnonno era stato acclamato all'istante come un eroe nella causa dell'indipendenza irlandese. Gli inglesi avevano preso d'assalto l'edificio mettendo fine all'occupazione il giorno dopo, ma ormai la reputazione del bisnonno si era consolidata. Era stata messa una taglia sulla sua testa. Era un ragazzo di diciassette anni che non si era mai ritrovato nei guai tranne la volta che aveva messo la carragenina, un'alga locale che agisce da lassativo naturale, nel tè del suo insegnante di inglese, ma all'improvviso era ricercato vivo o morto. Era fuggito nella campagna occidentale ed è per questo che molti anni dopo Maeve era nata in vista del grande mare aperto. Lei aveva capito fin dalla prima volta che aveva sentito la storia che il bisnonno era una specie di buffone e un impostore, anche se l'ammirazione per lui tra i locali era enorme. Tutto ciò che riguardava la sua storia era puro caso, ma se non fosse andata proprio così, lei non sarebbe qui a raccontarlo.

E questo, dice Maeve, è com'è l'Irlanda.

Lily annuisce, riflette. Chiede, Sono mai riusciti a prenderlo, il tuo bisnonno?

Maeve dice, Declán Duffy è morto al pub Harp & Red Lion di Killarney, ucciso da un marito geloso. Aveva ottantaquattro anni.

Sorridono entrambe. Maeve si alza per versare altra acqua calda sulle pietre. Sfrigolano e sprigionano vapore. Quando la ragazza alla pari torna a sedersi, scruta l'altra come se morisse dalla voglia di farle una domanda.

Cosa c'è? dice Lily.

Non vorrei essere invadente.

Puoi chiedermi quello che vuoi.

Lei e il signor Fowler l'avevate fatto…

Mai, dice Lily. Mai prima d'ora.

La ragazza alla pari si trattiene per un po'. E poi chiede, Lui è stato il primo?

La domanda fa ridere Lily, ma poi si contiene. No, dice alla fine scuotendo la testa.

Maeve non dice nulla – in attesa, si rende conto la donna più grande, di saperne di più.

Lily avrebbe potuto raccontare che il suo primo amante era stato un uomo sulla quarantina che si chiamava Stephen Bonaventure. Era un commerciante di vini proprietario di un'enoteca in Houston Street che trattava bottiglie pregiate. Da ragazza ogni tanto accompagnava il padre quando lui andava in città a ritirare una cassa. Seguiva i due uomini nella sala degustazioni sul retro del negozio. La facevano bere dai loro bicchieri. Le piaceva stare seduta fra suo padre e il vinaio circondata dai toni floreali di questo o quel vino, fra le bottiglie che occupavano tutte le pareti, dal pavimento al soffitto. L'unica luce proveniva dalla retroilluminazione degli espositori. L'atmosfera della stanza era quella di una grotta sede di un antico oracolo. L'ambiente e un bicchiere di buon Borgogna ammorbidivano sempre il contegno del padre. Sembrava sinceramente affezionato a lei come non lo era in nessun altro momento.

Un fatidico pomeriggio uno dei due – non si ricorda più chi – l'aveva sfidata a una prova d'assaggio. Era iniziato come uno scherzo. Suo padre aveva riso mentre Stephen Bonaventure si era tolto la cravatta per bendarla – il vinaio le teneva la mano mentre le faceva scivolare ogni bicchiere tra le dita – ma con sorpresa di entrambi lei era riuscita a distinguere senza difficoltà un cabernet sauvignon da un cabernet franc. Era diventata un'abitudine ogni volta che lei e il padre andavano all'enoteca. La inquietava stare al buio dietro la benda, ma qualcosa dell'esperienza sembrava mettere a fuoco la sua concentrazione. Il più delle volte riusciva a dare la risposta giusta. Stephen Bonaventure aveva detto a suo padre che era un'impresa straordinaria per una ragazza di quindici anni.

Un finesettimana poco dopo capodanno il padre le aveva telefonato da Ottawa, dove stava tenendo una conferenza, e le aveva chiesto di andare in città da Bonaventure a prendere un paio di bottiglie di un ottimo pinot nero appena arrivato. Era una giornata di tempesta, faceva freddo e nevischiava, ma lei era saltata sul treno per fare quello che le aveva chiesto il padre. Al negozio, Stephen Bonaventure aveva tolto il nuovo vino dall'imballaggio e aveva messo le bottiglie in un sacchetto, ma prima di lasciarla andare aveva detto di aver appena ricevuto un monovitigno molto particolare coltivato sulle pendici del monte Simonsberg, a est di Città del Capo; chissà se lei sarebbe stata in grado di distinguerlo da diversi prodotti nazionali. Anche se faceva molto freddo e lei voleva tornare a casa, Stephen Bonaventure la stava già sospingendo verso la sala degustazioni. L'aveva fatta sedere su una botte e l'aveva bendata prima di versare diversi assaggi, mettendole i bicchieri tra le dita. Lei aveva assaggiato due vini diversi e mentre si sforzava di stabilire quale fosse quello sudafricano lui aveva detto, Ancora uno, solo che questa volta quando le aveva preso la mano era stato lui a infilarsi tra le sue dita.

Quando era uscita dal negozio, era buio e nevicava fitto. Era scivolata sui gradini che scendevano nella metropolitana e tutte e due le bottiglie dell'ottimo pinot nero si erano rotte. Quando il padre era arrivato a casa quella sera e scoperto che il suo vino non c'era le aveva voltato le spalle con muto disgusto. Non si meritava nemmeno una parola.

Nei mesi a seguire ogni volta che il padre la invitava ad accompagnarlo al negozio lei trovava una scusa. Ci andava altre volte per conto proprio. Era sempre bendata. Sapeva che quello che Stephen Bonaventure stava facendo era sbagliato, ma non l'aveva fermato. Temeva che se il padre l'avesse scoperto avrebbe potuto uccidere Stephen Bonaventure. Nonostante le velleità accademiche sapeva essere un uomo di una violenza inaspettata. Una volta l'aveva visto schiaffeggiare una cameriera che gli aveva rovesciato del sugo di vitello sull'abito. Ma Lily sentiva che in qualche misura era colpa di suo padre, era stato lui a metterla in quella situazione. Forse non aveva mai fermato Stephen Bonaventure perché pensava così di punire il padre. O forse era qualcos'altro. Non lo sapeva. Non sapeva se voleva saperlo. La cosa era andata avanti per più di sei mesi e poi era arrivato il giorno in cui non era più tornata all'enoteca. Non ricorda di aver mai deciso di smettere di andarci. Solo che lei – qualcosa dentro di lei – l'aveva fatto. Quando Stephen Bonaventure era morto in seguito a un ictus, dieci anni dopo, aveva lasciato in eredità a suo padre due casse di pregiatissimo malbec.

*

Ma Lily non l'ha mai detto a nessuno, e non ha intenzione di farlo ora. Invece torna ad appoggiare la schiena contro la parete della sauna e dice, Sono stata fidanzata con un altro uomo prima di incontrare Martin. È stato tanto tempo fa. Si chiamava Ethan Gage. In tutta franchezza non mi capita quasi mai di pensare a lui. L'ho conosciuto al primo anno di giurisprudenza. Era nel mio gruppo di studio. Era brillante. Voleva insegnare diritto costituzionale. Per me il diritto costituzionale era una noia. Un gruppo di bianchi che cercano di progettare una società dall'alto verso il basso. Ma la settimana prima dell'esame finale Ethan aveva ripassato con me tutto il programma del corso, spiegando ogni precedente legale. Aveva una memoria straordinaria. Ricordava i minimi dettagli. Ho superato l'esame e lui ha confessato di essere innamorato di me. Non so se ricambiavo il suo amore. Mi piaceva – era divertente, modesto e molto gentile – ma non so se ero innamorata. Però la sua attrazione per me era così evidente che avevo accettato di andare a letto con lui. Non farlo mi era sembrato sbagliato. Se uno provava dei sentimenti così forti per me, chi ero io per rifiutarlo? Quell'autunno, quando sono ricominciate le lezioni, siamo andati a vivere insieme in un monolocale a Morningside Heights. Ora di primavera eravamo fidanzati. Non ricordo bene come è successo. Non mi ricordo della sua proposta. Non ricordo di aver detto di sì. Era come se mi fossi svegliata una mattina per ritrovarmi di colpo a organizzare un matrimonio. Alla data mancava ancora un anno e mezzo, ma i preparativi si erano impadroniti della mia vita. Lui voleva sposarsi a Natale, non ricordo perché. I suoi genitori erano ricchi e i miei genitori erano ricchi. Cercavano di superarsi a vicenda. Ethan e io ci saremmo sposati nella Chiesa della Trasfigurazione. Quindi dovevo convertirmi. Avevo detto, Va bene, allora mi converto. Il ricevimento sarebbe stato al Pierre nell'Upper East Side. Solo per la prova del vestito ci è voluto un giorno intero. Sua madre aveva insistito per organizzare una festa prenuziale; dovevo andare a Filadelfia per tutto un fine-settimana. Doveva tenersi a Le Bec-Fin, vicino a Rittenhouse Square. Così ho accettato di andare a Filadelfia. Ho continuato a dire di sì a tutto. Era come se avessi perso la capacità di fare altro. Dopo la cerimonia saremmo andati in luna di miele a Patmos, un'isoletta dell' Egeo – il sito della Grotta dell'Apocalisse, dove l'apostolo Giovanni aveva ricevuto le visioni riportate nel Libro della Rivelazione. Avevo detto di sì anche a quello.

Alla fine dell'anno accademico ho fatto un tirocinio estivo in uno studio legale in centro. In metropolitana ci mettevo quasi un'ora all'andata e una al ritorno, a volte di più. Mi svegliavo che era ancora buio e andavo fino alla stazione nella luce del primo mattino. Il quartiere adesso è assolutamente sicuro, ma all'epoca, a quell'ora, dovevo scavalcare gli ubriachi e stare attenta ai malintenzionati che sbucavano all'improvviso dai portoni o che cercavano di strapparmi la borsa. Ero stata assegnata a una socia che si chiamava Abby Fleischman. Era alta, vestita in modo impeccabile e di una bellezza sbalorditiva.

Mi lasciava partecipare alle riunioni con i clienti – me lo ricordo perché a quegli incontri c'erano sempre i dolci buonissimi di una pasticceria vicina al Municipio – e mi chiedeva di stendere le prime bozze delle memorie. Ero fortunata. Gli stagisti passano il tempo alla fotocopiatrice o a correggere i refusi nelle relazioni, ma Abby mi lasciava fare il lavoro vero. Io volevo essere Abby Fleischman.

Quando è arrivato l'autunno ho iniziato il terzo e ultimo anno di giurisprudenza, ma c'era un grosso caso a cui stavo lavorando e Abby Fleischman aveva detto che dovevo seguirlo fino alla fine. Ogni volta che c'era una riunione me lo faceva sapere, e se non avevo lezione ci andavo. A volte ci andavo anche se avevo lezione, anche solo per vedere Abby Fleischman e mangiare dei fantastici *rugelach.* Mi ero appena seduta con una mezza dozzina di altre persone attorno a un tavolo riunioni all'interno della

Torre Sud quando è arrivato il rumore di un aereo lontano. Si sentono sempre gli aerei a Lower Manhattan, ma per qualche ragione quello lì sembrava diverso. Il rumore era diventato sempre più forte e poi più forte ancora, più forte di quanto avesse il diritto di essere. Ci siamo guardati e quello è stato il momento in cui il primo aereo ha colpito. Un boato spaventoso, assordante. La finestra rivolta a nord si è riempita subito di un'immensa palla di fuoco. Era come se l'intero pianeta fosse andato in fiamme. Ci siamo guardati ancora una volta, poi siamo saltati tutti in piedi e siamo corsi verso le scale. Le rampe erano stipate e sembravano non finire mai. Il secondo aereo ha colpito proprio quando siamo arrivati nell'atrio. Pareva che il cielo sopra le nostre teste si fosse squarciato. L'atrio era pieno di fumo. Sembrava che stessimo assistendo alla fine del mondo. Siamo corsi fuori in strada. C'era il caos. C'era fumo ovunque e gente che scappava. L'odore di combustibile era insopportabile. Era molto difficile respirare. Il rumore era incessante. Non si riusciva a capire dove finivano le urla e dove iniziavano le sirene. Ho tentato di chiamare Ethan col cellulare, ma ovviamente era tutto fuori uso. Poliziotti e pompieri correvano dappertutto e c'erano gruppi di persone che vagavano attonite. Poi c'è stata un'altra esplosione e un'enorme nuvola di fumo denso si era infilata nel vicolo. Ci ha inseguiti lungo il vicolo. Era la prima torre che stava crollando. Ci siamo tutti messi a correre più veloce che potevamo nella direzione opposta. Mi ero ritrovata davanti una donna accasciata contro un idrante con uno squarcio nella gamba. La cenere le ricopriva il viso e i capelli. Era un'albina, a parte il sangue che le usciva dalla gamba. L'ho aiutata a rialzarsi e insieme siamo andate zoppicando fino a una stazione di pronto soccorso improvvisata allestita davanti alla Borsa. La metro non funzionava, i telefoni erano fuori uso e le strade erano intasate dalle auto abbandonate. Un'altra donna piangeva, sembrava illesa ma era isterica. Ho parlato con lei per un po' e l'ho aiutata a calmarsi. La gente continuava a dire, Siamo sotto attacco. Siamo stati attaccati. Non so come mi ero messa in testa che non parlassero di esseri umani, ma di alieni. Gli esseri umani non avrebbero potuto fare niente del genere. Doveva essere opera di alieni arrivati dallo spazio che ci stavano attaccando. Di colpo era molto plausibile, plausibilissimo. Mi sono chiesta se avrei visto un alieno. Ho cercato di immaginare che aspetto potesse avere. Poi qualcuno mi ha infilato tra le braccia una cassetta piena di bottiglie d'acqua e sono andata in giro a distribuirle. Pioveva cenere e l'odore era terribile. Ho provato a richiamare Ethan, ma di nuovo non sono riuscita a trovarlo. È stato allora che è crollata la seconda torre. L'ho sentita prima di vederla. Mi sono voltata appena in tempo per vedere gli ultimi piani collassare e poi l'intera struttura venir giù come un vecchio che cade in ginocchio. Mi è caduta addosso dall'enormità di tutto ciò. Ho pensato che stava finendo un modo di vivere. Per quanto ne sapevamo, quello era solo l'inizio e forse in tutto il paese avrebbero cominciato a cadere palazzi. Avevamo già saputo del Pentagono, girava voce che anche il Dipartimento di Stato fosse stato attaccato e non si poteva fare a meno di pensare che fosse la prima di una serie di catastrofi che avrebbero colpito il paese, i suoi edifici e la popolazione nelle ore, nei giorni, nelle settimane a venire, forse per sempre. Magari quella era la nostra nuova vita. E poi ho pensato alla bellezza assoluta di ciò. È orribile da dire, ma il World Trade Center che crollava aveva una potenza che assomigliava a una sorta di spaventosa poesia. Ricordo di aver visto una volta le foto dei monaci buddisti che si immolavano durante la guerra del Vietnam. Era orribile vedere la sagoma che bruciava, accovacciata in una posa di meditazione ma avvolta totalmente dalle fiamme. Ma quello che ricordo è che la fiamma somigliava alla corolla di una rosa, una di quelle autunnali antiche arancione bruciato. Era orribile, ma anche di una bellezza da mozzare il fiato. Attaccare il cuore del mondo finanziario con missili umani. Sembrava assolutamente apocalittico eppure così perfettamente appropriato. E terrificante. Ero terrorizzata per me, certo, per Ethan e per la mia famiglia, ma soprattutto ero terrorizzata per un modo di vivere. Ero terrorizzata per il mondo come l'avevo conosciuto, perché vedevo che stava per finire.

A quel punto un uomo è arrivato barcollando lungo il marciapiede. Ho visto che sanguinava dalla testa. Sono corsa da lui per aiutarlo a sedersi. Anche lui era ricoperto di cenere. Mi ha detto di chiamarsi Louis Ferrante. Era vestito con una tuta da lavoro, come quelle che indossano i meccanici o gli operai, con la scritta *Lou* sul taschino. Portava degli scarponi da lavoro, ma ne aveva perso uno. Me lo ricordo perché aveva un buco nel calzino e spuntava l'alluce. È buffo che me lo ricordi. Quel giorno stavano succedendo un sacco di cose, ma questa è quella che spicca più chiara delle altre: l'alluce che gli usciva dal buco nel calzino. Ci siamo seduti fianco a fianco a guardare l'Armageddon mentre gli tamponavo la ferita alla testa con dei fazzolettini che avevo nella borsa. La realtà andava in pezzi proprio davanti a noi. Era come se la verità delle cose si stesse disfacendo. Quando Lou Ferrante mi ha preso la mano gliel'ho lasciata prendere. Quando mi ha baciato, ho ricambiato il bacio. Mi sono detta che non potevo fare questo a Ethan. Stavamo per sposarci. Io ed Ethan avevamo una storia vera, una storia solida, seria. Ma l'ho fatto comunque. Tutto in bella vista, seduti su un marciapiede di Water Street, in fondo all'estremità meridionale dell'isola, ma la gente era troppo occupata a mettersi in salvo per notarlo. Quando mi ha sbottonato la camicetta, volevo che lo facesse. Volevo un po' di contatto umano prima che tutto finisse. Il mondo era alla fine e non era chiedere troppo. Nessuno l'avrebbe mai saputo perché saremmo tutti morti. Sono stati questi i miei veri pensieri quel giorno. Ma poi ne ho avuto un altro, un ripensamento. Avevo la sensazione che se avessi fatto qualcosa con quell'uomo voleva dire che il mondo doveva finire, perché se il mondo non fosse finito allora non avrei mai fatto una cosa del genere con un perfetto sconosciuto. Il che voleva dire che se non avessi fatto nulla forse il mondo sarebbe sopravvissuto. Ho comunque preso in considerazione l'idea di lasciargli fare ciò che voleva fare. Mi vergogno di dire che in realtà mi sono chiesta se il mondo meritava di continuare. La sua mano mi faceva sentire così bene. Ma in quel momento è arrivata una macchina della polizia e un ufficiale è saltato fuori dicendo che dovevamo sgomberare la zona perché c'era una fuga di gas e l'intera strada poteva saltare in aria. Così io e Lou Ferrante ci siamo alzati e abbiamo iniziato a correre. Ci tenevamo per mano correndo. Ci guardavamo come se sapessimo di avere una questione in sospeso. Ma c'erano molte altre persone che scappavano, nella ressa la sua mano è scivolata dalla mia e l'ho perso tra la folla. Non l'ho più rivisto. E così il mondo è sopravvissuto. Avevo salvato il mondo. Non sono tornata a casa fino a tarda sera. Ethan mi stava aspettando nell'atrio del nostro palazzo. Grazie a Dio, ha detto quando mi ha visto. Ero così preoccupato. Ha cercato di prendermi tra le braccia, ma io l'ho respinto dicendo, Non voglio vederti mai più. Le parole mi sono uscite di bocca come se le stesse dicendo qualcun altro. Non avevo previsto di dire una cosa del genere. Ma l'ho detta di nuovo. Mi sono sentita dire, Non voglio vederti mai, mai, mai più.

Per qualche ragione, dopo quello che avevo passato, il pensiero di sposare Ethan mi sembrava assurdo, come un pessimo scherzo dell'universo. Chi era Ethan Gage? Non lo sapevo, non veramente. Soprattutto non lo volevo sapere. Lui mi ha fissato e ha detto, Perché? Io ho risposto, Perché? Perché le torri sono crollate. Lui ha detto, Ma questa non è una risposta. Non ha capito. Ma io avevo capito. Dopo quello che era appena successo non potevo continuare a vivere la mia vita come se nulla fosse accaduto. Qualcosa doveva cambiare. Ho detto, È l'unica risposta, e sono salita al piano di sopra e ho iniziato a fare le valigie.

Da allora ogni tanto interrompo quello che sto facendo e cerco i numeri di telefono. L'ultima volta che ho controllato c'erano sette Lou Ferrante solo a Manhattan. Faccio uno dei numeri e quando qualcuno risponde, riattacco. Non parlo. Se parlassi il mondo scomparirebbe.

Le due donne restano in silenzio per un po'. È come se abitassero la storia di Lily, come se la stessero provando, per capire la misura. Alla fine la ragazza alla pari si alza ancora una volta, prende il mestolo e versa di nuovo l'acqua sulle pietre. La grande torre di vapore che riempie la stanzetta è così densa che è difficile distinguere le pareti e il soffitto. Le due donne si guardano e poi guardano il mucchio di pietre vulcaniche, in attesa dell'esplosione.

In una di quelle sere in cui la ragazza non compare, Martin rimane di nuovo sveglio fino a notte fonda, incapace di prendere sonno. Si alza infine e va in punta di piedi nello studio a controllare le borse estere. La sterlina britannica è stabile, il dollaro americano si è ripreso, mentre il lek albanese, pensa un po', è crollato. Anche se il destino del lek è di scarsa rilevanza, persino per un analista valutario, Martin si diverte a cercare le dinamiche alla base dei modelli anomali. Gli ci vuole più di un'ora per ricostruire i flussi causali: l'Albania è uno dei più grandi esportatori di nichel e cromite, entrambi essenziali nella galvanoplastica utilizzata per ricoprire superfici di plastica e metallo di una lucentezza estetica impenetrabile alla corrosione, come quella che troviamo negli involucri dei motori – pensate alla protuberanza scintillante del serbatoio di una moto – in bigiotteria e nei componenti dei macchinari. Tale placcatura riduce al minimo l'attrito e al contempo aumenta la resistenza alla trazione e la durata. La galvanoplastica viene utilizzata anche nella produzione di una particolare action figure di Seoul popolare tra i ragazzini di dieci, dodici anni: peccato, perché il rivestimento rilascia una lega altamente cancerogena. La presenza di cromite in quei giocattoli è venuta alla luce solo di recente, a seguito di un'indagine sulla sicurezza dei prodotti di consumo, provocando un calo vertiginoso delle fortune dell'economia albanese, e con essa del lek.

Soddisfatto di aver individuato la causa fino alla sua origine, Martin si sofferma a scrutare fuori dalla finestra quell'immenso favo di luce che è un grattacielo che si staglia contro il cielo nero, poi si gratifica andando su un sito web dove guarda una donna da sola.

Poi ci sono due uomini con una donna.

Quindi due donne che spogliano una terza.

Martin finisce per caso su Day for Knight. Knight la prende da dietro. I suoi palmi sono grandi sulle natiche di lei. Day si puntella sulle mani e sulle ginocchia, con i capelli che le oscillano davanti agli occhi.

Quando Martin si accorge che Maeve è in piedi sulla soglia chiude il computer.

Scusa, dice lui. Lo dice di nuovo: Scusa. Ti ho svegliato?

Non riuscivo a dormire, dice Maeve. Il bagliore della lampada da tavolo mette in piena luce la metà inferiore del suo corpo. L'orlo della camicia da notte di flanella sfiora le punte delle pantofole consumate, ma il viso resta avvolto nell'ombra.

Nemmeno io.

Lei indica il computer. La sto distur...

No.

Può riaprirlo, se vuole.

Non c'è problema.

Lei si avvicina alla gabbia e toglie il telo. L'uccello si accovaccia sul posatoio, le ali raccolte strette intorno a sé. Guardando il pennuto, Maeve dice, Quindi posso guardarla, ma non posso guardare lei che guarda.

Martin riflette per un momento prima di dire, È vero.

Lei annuisce piano, poi allunga la mano attraverso le sbarre per accarezzare con il pollice le piume sotto il collo della creatura. Le pupille dell'animale si dilatano di colpo, ingrossandosi come piattini in miniatura.

Martin dice, Gli piaci.

Lui mi piace.

Vola mai? chiede lui.

Non tanto, credo. No.

D'impulso, Martin passa davanti alla ragazza per aprire la gabbia. I cardini stridono. L'uccello scruta attraverso lo sportello aperto senza muoversi.

Forse è timido, dice Maeve.

Non parla. Non vola. Martin scuote la testa. Forse è solo stupido. Voleva essere una battuta, ma quello che gli esce dalle labbra suona duro, persino crudele.

Lei lo fulmina con lo sguardo. Non è stupido, dice. Forse ha paura.

Martin, sempre cercando di farla sorridere, dice, Tre pasti al giorno e un posto per dormire. Cosa c'è da aver paura?

Ma lei non sorride. Invece dice, E lei di cosa ha paura?

Lui solleva la testa. Chi dice che ho paura?

Lei non risponde, ma allunga la mano attraverso lo sportellino aperto e fa scorrere il dito dalla testa dell'uccello fino alle piume della coda in un unico lungo movimento. Aristotele ondeggia due volte sul posatoio, emette un brontolio acuto, come le fusa di un gatto.

Solo ora Maeve dice, Lei la ama, lo sa.

Lui la guarda, ma lei non si volta. Tutta la sua attenzione è concentrata sull'uccello. Martin fa per replicare, ma poi ci ripensa. Entrambi guardano il pappagallo piegarsi verso il dito di lei, le ali che si inarcano e si distendono, finché Maeve non si avvicina e chiude lo sportello della gabbia.

16.

Giorno di Natale. Maeve regala ai Fowler un set di canovacci decorativi cuciti da lei. A ciascuno dei gemelli regala un fischietto di legno di sambuco intagliato. I Fowler regalano a Maeve un cellulare ultimo modello, appena uscito. Le regalano una borsetta che ha come chiusura un leggendario monogramma dorato. Le regalano un buono per un negozio online e le danno due settimane di paga in banconote nuove da cento dollari in una busta.

Martin regala a Lily un set di flûte da champagne di cristallo con il collo lungo, come quello di una donna. Le regala un'intera giornata in una famosa spa di Mamaroneck. Le regala una stola di lince canadese. Quando la prova, la pelliccia candida fa risaltare le lentiggini del suo décolleté. Lily regala a Martin un orologio da taschino vecchio centocinquant'anni, tranne per la catenella, che è di titanio e cattura la luce in un lampo che brucia la retina.

I gemelli ricevono, in ordine sparso, un pallone da football per bambini, telefoni giocattolo e vestiti. Ricevono macchinine da corsa e una pista con il giro della morte che il padre impiega tre ore a montare, ovvero due ore e trenta minuti in più di quanto indicato nelle istruzioni. Ricevono in regalo scarpe da ginnastica nuove. Il più grande riceve un leone di peluche e il più piccolo una tigre di peluche. Arnold scarta un guanto da prima base Pee Wee; Gavin, uno da ricevitore. Ricevono in dono albi illustrati, libri di storie e pop-up. Una nonna regala loro un paio di anatre di legno che starnazzano e l'altra degli AK-47 giocattolo. Gavin riceve un 787 radiocomandato; Arnold un elicottero. Ricevono un tablet ciascuno. Ricevono in regalo un set di arco e frecce con punte a ventosa. Ricevono un video di fiabe classiche edulcorate per i tempi moderni. La zia Gwyneth regala loro dodici ore di lezioni di introduzione allo sci a Camelback Mountain. La nonna Van Slyke manda anche un'obbligazione di risparmio degli Stati Uniti da cinquecento dollari per ciascuno che maturerà tra vent'anni. Lo zio Archie regala cinque azioni della Apple Inc. Ricevono calze stracolme di dolciumi (caramelle, barrette di cioccolato, bastoncini a strisce, mou, uvetta ricoperta di glassa allo yogurt, mentine, pepite di caramelle gommose, meringhe bitorzolute). Ricevono auto a batteria – quella di Arnold è una Lexus, quella di Gavin un'Audi abbastanza grandi da andarci su e giù per il lungo corridoio.

C'è un'altra cosa, dice Lily. Tira fuori una scatola piatta da dietro il divano e la deposita in grembo alla ragazza. Il Natale prima ognuno dei fratelli di Maeve aveva ricevuto un nuovo portafoglio di pelle di vitello con una banconota da dieci euro all'interno. Lei aveva regalato al padre un sacchetto di raso pieno di tabacco da pipa danese. Lei aveva ricevuto un paio di scarpe basse nuove, le stesse che ora si trovano nel suo armadio.

La ragazza scuote la testa. È troppo, signora Fowler.

Dammi del tu, dice. Coraggio, aprilo.

La ragazza alla pari toglie con cura lo scotch per non strappare la carta. Dentro, una distesa di seta color crema. La ragazza la solleva verso la luce.

Mettitelo, dice Lily.

Maeve ricompare indossando l'abito, un tubino senza maniche con pince verticali e sul seno. L'effetto è elettrizzante. La sua carnagione di solito spenta risalta contro il tessuto cangiante con una lucentezza intensa, tutta particolare. Il materiale aderisce alla sua figura esile. Le spalle snelle appaiono nude in modo sconcertante.

Lily la guarda.

Martin la guarda.

Anche i gemelli smettono di giocare per fissarla.

Non so come potrò mai ripagarvi, dice la ragazza.

Ci ripaghi tutti i giorni, dice Lily.

Prende sottobraccio la tata per portarla nel bagno padronale, dove passa venti minuti a truccarla. Quando Maeve ricompare, le imperfezioni sono sparite e il pallore di norma cinereo ha assunto il colore dell'avorio levigato, a parte un leggerissimo accenno di rossore sulle guance che riprende la tinta delle labbra. Gli occhi sono bistrati come quelli di una dea egizia. Martin accenna ad alzarsi dalla poltrona reclinabile sui cui è seduto. Lily torna nel corridoio e rientra con un paio di mules a punta in una mano, i tacchi sottili come cannucce, e i suoi orecchini di zaffiro che ondeggiano dalle dita dell'altra. Te li presto per oggi, dice. Sono perfetti.

La ragazza incede temeraria barcollando sui tacchi – Martin pensa a un cerbiatto che si alza sulle zampe per la prima volta – fermandosi solo perché Lily possa metterle i gioielli. Le pietre fanno risaltare il colore degli occhi di Maeve, come se fossero scorci cangianti dello stesso cielo terso, eternamente azzurro.

Per il pranzo di Natale imboccano la Long Island Expressway diretti a una casa di Friday Harbor. I Van Slyke sono arrivati in America quasi quattrocento anni prima, in fuga dal crollo della bolla dei tulipani, anticipando appena i creditori. Avevano fatto un po' di soldi con i cantieri navali – i loro vascelli erano stati tra i primi a portare gli schiavi a New Amsterdam – e avevano poi fondato una piccola manifattura tessile a Peck Slip, appena fuori dal porto. Anche se ci sono case più grandi nel circondario e la fortuna di famiglia è una delle più modeste del paese, Lily è cresciuta in condizioni di estrema agiatezza. Lei e Martin portano Maeve a fare un giro. Se la tata è rimasta sorpresa dal costo degli arredi dei Fowler e dalle dimensioni del loro appartamento, è impreparata a questo. Quattrocentocinquanta metri quadri su un ettaro e mezzo affacciato sul Sound, con un giardino all'inglese sul retro. La Sala Grande ricorda un museo. Un ritratto sopra il caminetto, un busto in un angolo, un acquario d'acqua salata da mille litri incassato nella parete di fondo, la pompa che ronza mentre pesci chirurgo fluorescenti e pesci angelo regina si mantengono stabili nella corrente. Nella biblioteca li accolgono librerie a tutta parete di cedro australiano. Tre, quattromila tomi, oltre ad altri diecimila in deposito. Lily apre un volume per mostrare a Maeve la foto del padre. L'autore è un uomo attraente con i capelli all'indietro, una pipa in mano e lo stesso naso, anche se c'è una lieve increspatura sul labbro superiore, come se avesse appena avuto un pensiero spiacevole.

Sembra triste, dice Maeve. Tocca la foto con un dito, come se in qualche modo potesse riuscire ad ammorbidire i lineamenti.

Lily dice, Lui diceva sempre che era veramente felice soltanto quando era solo.

Per il pranzo quattro generazioni si riuniscono intorno al tavolo. Anche se non sono ancora le due del pomeriggio, la madre ha già alzato il gomito. L'atmosfera è sommessa. Il fratello maggiore di Lily continua a chiamare il marito Marty. Quando qualcuno rivolge una domanda a Maeve, lei risponde timidamente, lo sguardo rivolto alle mani che tiene in grembo, le guance che si tingono di colore. Per quell'istante i rumori della tavola cessano in modo che tutti possano sentire. Mentre le portate si susseguono, lei osserva Lily in cerca di segnali su quale forchetta usare, come posare il coltello sul piatto. Declina sottovoce l'offerta di un'altra porzione d'oca, ma quando la madre di Lily insiste – la giovinezza le ricorda dolorosamente, come a tutti gli alcolizzati che stanno invecchiando, regni amati crudelmente perduti – la ragazza affronta un secondo trancio. Per dessert mangia un'enorme fetta di torta di zucca con ganache al cioccolato fondente salato. Dopo pranzo una decina di ospiti vanno a fare una passeggiata nel parco. Le piccole orecchie di Maeve spiccano rosse per il freddo. Lungo il sentiero a ovest alcuni olmi sono stati abbattuti a causa del fungo. La comitiva vaga tra i ceppi e guarda in lontananza il vento inseguire le creste bianche delle onde lungo la superficie dell'acqua. È stato il pomeriggio in cui Maeve è rimasta immobile seduta su un sottile promontorio di granito con un fringuello appollaiato sulla punta della scarpa.

Più tardi Martin trova la ragazza su una panca nell'ingresso di dietro con il figlio di suo cognato. Il giovane è seduto a gambe incrociate ai suoi piedi. Si sporge attento verso di lei, parla in modo animato. Il suo sguardo scivola sulle braccia nude e poi di nuovo sul viso. Accende una sigaretta dalla brace morente di quella prima. Vecchi finimenti sono appesi alla parete.

Martin fa un cenno al nipote e chiede se Maeve non ha freddo. All'interno il fuoco crepita nei camini. Stanno prendendo il caffè in salotto. Magari vuole tornare di là, suggerisce.

Il ragazzo – Henry, ricorda Martin – dice, Sta benone. Ha una bellezza imbronciata, i capelli biondi un po' lunghi sul colletto. Sbuffa il fumo della sigaretta. È stato espulso da Dartmouth per aver copiato a un esame. Passa la giornata giocando a tennis. Ha fatto debiti.

Il ragazzo si volta verso Maeve e dice, Stai bene, vero?

Maeve si alza. Gli zaffiri tremolano come goccioline. Se solo non smettessero mai di muoversi.

Lei dice, Forse dovrei tornare di là, dopotutto.

È tardi quando arrivano a Manhattan. Di sopra, Arnold si addormenta all'istante, Gavin invece fa i capricci, uno di quegli episodi sempre più frequenti in cui si lancia con violenza di qua e di là come se il suo corpo fosse un missile puntato al cuore della famiglia. Maeve ci mette mezz'ora a calmarlo. In salotto Lily dice a Martin, Non c'è da stupirsi, visti tutti i dolci che ha mangiato oggi. Quando infine la ragazza riemerge dal corridoio trova i Fowler ad aspettarla con un bicchiere di vino.

Se non sei troppo stanca, dice Martin.

È Natale, dice Lily. Non è così stanca.

Nella loro camera da letto la ragazza alla pari guarda incantata Martin inginocchiarsi davanti alla moglie e tracciare delicatamente il chiaroscuro del suo sesso con un dito stuzzicante. Prima ancora di venire, Lily inizia a sussultare.

Lui non riesce mai a decidere dove posare gli occhi durante quegli episodi. Hanno troppi posti dove andare. C'è la moglie che si agita sopra di lui, il rossore improvviso sul suo sterno. E c'è Maeve, le labbra appena dischiuse. Un gemito di Lily fa dilatare gli occhi della ragazza. La tata inspira rapida e questo fa gridare sua moglie. Sospiri e gesti fungono da cifrari in una corrispondenza segreta tra le due donne, una comunicazione più profonda delle parole. Lui esce da quegli exploit curiosamente destabilizzato. Gli è impossibile affrontare la giornata comportandosi come se non fosse successo nulla. Inizia a temere che forse anche gli altri lo avvertano. Forse rilevano qualcosa di strano nel suo contegno, qualche errore nel suo modo di apparire o nelle cose che dice. Ha paura che ogni volta che compra un giornale da un venditore ambulante o si siede di fronte a un prete nella metropolitana oppure beve una tazza di caffè in una tavola calda, il venditore o il religioso o la cameriera possano riuscire a notare il fatto che solo otto ore prima era disteso supino con la moglie a cavalcioni sulla faccia e con le mani ha scosso la testiera del letto per una sola spettatrice.

*

In realtà parecchi colleghi hanno notato che Martin negli ultimi tempi è pensieroso e distratto. Nessuno riesce a capire bene perché e perlopiù sono troppo discreti o troppo professionali per parlarne apertamente. Ma diversi collaboratori più giovani a corto di scrupoli hanno discusso tra loro – il codice di abbigliamento si è allentato nei giorni prima delle feste; erano intorno al carrello del caffè in mocassini e pantaloni khaki – di come Martin Fowler non solo non si è accorto dell'imminente default della Banca dello Zambia, a Lusaka, e quindi non ha pronosticato il crollo del kwacha zambiano, ma si è anche messo la stessa cravatta per due giorni di seguito. Sono stati assunti dalla società abbastanza di recente e sono smaniosi di arrampicarsi verso la cima. Sono insofferenti verso quelli come Martin Fowler e vorrebbero solo che lui e altri del suo stampo si togliessero di mezzo. Le voci di corridoio non sono inconsuete, certo, e in genere vengono ignorate dalle menti più illuminate, ma nella fattispecie raggiungono le alte sfere aziendali. E così anche se Martin è sorpreso di trovare due giorni dopo Natale uno dei tre vicepresidenti esecutivi della società – un tale che si chiama Pierce; non è il suo capo, ma il capo del suo capo – fuori dalla sua porta, gli altri non sono affatto stupiti.

Posso entrare?

Certo, dice Martin. Gli fa cenno di accomodarsi, ma invece di sedersi, Pierce si ferma per fare una lenta panoramica di tutta la stanza. Non è alto – è in effetti piuttosto basso, anche se ha una voce profonda e roboante che punta come un obice – ma si atteggia come se lo fosse.

Qui ti ci vorrebbe un quadro, o una pianta. Un po' di colore, dice Pierce. E poi appoggia una natica sull'angolo della scrivania e aggiunge, Sono qui per parlare delle tue prossime proiezioni.

Martin fa mezzo giro sulla sua sedia. D'accordo.

L'uomo prende il cellulare e ci digita sopra. Poi dice, Prevedi un aumento del tre per cento della corona norvegese per il primo trimestre. Si sporge a mostrargli lo schermo, ma Martin non ne ha bisogno.

Esatto.

E un altro cinque per cento nei prossimi due trimestri, dice Pierce.

Cinque punto otto.

Pierce passa altri trenta secondi a digitare sullo schermo prima di dire, Cinque punto otto. Rimette il telefono in tasca. Con lo sguardo fa un altro giro dell'ufficio.

Nemmeno una foto della famiglia, dice. Sembra la cella di un monaco.

A questo punto il vicepresidente esecutivo incrocia le braccia e si inclina all'indietro – per un attimo Martin teme che l'uomo stia per cadere dalla scrivania – e dice, Pfaffenhauser prevede un calo.

Pfaffenhauser, un altro degli analisti, è anche lui in lizza per l'eventuale nomina a capo della divisione valute. È un uomo insignificante tranne che per l'abbronzatura artificiale. Abita in un loft a Park Slope con la moglie, che si occupa di tessuti nativi americani. I ricordi che Martin ha di lei, d'altronde, sono crudi. Lui e Lily era andati da loro una volta per la festa di pensionamento di uno dei soci anziani. Era una donna dal seno fondo, con un imponente chignon bianco. Non biondo, bianco. Ricorda che curiosamente era scalza, con le unghie dei piedi laccate di un vistoso turchese. Era pallida e spigolosa, con lineamenti così delicati che non sembrava avesse nemmeno una goccia di sangue indigeno nelle vene, ma per qualche ragione, con una coperta di guerra Lakota sullo sfondo, i colori che zampillavano dalle pareti, pareva un'immagine di abbandono artico. Sembrava il tipo di donna che si prende il suo tempo per stuzzicarti fino al limite estremo, solo per farti implorare. Aveva servito vodka ghiacciata in bicchierini a loro volta fatti di ghiaccio che quindi bisognava maneggiare con una manopola di camoscio preso da un distributore all'estremità bancone. La trovata gli era sembrata pretenziosa, ma Lily aveva insistito per proporla alla loro prossima cena. Doveva esserci qualche difetto nello stampo o nel loro congelatore, perché i bicchieri perdevano. Il divano dei Fowler ha ancora l'odore di una distilleria dello zar.

Pfaffenhauser prevede un calo, ripete Pierce, e volevo capire se tu sei sicuro dei tuoi numeri.

Sicuro al massimo, dice Martin.

Ti voglio sicurissimo, dice il vicepresidente esecutivo.

Ma nessuno è sicurissimo.

Pierce si alza e fa il giro della stanza. Si ferma davanti alla finestra di Martin per guardare l'elaboratore dall'altro lato della strada. Dice, Pfaffenhauser sì.

Pierce era lì quando nella sala delle grida ancora c'erano i fattorini, il suono onnipresente dei nastri ticker. Se ne raccoglievano scatole piene per le parate lungo la Broadway. Aveva visto Armstrong e Aldrin sfilare in una decappottabile nel Canyon degli Eroi.

Pfaffenhauser è sicuro, ripete, e quando Martin non replica gli chiede, Va tutto bene?

Martin annuisce. Tutto bene.

Sei sicuro?

Sono sicuro.

Sicuro al massimo, dice Pierce.

L'uomo più anziano si fa condiscendente. Appoggia i palmi sulla scrivania di Martin e gli si avvicina chinandosi in avanti, i solchi sulla fronte bene in vista. Dice, Se vuoi parlare, possiamo parlare. Di qualunque cosa. Hai perso la retta del primo biennio a Yale di tuo figlio giocando a carte, ti stai facendo la babysitter, hai il cancro al culo – qualsiasi cosa, capito?

Grazie, ma io...

Intanto, se ti sbagli, ci facciamo trovare con le braghe calate.

Martin lo guarda con attenzione. Non credo di sbagliarmi.

Lui non crede di sbagliarsi.

Cosa vuoi che ti dica?

Pierce alza le spalle. Dimmi che hai ragione. Dimmi che sei convinto.

D'accordo. Ho ragione.

Pierce dice, Tu hai ragione e Pfaffenhauser si sbaglia.

Io ho ragione, dice Martin. Pfaffenhauser si sbaglia.

Dimmi che Pfaffenhauser può andare a cagare.

Martin dice, Pfaffenhauser può andare affanculo.

Pierce sorride per la seconda volta quel giorno, di nuovo un'esplosione di denti enormi al centro del muso. È come se tenesse il sorriso di riserva, centellinandolo, mettendolo da parte per i momenti in cui può risultare più utile.

Sulla porta si volta per dire, O forse un ficus. Ne faccio portare su uno dalle forniture.

Quella sera Martin fatica a prendere sonno. Continua a sentire la voce imperiosa di Pierce. Continua a vederne la faccia. Quando finalmente si addormenta, sogna. Sogna di essere sul fondo di una grande buca. Un cielo inondato di sole brilla sopra l'apertura. Nel sogno è dentro la buca da molto tempo. Aspetta il passaggio di una nuvola o di un aereo, qualsiasi cosa possa rompere la monotonia, ma il cielo lassù è vuoto e di un inquietante azzurro intenso. Dentro la buca sta per appisolarsi – ha la strana impressione di doversi addormentare nel sogno per potersi poi svegliare nella vita reale, anche se l'intuizione è così imperfetta che ha la sensazione che non dovrebbe fidarsi – quando una pietra precipita dall'alto e lo colpisce alla testa. La botta fa male. La seconda fa ancora più male. Sembra che qualcuno lassù lo stia tempestando di pietre. Solo quando guarda la collezione di proiettili che si sta ammassando si accorge che non sono affatto pietre, ma monete norvegesi da una corona, con il buco al centro e il pulcinella di mare sul dritto. Continuano a ruzzolare giù per la buca, rimbalzano contro le pareti e rimpallano dalla sua testa con una tale forza che ha paura di poter riportare una ferita mortale. Si rannicchia contro la parete curva della buca, proteggendosi il viso, la testa e gli occhi con le mani e le braccia, ma le monete continuano ad accumularsi. Presto si rende conto che il vero pericolo non sarà essere colpito da una moneta, ma sommerso da una marea di monete. In men che non si dica è nei soldi fino alle ginocchia. Il cumulo di monete è già così alto che non può più muoversi.

Si rannicchia mentre il mare di monete continua a salire tutto intorno, grida aiuto, anche se l'acustica della buca - l'acustica del suo sogno - è tale che sembra che ci sia qualcuno fuori che grida dentro.

17.

Tra Natale e Capodanno, Martin e Lily partono sempre per un'isoletta dei Caraibi. Hanno dato inizio a quella consuetudine prima di sposarsi e l'hanno sempre mantenuta. Niente – nemmeno l'inverno che una bufera di neve aveva bloccato tutti gli aeroporti nel raggio di duecento chilometri, costringendoli a prendere il Metroliner per raggiungere il Dulles; neppure la nascita dei gemelli, che i Fowler di solito affidano alla sorella di Lily a New Rochelle – ha impedito loro di partire. La coppia fugge dal freddo e dalla neve per sdraiarsi sulla spiaggia e rimpinzarsi di dentice in salsa verde. Quelle vacanze sono come un'oasi dove continuano a tornare in quel deserto che a volte può essere un matrimonio. Alloggiano all'Hotel Quetzal. Nell'atrio piante di strelitzia crescono da vasi enormi decorati con glifi toltechi. Nel bar sono appese amache. I Fowler prenotano sempre la stessa camera, tra la porta e la spiaggia ci sono meno di venti lastre di ossidiana levigata. La sabbia ha la consistenza dello zucchero a velo.

Questa volta, però, quando Martin si chiede ad alta voce se non dovrebbero annullare il viaggio è proprio Maeve ad insistere perché partano. Resterà a casa lei a badare ai bambini.

Non vorrete ricordare questo come l'anno cche non siete andati, ricorda loro la ragazza.

Sono certa che non è così che ricorderemo quest'anno, dice Lily.

*

E così i Fowler si ritrovano ad abbracciare i gemelli e a salutare la ragazza alla pari proprio quando il portiere citofona per dire che l'auto per l'aeroporto li aspetta di sotto. Stipano nel bagagliaio una sacca da golf, le racchette da tennis, un computer portatile, una grande cappelliera che racchiude un copricapo di paglia fasciato da un nastro color chartreuse, un bagaglio a mano che contiene tre romanzi gialli e un tomo sul diritto d'autore, e altre quattro valigie, e si avviano sotto una pioggia gelida. Arrivati al JFK, scoprono che a causa dell'overbooking a lui è stato assegnato il posto 22C, a lei il 6A. Lui è seduto tra un uomo grosso e flatulento che lo infastidisce per tutto il viaggio con il gomito e il ginocchio e una vecchia bisbetica con una tosse stizzosa e il catarro che le crepita nel petto. Il passeggero senza volto della fila davanti reclina il sedile fino in fondo e cala lo schienale sulle ginocchia di Martin impedendogli così di abbassare il tavolino. Lily invece finisce in business class accanto a un tizio più giovane con la barba di due giorni e capelli scurissimi impomatati. Assomiglia a uno di quei *compañeros* usciti da una fotografia seppiata che cavalcavano al fianco di Zapata. Quando Martin va a vedere come sta, li trova lì seduti spalla a spalla che mangiano la sogliola su piatti di vera porcellana conversando nello spagnolo scolastico di lei e ridono per motivi di cui lui rimane all'oscuro. Ritorna al suo posto per mangiare un panino al prosciutto con la maionese da spremere da una scatoletta di cartone.

Arrivati in albergo, i Fowler scoprono che la loro solita suite non è disponibile per via della ristrutturazione in corso. In alternativa viene assegnata loro una camera vicina agli ascensori. Comunque dalle finestre entra una luce splendente e il letto è grande. Sopra è appeso un quadro che riproduce in modo quasi fedele la vista del mare come appare dalla finestra di fronte, come se fosse stato dipinto da un artista appoggiato proprio a quella testiera. Il letto è già stato preparato per la notte. Al centro della stanza, guardando le lenzuola che la luce abbacinante rende incredibilmente soffici e bianche, Martin immagina come sarà stendersi con lei in a tanta morbidezza. Ma la cena di quella prima sera si rivela scandita da silenzi imbarazzanti, spesso penosi, e quando finalmente tornano in camera sono così stanchi e storditi dal jet-lag che crollano quasi all'istante, solo per essere svegliati alle cinque del mattino dal rumore delle martellate e dal ronzio di un trapano elettrico che provengono dal piano di sopra. Lily e Martin passano la prima parte della giornata sulla spiaggia, anche se quando lei comincia a radunare le sue cose e lui chiede cosa c'è lei dice che il sole le ha fatto venire l'emicrania.

Torno in camera a stendermi. Forse a fare un sonnellino.

Vengo con te, dice lui.

Ma quando comincia ad accarezzarla sulle lenzuola troppo bianche, quasi virginali, Lily dice, No, intendevo un sonnellino-sonnellino, e lui dice, Perché non l'hai detto subito?

E così lui va in esplorazione. Cammina fino al *mercado* e attraversa il Jardín de la Revolución, con i tucani chiusi in grandi gabbie di lamiera ondulata appese ai rami dell'albero di jacaranda, si spinge oltre il *teatro* e l'antica *iglesia* fino a un *museo* fatiscente con le sale piene di enormi *molcajetes* di roccia vulcanica, maschere di giaguaro d'oro e dardi da cerbottana dalle punte avvelenate con secrezioni di rospi indigeni. Accanto c'è un edificio con colonne sottili e una targa all'entrata che racconta la storia di un gruppo di schiavi che, emancipati dalla proclamazione del 1838, si presentarono proprio su quei gradini a supplicare il loro ex padrone di riprenderli in schiavitù. Quando l'uomo rifiutò, lui e la sua famiglia vennero massacrati.

Quella sera Lily, dopo una telefonata ai bambini, lascia che Martin la spogli davanti alla finestra aperta alla luce soffusa di innumerevoli stelle che filtra nella stanza. Una volta sul lettone solido, Martin inizia ad accarezzare la moglie. Va avanti così più di dieci minuti senza ottenere alcuna reazione. È strano fare l'amore con lei senza un pubblico. Sono curiosamente timidi l'uno con l'altra, come se l'unione sessuale di due sole persone costituisse per qualche ragione una bizzarra devianza, una perversione. Ma quando lui entra dentro di lei, lei sospira appena. Il desiderio cade sui suoi lineamenti come un'ombra. Lui si muove sopra di lei, gemendo, e lei sospira di nuovo. I movimenti di lui si fanno più veloci. Lei inizia a mugolare. Gli fa scorrere le mani su e giù per la schiena. Lo guarda con gli occhi socchiusi. Lui sembra provare di nuovo quei primi potenti fremiti d'amore che l'hanno sempre sopraffatto nei primi anni della loro relazione. Gli occhi di lei si spalancano di colpo, come se forse in quel preciso istante avesse provato a sorpresa quegli stessi fremiti. E poi si spalancano ancora di più.

A questo punto lei si mette a urlare. Urla di nuovo. L'ombra non è desiderio, è un pipistrello. Anche se la creatura non è grande, nel campo visivo di Martin il suo muso sembra particolarmente vivido, orecchie appuntite attaccate a un volto umano in modo inquietante, di quelli che si ravvisano nelle teste essiccate. Lily urla per la terza volta e spinge via il marito con insolita forza. Il pipistrello svolazza vicino al soffitto e poi si lancia in picchiata sul letto. Lily urla di nuovo. Martin balza in piedi e resta in mezzo alla stanza nudo come un verme, l'erezione sproporzionata e assurda. Afferra la prima cosa che gli capita tra le mani e procede a colpire a morte il ventilatore a soffitto con il ferro nove. Si agita per dieci secondi buoni, mugolando per lo sforzo, finché Lily, ormai tranquilla, dice, Martin.

Lui resta in piedi stringendo la mazza da golf, gli occhi che guizzano all'impazzata per la stanza alla ricerca della carcassa. Lily si mette seduta nel letto, stringe il lenzuolo alla gola.

Dice, Martin, se n'è andato.

*

Lei sogna pipistrelli. Lui no, ma solo perché l'incidente è stato così inquietante che riesce a stento a dormire. Anche se lei non lo dice, lui sa che lo biasima. La mattina dopo aspettano nel corridoio mentre un operaio sostituisce il ventilatore. Quando ha finito, informa Martin in un inglese storpiato che al conto dell'albergo verranno aggiunti millecinquecento pesos. Dopo pranzo Martin propone un sonnellino, ma Lily dice, No, voglio fare una passeggiata sul lungomare. Lui non è invitato. Cerca invece di fare una partita a golf, ma alla terza buca è così disidratato e madido di sudore che torna in albergo. E quella notte, quando cerca di prenderla tra le braccia, lei si divincola dicendo che il *ceviche* – pesce bianco crudo e polpi marinati nel lime – che ha mangiato a cena le è rimasto sullo stomaco. Lui sospetta che lei si stia inventando delle scuse, ma poco dopo si chiude in bagno. Il rumore è esplosivo. Quando Martin bussa alla porta per chiederle se sta bene, lei urla, Lasciami in pace.

Lui fa una passeggiata malinconica lungo la spiaggia, con le onde che schiumano argentee al chiaro di luna. Il gran numero di costellazioni nel cielo ricorda le notti dell'Indiana di tanto, tanto tempo fa. All'estremità ricurva del litorale, da una piccola taverna si diffonde una musica di chitarre. Due uomini sono seduti all'unico tavolo. Tende di bambù oscurano una stanza sul retro. Martin prende uno dei tre sgabelli di giunco allineati al bancone ricavato da una sola tavola di legno consumato dal mare. Ordina una *cerveza* e poi un'altra. Gli uomini al tavolo sono mal rasati, hanno camicie sporche e mozziconi di denti anneriti. Immagina che siano braccianti o forse pescatori. Ricorda un documentario sui pescatori di perle del Messico. Vivevano in baracche con l'elettricità intermittente, sottovento alle fogne a cielo aperto, eppure nel film le loro donne li amavano profondamente, si capiva. Sembravano donne in grado di rendere tutto prezioso, donne che traevano piacere dal piacere che potevano dare a un uomo.

Martin si perde in una fantasticheria in cui non torna all'albergo. Non torna dalla moglie. Immagina come potrebbe reagire Lily. Lei non si stancherebbe di aspettarlo e forse addirittura penserebbe a come fare ammenda quando lui varcherà la porta. Ma se lui non tornasse. Ma se lei si addormentasse e svegliandosi scoprisse che ancora non è tornato. Naturalmente sarebbe furiosa. Sarebbe un bollore di rabbia per tutto il giorno in attesa che lui si faccia vivo, non più disposta a riconciliarsi: anzi, ripeterebbe tra sé e sé un discorso che gli rinfacci il suo egoismo. Abbandonare tua moglie senza una parola per una notte e mezza giornata è un comportamento da egoista. Eppure, quando il pomeriggio fosse diventato sera e lei avesse passato una seconda notte da sola, e poi una terza, e quando lui non fosse ancora ricomparso il giorno della loro partenza, lei sarebbe andata nel panico. Si sarebbe persuasa che fosse successo il peggio, che lui fosse caduto da una scogliera o fosse stato assalito dai banditi, che fosse stato spazzato via dalla risacca o fatto a pezzi da qualche sconosciuta creatura marina caraibica, *el tiburón loco*. Sarebbe andata all'aeroporto nel caso lui si fosse presentato all'ultimo momento, ma niente. Lui non si sarebbe presentato perché avrebbe barattato il biglietto, i vestiti e tutti i suoi averi con un perizoma annodato ai fianchi e una vita da passare continuando a immergersi in profondità per affiorare dall'acqua con una perla – grande come un cuscinetto a sfera – tra i denti, un regalo appropriato per la donna bruna che la sera gli avrebbe dato il benvenuto sulla porta della loro baracca indossando solo un copricapo alla Carmen Miranda.

Martin è ormai alla quarta birra quando da dietro le tende di bambù compare una ragazza che va dritta verso di lui. Dice, Per cinquanta pesos io per te ballo. Ha la pelle di bronzo e i capelli della stessa tinta di una strada appena asfaltata. *Tú vienes conmigo* e per solo cinquanta pesos io per te ballo. Martin fissa la ragazza. Cinquanta pesos non sono neanche cinque dollari. Non può avere più di tredici o quattordici anni, ma la camicetta le lascia scoperta una spalla in una maniera che lui trova seducente in modo inopportuno. Il suo cervello fa le capriole. Ma quando lei cerca di prendergli la mano per portarlo nel retro, qualcosa del suo tocco – il palmo è così piccolo; il polso sottile in modo sconcertante – spara colpi di avvertimento contro la prua dei suoi scrupoli. Lui si divincola e mormora, No, *gracias*. Invece di desistere, la ragazza inizia a muovere i piedi. Gli uomini seduti al tavolo guardano la ragazza e poi Martin. Aspettano tutti di vedere cosa farà lui. Anche Martin aspetta. Lei schiocca le dita ruotando lentamente. I suoi fianchi si muovono al ritmo del cha cha cha. Alla fine Martin le fa capire che le darà cinquanta pesos, ma solo se smette di ballare. La ragazza va via felice. Lui se ne va prima che possa sbucare sua sorella e si offra di non ballare per cento.

La mattina dopo si sveglia con un sapore di giungla in bocca e le scarpe accanto al letto, striate di sale secco. È di nuovo colpito dal bianco intenso delle lenzuola nella luce che entra dalla finestra. Sulla sedia di fronte c'è Lily nell'accappatoio dell'albergo, i capelli bagnati dopo la doccia.

Come ti senti? chiede lui.

Meglio, credo. Mi dispiace per ieri sera.

Non fa niente, dice lui. Ci vestiamo e andiamo a fare colazione?

Fammi prima telefonare a casa.

Lui la ascolta parlare con Maeve e poi con ciascuno dei gemelli. Quando passa il telefono a Martin, Arnold gli racconta una lunga storia su come Maeve ha ucciso un ragno in cucina. Quando è il turno di Gavin, il bambino inizia a piangere; la tata irlandese è in sottofondo, che cerca di calmare il figlio. Spiega che l'ha sorpreso di nuovo a giocare con le manopole dei fornelli. L'ha messo in castigo e ora lui è furioso con lei.

Martin chiude la chiamata e voltandosi scopre Lily che lo fissa.

Mi andrebbero dei pancake, dice.

Lei continua a fissarlo per un po' prima di dire, Cosa credi che pensi lei di noi?

Pensa che siamo a posto.

Forse ride di noi.

Non sta ridendo di noi. Magari dei waffles. Con la pancetta.

O forse le dispiace per noi.

Non gli era mai venuto in mente, ma Martin scuote la testa come se ci avesse meditato a lungo. Non vuole che la moglie si agiti o che rimugini su quelle faccende, così dice, Penso che Maeve si senta fortunata ad avere questo lavoro e contenta di stare con una famiglia così bella e felice di scoprire che siamo così accoglienti. Questo è quello che penso.

La trovi carina? chiede Lily.

Lui esita prima di dire, Non particolarmente. Questo gli sembra e suona vero. E anche se ci sono state un paio di occasioni in cui ha alzato lo sguardo e qualcosa nella combinazione tra la luce, il suo umore e l'espressione della ragazza gli ha fatto pensare che fosse particolarmente attraente, è l'eccezione più che la regola, e così ora non lo dice.

Lily guarda fuori dalla finestra. Continua a guardare fuori dalla finestra.

Lui dice, Se adesso preferisci andare a nuotare, possiamo fare colazione dopo...

Lily prende tempo prima di dire, Pensi mai a fare delle cose con lei?

Martin sente il cuore battergli nel petto. No, dice alla fine. No, non ci penso.

Lei annuisce e si gira di nuovo verso la finestra. Guardando le onde spumeggianti in lontananza, dice, Pensi mai a me che faccio delle cose con lei?

Lui si abbandona contro il cuscino. Guarda il nuovo ventilatore a pale che gira pigro sul soffitto.

Ci penso adesso, confessa.

Dopo un silenzio imbarazzante, Martin si alza di scatto e dice di nuovo, Andiamo a prepararci. Va in bagno, si lava i denti e si mette il costume da bagno, ma quando torna in camera la trova ancora in accappatoio, in piedi davanti allo specchio. Lei si gira a guardare il proprio riflesso da sopra la spalla. Solleva l'orlo dell'accappatoio.

Dimmi la verità: Il sedere, mi sta diventando grosso.

No, dice lui. No, per niente. È perfetto.

Dice sul serio. Lei ha il fondoschiena largo e cosce robuste – un'eredità, immagina, di tutti quegli anni di allenamento equestre, appollaiata in cima a mezza tonnellata di carne di cavallo – e se lo si associa al torso lungo e alle spalle strette, il contrasto è particolarmente marcato. Eppure lui ha sempre trovato elettrizzante la combinazione tra i seni piccoli e le natiche prorompenti.

Comunque, aggiunge lui, a me piace grosso.

Lei si mette diritta. Pianta le mani sui fianchi.

Hai appena detto quello che hai detto?

Martin aspetta e poi dice, No.

Lei si infila un paio di pantaloni e una camicetta di cotone. Il bagno non è più un'opzione. Sta in piedi davanti allo specchio e si spazzola la criniera con colpi vigorosi. Martin è arrivato a contarne ventitré quando lei dice, Gli uomini sono fortunati.

Lui aspetta di sentire perché è fortunato.

Non si devono preoccupare di queste cose.

Questo gli sembra ingiusto, e lo dice. Io mi preoccupo. Mi preoccupo un sacco. Mi preoccupo perché non so se i bambini cresceranno normali e se abbiamo messo da parte abbastanza per la pensione. Mi preoccupo delle malattie cardiache e dei gas serra. Mi preoccupo che tu sia felice.

Non è la stessa cosa, gli dice lei. Per niente. Sarebbe come se ti preoccupassi di continuo di non avercelo abbastanza grosso. Ma non ci pensi. Non devi preoccuparti delle rughe in faccia o se le cosce ti stanno diventando flaccide. Non passi mezz'ora davanti allo specchio a cercare di rendere tutto perfetto per poi uscire in strada e accorgerti che gli uomini hanno smesso di guardarti. Una volta ti guardavano sempre. Salivi in metropolitana o entravi in un ascensore e sentivi i loro occhi addosso. Ti volevano, era evidente. Non che ne avresti mai approfittato, ma il solo pensiero che metà della specie ti trovasse desiderabile all'istante faceva una differenza enorme nella tua vita. Adesso non ti vedono nemmeno. È come se fossi scomparsa. Non ci sei più. Un idiota ti calpesta il piede e tu dici, Scusi, e lui alza lo sguardo ed è sconcertato di scoprire che esisti.

La mantide religiosa più grossa – sarà lunga quindici centimetri – che Martin abbia mai visto sbuca all'improvviso dal bagno e si muove con una velocità sconcertante sul pavimento per poi scomparire in una fessura tra il battiscopa e le piastrelle. Entrambi la guardano sparire. Lui ha letto da qualche parte che vede il mondo attraverso cinque occhi.

Allora? chiede Martin dopo un po' di tempo.

Allora cosa?

È abbastanza grosso?

Lei si allontana dallo specchio e torna a sedersi. Marito e moglie si guardano. Anche se le sue dimensioni sono piuttosto modeste, lui ha sempre considerato le sue erezioni indubitabilmente sincere e benintenzionate. Ma ora deve ammettere che ogni volta che guarda in giù il suo membro sembra ritirarsi sotto il ventre sempre più prominente. Lui dice, Ultimamente tutto quello che vedo è la pancia e poco altro. Mi dico che non sta diventando più piccolo, è tutto il resto che sta diventando più grosso. Lo so, ovvio, però ho questa strana idea che si stia restringendo. E se si restringesse così tanto da non riuscire più a vederlo? Dovresti essere tu a dirmi se c'è ancora. Quindi quando si parla di averlo abbastanza grosso confesso che sì, questo mi fa pensare.

Lei alza mento e lo guarda da lontano, come chi cerchi di leggere le voci scritte in piccolo di un menu.

Allora?

È perfetto, dice lei.

18.

Il resto del soggiorno passa così. Lily scende in spiaggia tutte le mattine e Martin la accompagna, anche se ha la sensazione che a lei non importi se viene o no. Un pomeriggio va in città e compra un paio di *huaraches* di pelle come offerta di pace. I lacci si incrociano a metà dei polpacci, facendola sembrare una dea etrusca. Lei lì per lì si placa, ma quando la sera stessa le presunte cuciture fatte a mano si aprono per rivelare un adesivo MADE IN INDONESIA, li getta nella spazzatura. Il giorno dopo lui cerca di convincerla ad accompagnarlo in un'escursione di whale-watching, ma lei rifiuta. Fissare come degli idioti un mammifero incrostato di cirripedi non mi sembra divertente, dice, guardandolo come se fosse un mammifero incrostato di cirripedi. Lui dice, Allora forse ci vado da solo, e lei risponde, Magari! Al che lui paga trenta dollari per un giro di due ore alla ricerca della possente megattera. Si imbarca su un natante malandato a motore fuoribordo capitanato da un uomo con un braccio solo. Non avvistano nessuna balena, ma dopo quarantacinque minuti di navigazione lo scafo imbarca acqua e Martin e gli altri passeggeri – una coppia molto anziana e due tardoadolescenti di un'associazione studentesca femminile, con qualcosa omega qualcosa stampato sul davanti delle magliette – devono aggottare usando le mani mentre la barca arranca verso una barriera corallina. L'atollo è disabitato, ma ci sono palme da cocco e alberi del pane in abbondanza, oltre a una sorgente d'acqua dolce alimentata da una cascata che sgorga da una cima rocciosa. Il calore è intenso, e mentre cerca di rilassarsi all'ombra fa un sogno delirante in cui il resto della Terra subisce una qualche imprecisata catastrofe ecologica e per ragioni che non gli sono del tutto chiare l'onere di ripopolare il pianeta ricade su Martin e le ragazze dell'associazione studentesca. Le immagina agghindate con nient'altro che fronde di palma, mentre lui si accontenta di un sospensorio ricavato da un guscio di capasanta. Un grosso guscio di capasanta. È sul punto di sfilare la fronda più strategica alla ragazza più alta quando una barca dell'Armada del País si avvicina e li porta tutti in salvo. Anche se Martin vivrà per altri trentanove anni, quello è il momento in cui sarà più vicino a vedere la possente megattera o qualsiasi altro tipo di balena.

L'ultima sera, lui e Lily vanno a cena in un nuovo ristorante che si trova dall'altra parte dell'isola, perché il *conserje* alla reception insiste che è da non perdere. L'albergo chiama un taxi locale per portarli lì lungo la strada costiera. Durante il tragitto si sente il fragore delle onde contro il frangiflutti. Arrivano a un grande lungomare affollatissimo. C'è una ruota panoramica e bancarelle con giochi a premi, nonché un mangiatore di fuoco. La musica è martellante. Coppie sudate volteggiano nel tenue bagliore delle lanterne cinesi appese sulla spiaggia. Mentre fuori c'è una grande umidità, e la notte è soffocante, all'interno del ristorante tutto è fresco, le superfici dei tavoli sono lisce e scintillanti. L'aria condizionata sussurra come se avesse qualche segreto.

Quando Lily si toglie lo scialle di seta leggera, ricorda ancora una volta a Martin perché e quanto adora sua moglie. Non perché lei sia una bellezza senza pari, ma proprio per le imperfezioni connaturate al suo aspetto e alla sua persona che potrebbero scoraggiare un altro. Non scoraggiano Martin. Per esempio, questa sera ha indossato un abito lungo che ha comprato apposta per il viaggio, con una scollatura profonda. La verità è che non ha il fisico per un abito del genere. Mentre di solito si veste bene, ogni tanto cade in un errore di valutazione di proporzioni inquietanti. Si infila un top che non può riempire o una gonna a palloncino che sottolinea la circonferenza dei fianchi o un gilet che le fa sparire il punto vita. Sceglie pantaloni da odalisca. Ma sono proprio questi piccoli sbagli in cui il mondo la coglie alla sprovvista che la rendono per sempre cara agli occhi di Martin.

Certo, le donne agli altri tavoli tendono a essere formose e scure. I top sono stretti, i seni strizzati. Lily per contrasto è esile come un virgulto, il viso pallido e lucente. Eppure l'affetto di Martin per sua moglie in quell'istante trabocca. Il punto forse è questo: Ci saranno pure mille milioni di femmine più avvenenti o gentili o vincenti, Martin però non ne ha mai vista nessuna seduta sul divano con le gambe rannicchiate che si strappa qualche peletto dal mento. Non ha sentito le altre mollarne una dopo aver mangiato i ceci, e non sono loro che ogni tanto dormendo restano legate al cuscino da un sottile filo di bava. Se di tanto in tanto anche loro si fanno la ceretta sul labbro di sopra come fa Lily lui non lo sa. Non lo vuole sapere. Perché è in quei momenti, mentre lei è immersa nella sua guerra contro l'invecchiamento e il declino, che lui riesce a ravvisare con chiarezza la ragazzina di tre decenni prima che cerca disperatamente di attirare l'attenzione paterna su di sé, anche solo per un po'. Qui appare più autentica, più nuda e più inesperta di tutte. La sua prospettiva sulle fisime della moglie è possessiva in modo insolito, se non altro perché lui ne è a conoscenza quando nessun altro lo è. In quei momenti in cui lei è forse meno attraente e più indecorosa, è più sua.

Durante la cena, lo spettacolo di varietà propone un mago che fa comparire un piccione, poi un coniglio e poi una donna in tutina color carne. Il mago mette la donna dentro una scatola simile a una bara e procede a segarla a metà. Quando è a circa due terzi dell'opera, si ferma per coprire lei e la scatola con un lungo scialle. Riprende a segare e quando la donna urla sotto lo scialle, tutti ridono. Più tardi lei sbuca dalle quinte con il corpo intatto e il pubblico applaude.

Come dessert decidono di dividersi il *pastel de tres leches*, ma dopo un solo morso Martin posa la forchetta e dice, Abbiamo fatto un errore? Abbiamo fatto un grosso, grossissimo errore?

Volevi il flan?

Non stavo parlando del flan, le dice. Sprofonda nella sedia e si sente dire, Andiamo via.

Lily guarda la stanza intorno a loro e dice, Ma siamo venuti via.

Lui scuote la testa. D'un tratto sembra impossibile da spiegare, anche se è tutto così chiaro nella sua mente. Io, te e i bambini.

Vuoi fare una vacanza con i bambini?

Non intendo una vacanza. Intendo un nuovo inizio. Ti è sempre piaciuta Boston. O la West Coast.

Lei lo fissa come se non fosse suo marito, ma una vecchia conoscenza che sta ancora cercando di inquadrare. Vuoi dire lasciare New York?

Temo che tutto abbia preso una piega un po' amara.

Lei fa una pausa molto lunga prima di continuare. Fammi capire bene: tu pensi che se ci trasferissimo a Oxnard tornerà tutto a essere uno zucchero?

Non ho detto Oxnard, ribatte lui in un tono po' più brusco di quanto volesse. L'uomo al tavolo accanto si volta a guardare.

E lei? Viene con noi a Oxnard?

Nessuno sta parlando di Oxnard, dice.

Cos'è di preciso che vuoi, Martin?

Lui si guarda le mani, come se la risposta potesse essere nei palmi.

Perché io non lo so, continua lei. Gesticola con la forchetta e dice, Non lo so più.

Come se l'avessi mai saputo, dice lui, e subito vorrebbe non averlo detto.

Dio, detesto quando frigni.

Lui scosta la sedia dal tavolo e si alza, prende il portafoglio. Voglio andarmene, ecco cosa voglio, dice. Vuole tornare in albergo, andare a dormire e svegliarsi la mattina, così quella notte sarà finita. Ma quando escono dal ristorante, il calore sembra rispecchiare la loro rabbia. La notte è afosa. È come cercare di respirare attraverso una coperta bagnata. Il luna park ha chiuso i battenti. La piazza è stranamente vuota. La ruota panoramica è immobile. Devono scavalcare un ubriaco svenuto sul marciapiede. Raggiungono un angolo di strada dove l'insegna ALTO è distesa su un lato e cercano di fermare un taxi, anche se il traffico è scarso. Il fruscio dell'aria condizionata è stato sostituito dal ronzio degli insetti della giungla, dai lievi rumori delle bestioline che sgattaiolano nell'oscurità. Dopo qualche minuto, la camicia sotto la giacca di Martin è fradicia. I capelli di lei, che all'inizio della serata erano raccolti, si sono sciolti in ciocche che si arricciano sulla nuca e le ricadono sul viso. Passa quasi mezz'ora prima che riescano a fermare un'auto verde piccolissima con la portiera rossa dal lato del passeggero e un faro rotto. È un veicolo di una cinquantina d'anni, importato da un'ex repubblica popolare dell'Europa dell'Est. Martin si appoggia al finestrino per contrattare come suggerisce la guida, spiegando che pagherà ottanta pesos per una corsa fino all'Hotel Quetzal. L'autista annuisce. Prendono una strada diversa da quella che hanno imboccato all'inizio della serata. All'andata avevano viaggiato lungo la costa, ma ora tagliano in profondità nel cuore della foresta pluviale, le chiome degli alberi si fondono tra loro a fare il buio ancora più buio. Presto lasciano la strada asfaltata e imboccano un sentiero sterrato che attraversa il sottobosco, le gomme sgusciano nel dolce aroma delle fronde in decomposizione. Il faro solitario offre una sconcertante prospettiva ciclopica sul labirinto di vegetazione. Sembra di viaggiare attraverso un'insalata gigantesca. L'auto rimbalza su un piccolo masso, la ghiaia sbatte contro i sottoporta. Quando Martin chiede se non ci sono cinture di sicurezza nei sedili posteriori, l'uomo guarda nello specchietto retrovisore e annuisce.

Sono in viaggio da forse dieci minuti quando l'autista sterza per evitare un fosso profondo, ma non ci riesce. L'impatto è violento, la parte anteriore del veicolo sbatte contro il terreno, poi si risolleva mentre il taxi aggira l'avvallamento. Gli ammortizzatori sono scarichi e i Fowler si abbattono con forza sui sedili. L'autista impreca sottovoce e schizza fuori dall'auto per ispezionare i danni. Dopo qualche istante si affaccia al finestrino del passeggero e, guardando oltre Lily, inscena una pantomima per far capire loro che devono uscire dall'auto. Quando lo fanno, il tassista allenta i dadi della ruota anteriore dalla sua parte, porge a Martin la chiave inglese, e poi appoggiando la schiena contro la calandra cerca di sollevare il muso del piccolo veicolo con tutte le sue forze. Martin dice, Non ha un cric? Ma l'uomo si limita ad annuire e con mani tremanti segnala a Martin che deve sbrigarsi. Una volta rimossa la ruota sgonfia, l'uomo fa calare con cautela il veicolo, si tira su i pantaloni e comincia a farla rotolare lungo il sentiero. Non ce l'ha quella di scorta? gli grida Martin. L'uomo si ferma per guardare indietro e annuire, poi continua a spingere lo pneumatico. A questo punto i pantaloni di Martin sono sporchi perché si è inginocchiato e la giacca è striata di grasso. Il volto è sfigurato dalle punture d'insetto. Il fango imbratta l'orlo del vestito di Lily. Restano accanto all'auto, sconcertati, e guardano l'uomo scomparire oltre un piccolo crinale. Di colpo sono terribilmente soli. L'aria è così umida che sembra premere su di loro da tutti i lati. Sciami di minuscoli moscerini ronzano davanti ai loro nasi. Martin cerca qualcosa di familiare nello scenario, qualcosa che possa risultare rassicurante, ma è come se fossero stati trasportati su un altro pianeta. Aveva fumato per tre mesi e mezzo durante il suo secondo anno di dottorato mentre stava affrontando una sequenza di corsi particolarmente pesante ("Operatori di Heckle, Sommatoria di Poisson e Funzioni Theta dei reticoli") e aveva smesso una volta concluso l'esame finale, ma ora, per la prima volta in vent'anni, si trova a smaniare per una sigaretta. Provano a usare i cellulari, ma nessuno dei due riesce a captare il segnale. Dopo quasi un'ora di attesa – sono risaliti in auto per evitare le zanzare – Lily dice, Per quel che ne sappiamo, è tornato a casa e in questo momento è a letto che dorme.

Non abbandonerà la sua macchina, dice Martin.

A quanto pare l'ha fatto.

Cosa suggerisci di fare?

Lei non risponde. L'oscurità sembra condensarsi e infittirsi attorno a loro, come se fosse infusa dal loro malumore.

Non vedevo l'ora di fare questo viaggio, dice lui adesso.

Lei si gira verso di lui, anche se Martin non riesce a distinguere bene il suo viso. Lo so, mormora lei.

Ho pensato che ci avrebbe dato una possibilità di...

Lo so, ripete lei.

Restano seduti così a lungo che lui ha la sensazione inquietante che forse la cronaca dei loro ricordi è solo il sogno di qualcun altro, finché lei dice, Forse uno di noi dovrebbe risalire il sentiero e vedere se si riesce a trovare una casa e chiedere aiuto. Magari qualcuno ha un telefono.

Martin si volta a scrutare la giungla fuori dal finestrino, e poi di nuovo verso di lei.

Forse dovremmo andare tutti e due.

Lei scuote la testa. Quello magari torna e se ne va senza di noi.

Vado io, dice lui.

Tu non parli spagnolo.

Lui apre la portiera e scende. Si toglie la giacca e la posa accanto a lei sul sedile. Anche se l'idea di girovagare nel buio non lo entusiasma, è più allettante che restare da solo nell'auto a chiedersi se è capitato qualcosa a sua moglie. Dice, Seguo il sentiero per una ventina di minuti e vedo se riesco a trovare qualcosa.

Si allunga per bloccare la portiera dell'auto.

Stai attento, dice lei.

Martin si avvia verso il crinale, nella stessa direzione presa dall'autista, ma presto scopre che è pressoché impossibile esplorare la zona al buio. Cade due volte, e in entrambi i casi si volta per vedere se Lily sta guardando. Lily sta guardando, il viso piccolo ma nitido al di là del finestrino. Si impone di allontanarsi un po' di più senza voltarsi indietro, fatica a scalare l'altura. Da lassù, il taxi si fonde nell'oscurità che si fa grigia. Scivola giù per il lato opposto del pendio, dove la copertura degli alberi si infittisce. È come entrare in un tunnel umido. L'odore di decomposizione è più intenso. Anche se durante il loro soggiorno non è piovuto, tutto è bagnato e gocciolante. I piedi affondano nella melma. Sembra che stia scendendo in una specie di oltretomba. Fa altri venti metri, il fango gli attanaglia e gli risucchia le caviglie, fino a sfilargli la scarpa destra. Le scarpe gli sono costate seicento dollari in un negozio di SoHo: pelle italiana, lavorata a mano. Cerca a tentoni la scarpa a coda di rondine, ma riesce solo a incrostarsi gli avambracci. Zoppica su una scarpa sola, anche se il panorama davanti a lui è nero come carta da costruzione, i rami degli alberi e i germogli si alzano all'ultimo secondo per sferzargli il viso. La civiltà sembra qualcosa che ancora per millenni non può accadere. Prende in considerazione l'idea di tornare da dove è venuto, ma decide di non farlo, se non altro per non dover ascoltare Lily ripetere il suo solito cliché su se vuoi una cosa fatta bene.

Continua a farsi strada lungo il sentiero che scende per un altro centinaio di metri e poi si inclina bruscamente, tornando a salire. Si aggrappa ai cespugli e ai rampicanti che pendono, si issa come se la vegetazione fosse una scala a pioli. L'intrico della giungla si dirada all'improvviso rivelando una radura in cima a un piccolo sperone. Viene accolto da una palpabile pulizia dell'aria che trasporta un aroma leggero e frizzante, come di bacche. A sud non c'è altro che giungla ondeggiante, un'infinita copertura di fronde che si spande verso l'orizzonte. Ma a nord la mezzaluna della costa, l'acqua che brilla, appare in lontananza distesa sotto più stelle di quante ne abbia mai viste in vita sua. Affollano il cielo come se fosse un setaccio attraverso cui brilla una luce potente. Lui si trova al centro della radura e ruota lentamente di trecentosessanta gradi per contemplare l'intero panorama. È lucente, fantasmagorico. Il silenzio è assoluto. Potrebbe essere l'ultima persona sulla Terra, completamente solo tra gli alberi, le rocce, le nuvole e il mare. Ma non è solo. Lo sa sempre di più. Vorrebbe correre indietro a prendere la moglie, per trascinarla fuori dalle profondità del suo malumore, per mostrarle lo sbalorditivo splendore che si stende davanti a lui, convinto che l'esperienza salverà la loro vacanza, anzi, di più, li porterà a uno di quei momenti di gioia inespressa di cui sono forgiati i migliori matrimoni.

Ricordati questo momento, pensa, e gli ci vuole un attimo per rendersi conto di aver pronunciato le parole ad alta voce. È come sentire una preghiera recitata da un estraneo.

Ora scorge, acquattata tra i bassipiani, una sorta di piccola baracca, le pareti che si trasformano in un tetto di latta che riflette la luce delle stelle. Si precipita verso il capanno. Il sito è in stato d'abbandono. Una catasta di legname pieno di chiodi è ammucchiata da una parte, e lì accanto c'è una pila di tegole rotte. Diversi tubi di PVC sono appoggiati al muro. Si avvicina e vede che è fatta di un'unica stanza con le sbarre alle finestre senza vetri e una porta di legno a pannelli con cerniere di ferro grandi come vecchie bibbie. Bussa due volte alla porta e poi si avvicina a una delle finestre. L'interno è buio, ma quando i suoi occhi si adattano riesce a distinguere un'amaca e una piccola stufa a legna, una sedia e un tavolo. L'habitat di un eremita, di un reietto.

Salve, grida. Salve.

Continua a girare intorno alla casa, ma quando arriva sul lato opposto quello che vede lo paralizza. Un'ombra massiccia si profila alla vista in quella che all'inizio sembra una coreografia incomprensibile. Non sempre si vede quello che si vede. Ci vuole ancora qualche secondo prima che si renda conto che sta guardando una coppia di cani che si accoppiano. Quella che sta sotto resta avvolta nell'ombra, ma l'altro si distingue con chiarezza: grosso, osceno, afflitto dalla rogna, ampi tratti dei quarti posteriori del tutto privi di pelo. Martin si blocca, ma quello che sta sopra si volta verso di lui. Il gesto è umano in modo inquietante, quasi accusatorio. La luce delle stelle cattura i suoi occhi, come se il suo cranio fosse pieno di diamanti. Invece la lingua lunga gli penzola dalla bocca, lasciva e mostruosa. La scena è brutalmente primitiva, come se Martin fosse arrivato in un luogo senza tempo al di là della portata di tutti i calendari, un luogo dove non ha alcun diritto di stare. Molto lentamente comincia a indietreggiare, ma gli occhi del cane non smettono di seguirlo, riflettori che riescono a individuarlo nell'oscurità. Una volta superato l'angolo della casa, Martin si mette a correre. Si affanna su per il pendio, inseguito dal pensiero che i cani si siano lanciati all'inseguimento, che addirittura si stiano avvicinando. Si arrampica, procede a tentoni tra le erbacce e i ramoscelli per non perdere l'equilibrio e dopo aver raggiunto la radura non si ferma, ma si precipita dall'altro lato, con il rumore del proprio respiro affannoso nelle orecchie, tanto forte da sovrastare il suono della brezza che si muove tra gli alberi.

Arriva all'auto e trova Lily inginocchiata nel fango, impegnata a stringere i dadi della gomma nuova mentre il tassista si sforza di sollevare la parte anteriore del veicolo. Lei alza lo sguardo con un'espressione di rabbia mista a sollievo mentre Martin le sottrae la chiave inglese.

Quando sono di nuovo in marcia, l'autista sorride ancora una volta nello specchietto retrovisore. Martin non riesce a capire se si tratta di un sorriso d'imbarazzo perché è mortificato per l'inaffidabilità della sua auto, di un sorriso cameratesco perché loro due sono riusciti a ripararla o di un sorriso gongolante perché è riuscito a convincere un paio di turisti a fare un giro nella sua trappola mortale. L'auto sale su una collinetta dove la vegetazione si dirada e le stelle ricompaiono però fioche, come se ora si fossero esaurite. I Fowler restano in silenzio per il resto del tragitto fino a quando arrivano alla porta dell'albergo, dove l'autista si gira con un profilo simile a quello di una di quelle grandi statue olmeche scolpite nel basalto e dice, Centocinquanta.

Martin dice, Centocinquanta?

L'autista annuisce e Martin paga.

19.

I Fowler tornano dai Caraibi giusto in tempo per la tradizionale festa di Capodanno dai Davenport-Finkelmeyer. I Davenport-Finkelmeyer vivono in un appartamento enorme negli East Seventies. Sull'isola della cucina uno chef prepara assortimenti di sushi su ordinazione. Tzipporah Davenport-Finkelmeyer, che ora ha otto anni, esegue *I Have a Little Dreidel* alla viola prima di essere spedita a dormire. Due dozzine di coppe di champagne formano una piramide davanti alla finestra del soggiorno. Seduta davanti al tavolino del salotto, Naomi Woodbine pontifica. Lei e il marito hanno dovuto licenziare la domestica dello Sri Lanka. È la terza in otto mesi.

Era una ladra, spiega Naomi Woodbine. Mi ha rubato due paia di scarpe dall'armadio, quattrocento dollari dal cassetto del comodino e chissà cos'altro. Saranno stati almeno quattrocento dollari, forse di più. E i suoi piedi devono essere più grandi dei miei di almeno due misure. Non so cosa aveva in testa. Ma quando alla fine gliene ho parlato era stupita che ne stessi facendo una tragedia, come se rubare fosse una cosa normale.

Naomi Woodbine fa una pausa per agitare il ghiaccio nel bicchiere e dire, Harold, tesoro, prendimene un altro. Il marito è un uomo piccolo, più piccolo accanto alla moglie. Ma Harold è nel consiglio di amministrazione di una delle più grandi società di private equity della città.

Arrivano qui e guardate cosa fanno, continua. Ho un disperato bisogno di trovare qualcuno di cui potermi fidare per una volta.

Anche noi abbiamo trovato una persona nuova, dice Martin. Una ragazza alla pari.

Lily ascolta mentre lui parla della ragazza, di quanto è brava con i bambini.

Mi piacerebbe conoscerla, dice Naomi Woodbine. Si guarda intorno.

È a casa con i gemelli.

La fate lavorare a Capodanno?

Maeve si è offerta, spiega Martin.

Naomi Woodbine è sempre più interessata. May?

Maeve. È irlandese.

Strano, non è nemmeno colorata, dice lei. Li incalza. Quanto la pagate?

Noi... comincia Martin, ma la moglie gli dà un calcio sotto il tavolino.

Mentre tornano a casa, Lily chiarisce. Almeno una mezza dozzina di donne in quel salotto vorrebbero avere Maeve.

Lei non lo farebbe dice Martin. È sicuro. Non lo farebbe per niente al mondo.

Sua moglie sbuffa sgomenta. Naomi Woodbine ucciderebbe per averla.

Martin guarda fuori dal finestrino e vede passare davanti agli occhi un isolato dopo l'altro. Ha bevuto tre bicchieri di champagne. Anche Lily ne ha bevuti tre. O forse cinque.

Non stavo parlando di Naomi Woodbine, dice lui.

A gennaio un freddo atroce attanaglia l'isola. Dura gran parte del mese. La terra sotto i piedi sembra ferro. Il ghiaccio luccica sui marciapiedi. Il cielo è friabile. Un guasto alla conduttura idrica a Broadway trasforma Liberty Plaza in una pista di pattinaggio. Lastroni di ghiaccio bianchi vanno alla deriva lungo l'East River. Dicono che potrebbe ghiacciarsi completamente per la prima volta in due generazioni. I palazzi si innalzano nel crepuscolo come scafi massicci di naufragi artici.

Maeve non ha mai sperimentato un freddo del genere. Non riesce a scaldarsi. Lily continua ad alzare il termostato. Però la tata indossa lo stesso due paia di calzini e la calzamaglia sotto i jeans. Si mette una felpa sopra il cardigan. Per cena prepara minestre dense: porri e farina d'avena, cheddar e birra, zuppa di ortiche. Il cucchiaio sta in piedi da solo.

Il freddo causa blackout per diversi giorni. Una sera, poco dopo che la ragazza è entrata nella loro camera da letto, la lampada si spegne. I numeri dell'orologio da tavolo scompaiono. Il profilo dei palazzi fuori dalla finestra svanisce. Il silenzio è improvviso. Leggeranno al mattino che tutto sotto la Diciannovesima Strada è piombato nell'oscurità. L'unica luce proviene dalla catena sottile di traffico che transita sulla Westside Highway. A quell'ora basta appena.

Mi piace il buio, confessa Maeve, la voce che emerge dalla notte. Indica la finestra e dice, Qui non fa mai buio. Non per davvero. Anche ora con le luci spente non è tutto buio.

Si voltano tutti a guardare. C'è il bagliore dei fari che arriva dalla strada, ci sono le finestre del New York-Presbyterian Hospital illuminate dai generatori di emergenza e in lontananza i fanali direzionali delle navi nel porto.

Qui non fa mai buio, ripete la ragazza alla pari. A casa nelle notti senza luna quando il cielo è coperto non riesci a vederti i piedi. Ma poi, quando ci sono le stelle, ce ne sono così tante che fai l'ombra.

Dev'essere bellissimo, mormora Lily.

Maeve la guarda prima di fare spallucce. È bellissimo, ammette, finché non inciampi in un ubriaco steso per strada a fine serata o la madre che abita due porte più in là evita di uscire di casa prima del tramonto per nascondere gli occhi neri.

*

Martin si ritrova a spiegare che un'enorme porzione dell'universo è composta di materia oscura. La chiamano materia oscura perché non ci sono prove osservative dirette della sua esistenza, dice. Gli scienziati possono solo dedurne la presenza dalla velocità di rotazione delle stelle mentre orbitano intorno ai nuclei galattici.

Le stelle non sempre si comportano come dovrebbero...

Come la gente, dice la ragazza.

Lui la guarda per un istante prima di continuare. Come la gente. Non si comporta come ci si aspetterebbe. L'unico modo per spiegare questa discrepanza è supporre l'esistenza di intense energie gravitazionali che non vediamo. La conclusione è che non più di un ventesimo dell'universo risulta visibile. Ci sono masse celesti immense e cause di vasta portata all'opera, che si possono solo ipotizzare. Ci piace pensare di sapere cosa c'è là fuori e quali tipi di fattori modellano le nostre vite, ma il fatto è che rimaniamo letteralmente all'oscuro della vera natura delle cose.

La sua voce all'improvviso suona lontana, come se provenisse dalle distanze impossibili dei confini dello spazio.

Non me la bevo, dice Lily. Il tono è piano, diretto e perentorio.

Lui la guarda. I fisici...

Da quel che dici sembra che non siamo altro che esseri smarriti, impotenti, senza alcuna speranza di trovare la strada. Mi rifiuto di accettarlo. In questa vita alcune cose funzionano e altre no. Si guarda a lungo il mondo, si guarda bene e si cerca di dargli un senso. Quando ci si riesce si ha successo, altrimenti si fallisce. Chi suggerisce il contrario sta solo inventando delle scuse.

Ma io parlo delle stelle, dice Martin.

Ora lui si volta verso il lucernario. Con la metà bassa dell'isola avvolta nell'ombra, la visione è disseminata di puntini di luce inaspettati, ognuno dei quali luccica attraverso il vetro.

Io sto parlando del cosmo, dice lui.

Tu stai parlando di noi, ribatte la moglie. Quest'idea che siamo assolutamente all'oscuro non tiene conto del progresso umano. C'è un'aspettativa di vita crescente, uno sviluppo tecnologico spettacolare e un'abbondanza materiale senza precedenti. Qualcuno, da qualche parte, sta facendo qualcosa di giusto, credo.

Lo sguardo di Maeve passa da lei a Martin e poi torna su di lei.

Tu parli di progresso, risponde il marito. Ma non so se un uomo appeso a una maniglia della metropolitana in un vagone surriscaldato alla fine della giornata, in ansia per le beghe di lavoro e le grane fiscali, appesantito dai trigliceridi mentre la canzoncina della pubblicità delle mentine per l'alito gli risuona a ciclo continuo nel cervello, sta meglio di un capraio anatolico di duemila anni fa, colmo di stupore davanti alla volta di un cielo stellato. Non so se in fin dei conti non è più coraggioso, più saggio o più felice. Voi fate sembrare tutto così semplice, lineare, né misterioso né complicato, mentre secondo me non va così.

Questa è la differenza tra te e me, dice Lily. Io non riesco a immaginarmi che il tuo capraio stia meglio. Notte dopo notte è assediato dalle zanzare o vittima di continui attacchi di dissenteria perché ha mangiato carne avariata o sta lì raggomitolato al freddo gelido. A trent'anni avrà perso tutti i denti e cinque anni dopo sarà morto.

Rimangono tutti in silenzio per un po', a meditare sulla questione, quando Maeve dice, O forse il suo tempo su questa terra è così ricco di significato e libero dal milione e mezzo di piccoli dettagli che assillano la vita moderna che i suoi trentacinque anni sono molto, molto più significativi di quanto lo siano per noi settanta, ottanta o anche cento anni.

Gli altri due si fermano a fissarla. Ma quando lei si volta di nuovo per guardare in alto attraverso il lucernario, si voltano anche loro.

È complicato, ammette Lily. Ma non è misterioso.

Non si sorprende mai? chiede la ragazza a Lily. Non ha mai dubbi?

Mia moglie non si sorprende più dal 2008, dice Martin, e ridono tutti e tre.

Certo che ho dei dubbi, dice Lily. È tornata seria.

Dinne uno, dice Martin. Lui sorride ancora. Vuole che la battuta duri a lungo.

Lily alza le spalle. Sono in pensiero per i bambini. Ho paura di non di passare abbastanza tempo con loro. Lei guarda Maeve. Sia chiaro: Tu sei perfetta con loro. Non potrei chiedere di meglio. Ma mi preoccupa il fatto che sto via così tanto. Quando saranno più grandi si guarderanno indietro e decideranno che sono stata una madre negligente a cui non importava nulla di loro?

No, dice Maeve.

Sono in pensiero soprattutto per Gavin. Credo che in un modo o nell'altro Arnold non avrà problemi. Arnold troverà la sua strada. Ma quando guardo Gavin vedo la mia faccia nella sua, solo che è diversa. Vedo il mio naso, i miei occhi e la mia fronte prima che la vita abbia fatto il suo lavoro, una faccia del tutto indifesa. Voglio proteggerlo da quello che lo aspetta. Voglio tenere il mondo a distanza di sicurezza da lui.

Ma non puoi, dice Martin con dolcezza.

Non posso, ma questo non mi impedisce di essere terrorizzata per lui. Hai conosciuto mia madre e hai visto che disastro è. La cosa divertente è che i miei nonni, i genitori di mia madre, erano meravigliosi. Venivano a trovarmi ogni estate e mi portavano a nord, in una capanna sugli Adirondack. Me soltanto. Lasciavamo a casa i miei fratelli e i miei genitori e per sei settimane a giugno e luglio ero in paradiso. I ricordi più belli della mia infanzia sono legati al tempo che ho passato con la nonna e il nonno. Ma mia madre era un completo, totale disastro come mamma e come essere umano. È inevitabile che ogni tanto mi preoccupi di essere anch'io una madre inadeguata. La mia unica regola generale in qualunque situazione è chiedermi cosa avrebbe fatto lei e poi fare l'esatto contrario.

Ascolta, dice Martin, sei una madre fantastica.

Lo sguardo della moglie è mesto. Che ne sai tu dell'essere madre?

Lui ci riprova. Tutti hanno dei dubbi ogni tanto.

Non sapevo che tu fossi un esperto in materia.

Invece sì, dice lui piano. Sono il più grande esperto di dubbi di tutti i tempi.

Ne dubito, dice Lily.

20.

Le luci si riaccendono di colpo, facendoli trasalire. Oltre la finestra il profilo della città guizza all'insù. Continuano a parlare a bassa voce, gli sguardi fissi nel vuoto, come chi sta di fronte alla grata del confessionale e dietro il prete ascolta, quasi immobile anche lui. Scherzano sui gemiti di piacere della coppia che vive al piano di sotto – devono avere una settantina d'anni – e discutono se è il momento di rifare il pavimento della cucina e se devono passare a un televisore ancora più grande. Chiedono il parere della ragazza. Ormai è una di loro.

Parlano fino a notte fonda, anche se è un martedì e Lily e Martin la mattina devono andare al lavoro. Nelle settimane a venire ci saranno altre serate del genere, serate in cui la ragazza compare, ma invece di fare l'amore si ritrovano a parlare fino alle tre, alle quattro del mattino. A volte si siedono sul letto stretti in un cerchio e giocano partite a tre di whist, pinnacolo, o switch – un gioco irlandese che hanno imparato da Maeve. Un'altra sera Martin si mette il cappotto e corre alla panetteria ventiquattr'ore a sei isolati da casa per tornare con una mezza dozzina di ciambelle alle mandorle e tre caffè aromatizzati. Parlano senza mai arrivare a parlare del sesso.

Ma se una tenerezza sorprendente e gradita ha finito per riempire molte di queste serate, ci sono ancora momenti di una tale brutale lascivia che lasciano scossi la ragazza e anche i Fowler.

Una sera verso la fine del mese, Martin e Lily escono a cena e a bere qualcosa con alcuni colleghi dell'ufficio di lei. La conversazione è di ampio respiro – è gente istruita che lavora sodo, con un'adesione costante alle proprie convinzioni – e si beve parecchio. La serata è ben lubrificata. Martin e Lily rientrano a casa brilli. Rimbalzano piano sulle pareti mentre si fanno strada nel corridoio, aggrappandosi l'uno all'altra. Trovano Maeve in salotto. Ha acceso il fuoco. È seduta sulla poltrona con le gambe ripiegate sotto di sé, una tazza di tè in infusione tra le mani. In televisione stanno discutendo sull'opportunità di estendere il muro lungo il confine sud.

I Fowler crollano sul divano di fronte a lei. Le chiedono dei bambini, della sua serata. La ragazza sembra calda e comoda nella vestaglia, quella che le hanno regalato per Natale. Maeve vuole sapere se è stata una bella cena.

Ha flirtato spudoratamente, dice Lily. Si toglie le scarpe.

Martin scuote la testa, ma sta sorridendo. Non è vero.

Lily non gli dà retta. D'altronde come dare torto all'altra, continua, e allunga la mano per accarezzargli la guancia con il dorso. Martin le prende le dita e le avvolge nelle sue.

Sei ubriaca, dice.

Fuori ha iniziato a nevicare. Vedono i fiocchi sfrecciare al di là del vetro. È bello stare in casa seduti di fronte al fuoco acceso. Le fiamme sussultano, si smorzano e avvampano di nuovo.

Una volta uscivo a cavallo sotto la neve, dice ora Lily. Fissa un angolo della stanza come se i suoi ricordi fossero annidati lì. Si china all'improvviso a baciare il marito. Continua a baciarlo e inizia a slacciargli la camicia. Arrivata al terzo bottone si ferma e dice, Finisci tu.

Martin esita, lancia un'occhiata alla ragazza.

Forza, dice Lily.

Lui indugia ancora e poi si alza. Continua a sbottonarsi la camicia. Maeve resta seduta con la tazza tra le mani.

Intanto Lily sta parlando. Cavalcavo nella neve. Mi piaceva tanto la sensazione dei fiocchi che ti sferzano il viso, il cavallo così enorme e caldo con il fumo che gli esce dalle narici. Fuori si gelava, sentivi il rumore degli zoccoli che rompevano il ghiaccio e avvertivi il battito del suo cuore tra le cosce. Era un animale così grosso e pensavo che se mi avesse disarcionato o fosse caduto avrebbe potuto uccidermi. Mezza tonnellata di carne di cavallo che ti crolla addosso può spezzarti il bacino come un ramoscello. È successo a una ragazza che conoscevo. Non ha mai più camminato bene. Ma lui non mi ha mai disarcionato e nonostante tutti i pericoli che potevano esserci non mi sono mai sentita più sicura di quando stavo in groppa al mio cavallo. Nessuno ti ha detto che potevi fermarti.

Lo dice rivolta a Martin.

Lui guarda Lily e poi subito dopo di nuovo Maeve prima di chinarsi e sfilarsi il calzino sinistro, poi il destro, e poi tutto il resto. Maeve posa la tazza sul tavolino. Si mette a sedere composta.

Lily si sporge in avanti per toccarlo. Lo soppesa con cura nel palmo della mano. Allenta la presa e sprofonda sul divano. Le due donne lo guardano profilarsi e impennarsi da solo, guidato da un tropismo segreto, come se i loro sguardi avessero acquisito il potere della levitazione.

A Maeve lei chiede, Ne hai visti tanti?

La tata non risponde. Resta seduta con la schiena ben dritta.

Ma quando Martin cerca di aprire la cerniera sul fianco della gonna della moglie, lei gli ferma la mano.

Fammi da pony, gli dice.

Lil...

Fammi da pony.

Lui esita, poi si mette a quattro zampe, goffo. La moglie si alza, la stoffa fruscia contro le calze mentre si solleva l'orlo della gonna. Si siede a cavalcioni e gli serra le caviglie attorno al busto. Gli afferra i capelli a mo' di redini. Quando lei schiocca la lingua lui inizia a trascinarsi lentamente sul pavimento. Cavallerizza e cavalcatura avanzano per il corridoio. Maeve si sposta verso la porta per guardare. Lily ondeggia da un lato all'altro come un *mahout* indiano.

Appena fuori dalla cucina, Lily si ferma a inumidirsi il pollice in bocca. Si volta a guardare la ragazza. Senza smettere di guardarla, Lily si allunga all'indietro per infilarglielo con delicatezza, solo fino alla prima falange. Dalla gola di lui esce un gemito.

Durante il giro seguente, il pollice di colpo scompare per intero. Lui barrisce come un elefante. L'eccitazione tra le sue gambe continua a puntare in alto. Magari non si dovrebbe guardarlo, ma invece.

Lily si ferma davanti a Maeve e chiede, Vuoi fare un giro?

Martin guarda rapido la ragazza alla pari e poi, voltando la testa per guardare la moglie, dice, Sei ubriaca.

I pony non parlano, gli dice Lily. Agita con una lentezza ostentata le quattro dita visibili della mano. Gli occhi di lui si dilatano.

Si rivolge di nuovo alla ragazza. Hai il mio il permesso.

Maeve sta lì a braccia incrociate. Resta così per un lungo istante, appoggiata con una spalla allo stipite dell'ingresso. Lui sente il debole ticchettio della pendola provenire dal salotto. Martin ci mette un attimo per rendersi conto che sta trattenendo il respiro.

Cambierebbe le cose, dice Maeve a bassa voce. Non è un'obiezione; è un avvertimento.

Ma noi vogliamo, dice Lily.

La ragazza scuote la testa. Voi volete che io voglia farlo, che non è la stessa cosa.

Prima che Lily possa rispondere, si sente un rumore che Martin non riesce a decifrare subito. Per un attimo sembra il richiamo di un uccello di bosco. Gavin grida di nuovo, Maeve? Maeve! Segue il suono lieve ma inconfondibile di passi che si avvicinano dalla cameretta dei gemelli. Martin ci mette un bel po' ad afferrare la situazione. Alza lo sguardo verso la moglie per avere qualche indizio su cosa fare, ma si trova di fronte a uno sguardo di panico inequivocabile che le fiorisce in volto. Dice a sé stesso che dovrebbe mettersi in ginocchio, rialzarsi e coprirsi in qualche modo, ma la consapevolezza devastante che ormai è tardi, troppo tardi lo paralizza. Anche Lily resta immobile, come se il futuro si stesse avvicinando così veloce che sono impotenti al suo cospetto.

La ragazza, invece, si mette subito in allerta, tutto il suo corpo si contrae, si ricompatta, gli arti si serrano. Le ci vuole una frazione di secondo, non di più, però Martin riesce a percepire una serie di microaggiustamenti da parte sua, memorie muscolari forgiate nel corso dei millenni. E poi scatta, vola oltre i Fowler come una lancia scagliata. Martin, seguendola con lo sguardo, si volta appena in tempo per vedere sbucare dall'angolo in fondo al corridoio il piede sinistro del bambino coperto dal pigiamino. Con un brutto presentimento, capisce che Gavin sta per subire un trauma di dimensioni indicibili, un trauma che rivivrà di continuo nei decenni a venire mentre lotta per dare un senso alla sua storia. Ma prima che il bimbo riesca a materializzarsi per intero, Maeve, senza rompere il passo, raggiunge la fine del corridoio e si china a raccoglierlo con un movimento così fluido e preciso che è come se avesse passato tutta la vita a salvare bambini dalla scena atavica. Martin non intravede altro che uno sprazzo dei capelli arruffati del bimbo sopra la spalla di lei che lo trascina giù per il corridoio, fuori della visuale.

Il tono rassicurante della ragazza esce ora dalla cameretta dei gemelli, intonazioni di immenso affetto nella marea ondeggiante della sua voce – Cucù, la sentono dire, e segue la risata di Gavin, mentre lei lo convince a riaddormentarsi.

Solo allora Lily si muove per smontare dalla schiena del marito.

TERZA PARTE

21.

Per San Valentino, Lily riceve in dono una scatola di cioccolatini belgi e un brunch alla Calvert Room. Lei però ha una richiesta speciale: Può avere qualche ora per sé, qualche ora da sola? È ciò che desidera più di tutto. E così Maeve torna dalla messa e porta i gemelli a vedere un film d'animazione che ha per protagonisti dei roditori canterini – i ragazzi parleranno come loro per il resto della settimana – mentre Martin esce poco dopo per andare con George Davenport alla partita dei Knicks al Madison Square Garden. Lily ha il pomeriggio per sé, la sconvolgente tranquillità delle stanze silenziose. Da quando sono nati i gemelli momenti del genere li conta sulle dita di una mano.

L'avvocato della controparte sta brigando per ottenere un altro rinvio del processo Schlüsser-Bonhoeffer. I dettagli sono estenuanti. Occupano i suoi pensieri. Lily vuole svuotare la testa, anche solo per un po'. Si versa un bicchiere di vino e si prende il suo tempo al tavolo della cucina, legge il *Sunday Times* come si deve. Per pranzo si prepara dei cracker col Brie. Poi fa un bagno bollente. Si sdraia nella vasca e inizia un libro che avrebbe voluto leggere da sempre. Le pagine si arricciano nel vapore.

Nel racconto, una donna del Diciottesimo secolo sulla frontiera dello stato di New York viene rapita dagli uroni e vive con loro per nove anni. In quel lasso di tempo impara a trattare una pelle d'alce. Impara a cuocere un vaso d'argilla e a costruire un wigwam con la corteccia di betulla. Sposa un guerriero urone. Mette al mondo tre figli uroni. Diventa una sciamana, esperta nei poteri curativi delle erbe e nel formulare incantesimi. Dopo cinquanta pagine, Lily posa il libro. Sa già come andrà a finire. Durante un'incursione, la donna verrà fatta prigioniera dalle truppe coloniali. La sua identità sarà scoperta e verrà restituita alla sua famiglia. Anche se i figli saranno ormai adolescenti e il marito di mezza età, la riaccoglieranno a braccia aperte. Ma lei si rifiuterà di indossare il corsetto. Si ostinerà a dormire sul pavimento della camera da letto. Continuerà ad ammorbidire la selvaggina masticandola cruda. Una notte pugnalerà il marito nel sonno e fuggirà. Ma la sua tribù sarà stata massacrata dai soldati. Non avrà un posto dove tornare.

La lasciamo sulle rive del lago Champlain, con la neve che scende, mentre i lupi ululano in lontananza.

Lily è ancora in accappatoio, i capelli avvolti in un asciugamano, quando suona il campanello. Apre la porta e si trova davanti una donna anziana, la pelle ha la stessa grana di un vecchio scarponcino marrone che sta per creparsi.

Señora.

Paloma. Santo cielo.

Le due si abbracciano. Paloma è invecchiata. Le rughe le segnano il viso, la gola, le mani. Lily va a vestirsi e poi ricompare portando un vassoio con caffè e focaccine. Si siedono in salotto e Paloma racconta della sua nuova casa. C'è sempre il sole. C'è sempre così tanto da fare. Lei e il suo marinaio passano tutta la giornata in spiaggia. Lui le ha insegnato a pescare, a giocare a golf. La sera vanno a ballare. Hanno passato l'ultimo dell'anno a Miami, cascate pirotecniche che piovevano sulla baia di Biscayne.

Paloma chiede dei bambini. Chiede del señor Fowler.

Non potrebbero stare meglio, dice Lily.
Paloma si guarda intorno. Non è cambiato nulla, dice. È come se non fossi mai andata via.
Lily beve il caffè. L'orologio segna le due e quindici.
Paloma tiene il piattino con entrambe le mani. Mi sento in colpa per essere andata via così.
No, dice Lily. Tranquilla.
Allora avete trovato qualcuno, dice Paloma.
L'abbiamo trovato, sì.
Paloma aspetta di saperne di più. Lily risponde prendendo una focaccina e studiandola per poi rimetterla sul piatto.
La vecchia guarda fuori dalla finestra. Guarda i palazzi, immensità incombenti che bucano il cielo, nemmeno una nuvola in vista. È una di quelle giornate fredde e limpide, qualsiasi promessa di primavera è ancora molto, molto lontana. Dice, Scommetto che i bambini sono grandi.
Crescono in fretta.
Mi mancano.
Sono sicura che gli manchi anche tu, dice Lily. E poi chiede, Per quanto tempo resti?
Paloma si liscia due volte la gonna sulle cosce prima di dire, Ho un biglietto per un volo che parte martedì.
Lily si scosta i capelli bagnati dalla fronte. Vorrebbe aver avuto il tempo di asciugarli. Dice, Se vuoi passare domani, ti faccio trovare i bambini.
La donna più anziana annuisce appena. Gli occhi fanno un altro giro della stanza, solo per posarsi di nuovo sull'altra donna. Non devo partire martedì, dice piano, così piano che Lily non è sicura di aver sentito.
Prego?
Posso spostare il volo, se ha bisogno di aiuto.
Lily la guarda attenta. È gentile da parte tua, dice, ma non è il caso.

Paloma annuisce piano.
Vorrei vedere Aristóteles.

Nello studio, Lily guarda Paloma togliere il telo dalla gabbia. L'uccello batte le palpebre per la luce improvvisa e poi dà una scrollata veloce alla testa.

È proprio come me lo ricordavo, dice la donna più anziana. Si avvicina, cercando di catturare l'attenzione del pappagallo, ma lui la guarda con aria assente. Quando lei apre lo sportello della gabbia, l'uccello si ritira nell'angolo.

Vieni qui, *niño*, dice Paloma.

Aristotele arruffa le penne e quando la donna si avvicina per prenderlo nel palmo quello si ritrae e attacca, attacca due volte, rapido, il becco si abbassa e le lascia un paio di borchie rosso vivo sulla carne alla base del pollice. La donna emette un grido strozzato e scatta all'indietro, lasciando l'uccello a rannicchiarsi sul posatoio, avvolto stretto nelle piume. Ora starnazza forte, uno sgradevole suono gracchiante.

Paloma...

Non è niente, dice la donna. Ma Lily insiste per riaccompagnarla in salotto. La luce del pomeriggio entra dalla finestra e inonda Paloma di luce cruda. Lily torna dalla cucina con il kit di pronto soccorso, prima applica una crema antibiotica sulla ferita e poi la copre con una garza sterile. Paloma la guarda strappare due strisce di cerotto per fissare la garza.

Aristóteles non aveva mai fatto così, mormora la donna più anziana. Il suo sguardo è stretto, pieno di rimprovero. Mai, ripete.

Lily finisce di sistemare la medicazione e dice, Mi dispiace tanto, anche se è più irritata che dispiaciuta. L'ex tata la guarda riporre tutto nel kit e poi dice, Voglio tornare a casa.

Vuoi andare a casa? Ti chiamo un taxi.

Paloma scuote la testa. Non è quello che intendeva. Io...

Vengono interrotte dal rumore dell'ascensore. La porta d'ingresso si apre e la stanza si riempie di suoni, la tata e i gemelli si riversano dentro. I bambini sono a metà del corridoio, ma si fermano quando vedono Paloma. La guardano incerti e tornano a guardare Maeve. Anche Paloma guarda Maeve, prima di alzarsi per prendere la borsa e passare davanti al terzetto. La guardano tutti andare via. Sulla porta, la vecchia si ferma.

È solo una *niña* anche lei, dice.

Due sere dopo, quando compare Maeve, Lily si piazza a cavalcioni del marito. Si rende conto dopo qualche istante che riesce a vedere il loro riflesso nello specchio del comò. Guarda per un po' – guarda Maeve che li guarda – prima di scoprire che se si accovaccia un po' più in basso può vedere quello stesso riflesso raddoppiato e raddoppiato ancora nel secondo specchio più piccolo appeso all'anta dell'armadio. Così il loro fare l'amore viene replicato di continuo, incanalandosi verso un punto lontano sulla superficie piatta, come se ognuno di loro non fosse altro che un coro scomposto di stati d'animo.

Lo vedi? chiede alla ragazza.

Lo vedo.

Io no, dice Martin.

Inclina la testa di qua.

Vedo, dice lui dopo un momento. Mi fa pensare alla tua apparecchiatura, quella della causa. Ma io quale sono?

Sta scherzando, ma Lily punta il dito. Il primo, dice lei. O forse quello. Scuote la testa. Sai, nessuno di loro ci somiglia, non proprio.

Lui guarda ancora una volta le immagini telescopiche nello specchio. Non ci somigliano?

Sembrano felici, si rende conto lei, e questo la rende felice.

Ma più tardi, dopo che la ragazza se n'è andata e lui è disteso nell'oscurità e sprofonda nella notte, dice, Ti chiedi mai, quando a letto fai qualcosa, se l'avresti fatto comunque?

Che vuoi dire?

Voglio dire se fai qualcosa in camera da letto che ti sorprende. Ci ripensi dopo e sei curiosa di sapere da dove è venuta. Così la volta dopo ti guardi. Guardi lei che ti guarda. Quando è finito, non sai dire con certezza se quello che hai fatto è venuto da te o se è venuto dal fatto che lei ti stava guardando.

Lui si volta a guardarla e dice, Tu non te lo sei mai chiesta?

No, non credo, dice Lily. Mi sa che ci stai rimuginando troppo. Se qualcuno venisse a dirmi quello che hai appena detto, gli risponderei, Comportati in modo naturale e basta.

Probabilmente hai ragione, dice lui.

Qualche minuto dopo aggiunge, Ma cosa succede se dopo un po' non sei più sicuro di cosa è naturale? Pensavi di saperlo, ma da quando hai iniziato a pensarci l'idea di ciò che viene naturale non ti viene naturale. Forse avrai notato che anch'io a letto mi comporto in modo un po' diverso. Faccio e dico cose che normalmente non faccio e non dico, e viene da chiedersi se quello che faccio viene da me o se lo faccio solo perché la ragazza è lì.

Lui dice, Tu non te lo chiedi mai?

No, a essere sincera no, dice Lily. Ma a quella persona direi che deve smettere di preoccuparsi così tanto e di essere semplicemente sé stessa.

È un ottimo consiglio, dice Martin.

Lei si è quasi addormentata quando lui dice, Ma non è di questo che stiamo parlando? Magari dopo una di queste notti uno si sveglia la mattina e si sente tutto nuovo, come se fosse questa persona completamente nuova. Non c'è modo di tornare ad essere sé stesso.

Forse, dice Lily. O forse questa persona si sta finalmente svegliando. Forse si sta solo svegliando per la prima volta, forse adesso capisce chi è davvero.

Giusto, dice Martin.
E poi aggiunge, Ma se non finisse lì. Uno comincia a pensare a quello che dice e fa anche in altri posti. Uno pensa a come appare quando è al lavoro, in metropolitana, quando mangia al ristorante e quando cammina per la strada. Magari uno pensa che forse sta recitando anche lì. Prima di rendersene conto è così immerso in questo modo di ragionare che comincia ad analizzare tutta la sua vita. Comincia a preoccuparsi di non essere altro che un gran macchinario che risponde al fatto che la gente lo guarda, e ripete a pappagallo ciò che pensa che la gente pensa che dovrebbe pensare. Forse la persona che uno è davanti allo specchio è solo la somma di tutte le cose che uno crede di sembrare agli altri. Come se potendo andare fino in fondo a se stessi non ci si arriverebbe mai, perché non c'è un fondo.
Sul serio non hai mai pensato a questa cosa qui?
Lily sbadiglia. Si gira e sprimaccia il cuscino. No, in effetti no.
Martin la guarda. Nemmeno io, dice.

22.

Il biglietto arriva la prima settimana di primavera. Padraig, il fratello di Maeve, si sposa. Non ha ancora diciott'anni, ma ha smesso di studiare da un anno. È in lista per un lavoro come imbustatore da Tesco. Per via di uno sciopero postale la partecipazione è arrivata in ritardo. A quanto pare mancano solo dieci giorni al matrimonio.

Lily prenota il volo. Fa in modo che all'arrivo a Dublino Maeve trovi ad aspettarla il biglietto dell'autobus per il resto del viaggio.

Non potrò mai ripagarvi, sapete.

Non ci devi nulla, dice Lily.

Sentono venire dalla cucina la risata della ragazza che telefona al padre, il rapido inasprirsi della sua inflessione, la cadenza sconosciuta di una profonda intimità.

Di' a Paddy di farsi stirare il vestito, Pa'. Non sto scherzando.

Parte alla fine del mese in una giornata ventosa. Starà via per una settimana, non di più. La signora Nagorsky del piano di sotto ha accettato di badare ai gemelli. Anche la madre di Lily ha promesso di dare una mano. Uno strano silenzio invade l'appartamento. Anche i bambini sono mogi. Quando Martin si offre di leggere loro una storia all'ora della nanna, Arnold dice che non vuole una storia. Vuole Maeve.

Torna presto, dice Martin.

Ma se invece non torna? chiede Gavin.

I giorni arrancano come gli ultimi in una corsa a tre gambe. Un pomeriggio la signora Nagorsky ha un appuntamento dal medico e Martin deve uscire presto dall'ufficio. Un'altra mattina sua madre non si presenta come promesso e Lily cerca di sbrigare un po' di lavoro alla scrivania dello studio mentre Arnold e Gavin esigono la sua attenzione. A metà settimana, la vasca si svuota malvolentieri. Si dimenticano di comprare il latte.

Sabato mattina, Lily si sveglia all'alba e annuncia che deve assolutamente passare tutta la giornata in ufficio per rimettersi in pari. Consegna a Martin una lista di commissioni ed esce. Lui combatte con il passeggino doppio per venti minuti prima di annunciare che andranno a piedi. Passeggiano, un bambino per mano, tutti e due che tirano e strattonano come una pariglia indisciplinata di buoi. All'ufficio postale, Arnold fa a brandelli una confezione di pluriball sfilata dall'espositore e Martin deve pagarla. Una volta usciti, si fermano in panetteria a prendere ciambelle e cioccolata calda. Da lì vanno alla tintoria per ritirare due camicie di seta e il tailleur blu di Lily. Mentre aspettano Gavin fa cadere il distributore di numeri. Dopo la tintoria comprano tre pretzel in un chiosco. Depositano gli abiti puliti a casa e si avviano verso la biblioteca, dove la lista di Martin dice che deve prendere cinque libri di narrativa e cinque libri didattici dalla sezione per bambini. Martin passa quarantacinque minuti a leggere di treni parlanti, di un robot di gran cuore e di una cassa piena di giocattoli abbandonati. Passa altri quarantacinque minuti a leggere il ciclo di vita dell'ape, ci vuole una comunità e il nostro amico il kilowatt. Nel frattempo i bambini smantellano con metodo i due scaffali di gialli rilegati. Tornando a casa si fermano a comprare tre frullati banana-fragola-kiwi in un chiosco. Depositano i libri della biblioteca sul tavolino del salotto e poi via al supermercato, l'ultima commissione della giornata.

*

Il fatto è che Martin non passa poi così tanto tempo da solo con i gemelli. Non capisce mai quanto poco è finché non si ritrova ancora una volta con loro e ne consegue uno strano imbarazzo. In quei momenti rammenta che suo padre aveva l'abitudine di prenderlo e lanciarlo in aria per poi riprenderlo. Martin ha un ricordo vivido di quel primo assaggio di volo, il tuffo al cuore quando ha visto per la prima volta quanto fosse diverso il mondo da lassù. Così ogni volta che è con i bambini e non sa cosa fare ne afferra uno e lo lancia in aria. Lily sussurra, Stai attento, che è proprio quello che la madre di Martin diceva a suo padre molti anni prima, e lui vivrà un minuto sublime di legittimazione che conferma, anche solo temporaneamente, il suo ruolo nella vita dei figli. Altre volte, quando si confronta con i dubbi sulle proprie capacità paterne, afferra l'uno o l'altro dei gemelli e corre per l'appartamento portandolo a cavalluccio, e si guarda di sfuggita allo specchio per notare la sua somiglianza con un vero padre. O le poche volte che porta i bambini al parco pensa sto lanciando una palla ai miei figli come i padri di tutto il mondo, come fanno i padri – soprattutto i padri americani – da generazioni, persino da secoli.

Eppure Martin non si sente mai come dovrebbe sentirsi un padre – o almeno come immagina che un padre dovrebbe sentirsi – come quando porta i bambini al supermercato. Corrono tutti e tre per accaparrarsi un carrello verde. Quando non riescono a prendere un carrello verde l'esperienza perde di valore. Si mettono a piagnucolare per la delusione all'entrata guardando con malcelata invidia la giovane mamma e suo figlio o sua figlia che invece sono riusciti a conquistarne uno. I carrelli verdi hanno un alloggiamento di plastica montato davanti in cui i gemelli possono sedersi, ciascuno dietro il proprio volante giocattolo. Quando riescono a prendere il carrello, Martin si aggira contento per il supermercato, si ferma a prendere il sedano nel reparto frutta e verdura, il branzino dal banco del pesce.

A volte Martin grida, Non andate troppo veloce o investirete qualcuno. Dice, Attenti alle curve o fate ribaltare la macchina. I gemelli si chinano in avanti, sterzando con prudenza in modo da non far ribaltare il veicolo, investire i passanti o abbattere l'espositore di avocado nella corsia sette. Guidano come se tutto dipendesse da questo.

A volte la gente si ferma a sorridere al terzetto. Quei sorrisi contengono mondi di significato. Quei sorrisi sono una conferma. Sono come un applauso. Dicono, Tu ami come dovrebbe amare un genitore. Li prepari per l'universo del commercio e la società civile, ma anche per la circolazione stradale, inculcando loro le regole, le usanze e i costumi che sono la trama e l'ordito del tessuto sociale. Grazie ai tuoi sforzi, i tuoi figli un giorno sapranno come votare, guidare e fare acquisti. Quei sorrisi dicono: Noi, cittadini di New York, del clan di Manhattan, della tribù d'America, ti rendiamo onore. E a volte quello dietro il sorriso è un viso attraente, un viso di una bellezza straordinaria. Quei sorrisi sono speciali. Sono come una benedizione. Dicono, Non sei solo un buon genitore e un vigile amministratore di un'eredità sacra, ma anche un uomo capace di esprimere, senza timore, tenerezza e premura. Quei sorrisi dicono, Chissà, se le cose fossero state un po' diverse, se negli eoni passati la proverbiale farfalla fosse morta allo stadio pupale invece di svolazzare via, forse io e te ci saremmo incontrati molto tempo fa. Forse ti starei aspettando a casa. Questi sarebbero i nostri figli. Questa sarebbe la nostra spesa. Stasera sarei io quella che schiaccia le patate, lava le tue verdure e spina il pesce che hai nel carrello. Quei sorrisi dicono, Forse, forse, forse. Non sei ancora morto.

I figli fanno il rumore del motore mentre guidano. E Martin, dietro di loro con le mani sulla barra del carrello, fa anche lui il rumore del motore.

*

Lui e i bambini arrivano a casa carichi di sacchetti. Dopo aver riposto tutta la spesa, Martin si siede con i gemelli a fare un gioco da tavolo in cui ci si deve arrampicare su un labirinto di scale, anche se a ogni passo potrebbe aprirsi una botola che ti fa precipitare di nuovo al punto di partenza. Lascia vincere Arnold, poi fa in modo che vinca Gavin e poi vince lui, solo per evitare che arrivino presto alla conclusione che il padre è un cretino. Più tardi li parcheggia davanti alla televisione e cerca di sturare la vasca da bagno. Ci riesce abbastanza, ma a quel punto la vasca ha bisogno di una bella pulita. Smette solo quando la candeggina gli macchia la felpa sul davanti e dopo aver usato tutte le salviette di carta. Prepara ai gemelli un pranzo tardivo e poi si sdraia con loro perché facciano il riposino. L'ultima cosa che ricorda è Arnold che all'improvviso si alza sul letto e dice, Mani in alto, hombre! e tutti e tre levano al cielo le braccia. Si sveglia da solo, sta sbavando sul cuscino di Gavin. I bambini sono in cucina, si sono divisi due tavolette di cioccolato da cucina semiamaro da due etti. Arnold vomita e Martin pulisce. Gavin vomita e Martin pulisce di nuovo. La sera Lily rientra presto, stremata dalla giornata. Desidera solo fare un bagno caldo. Martin si sente poco apprezzato, ma nutre diligente i bambini e li mette a letto mentre Lily è nella vasca. Fa saltare due etti di linguine con olio e scalogno. Affetta tre riccioli trasparenti di parmigiano su ciascun piatto. Lui e Lily mangiano seduti sul divano. Lei è ancora in accappatoio, con i capelli umidi. Il profumo di ibisco del sapone riempie la stanza. Quando hanno finito e lui si alza per prenderle il piatto, lei dice, Mettilo nel lavello; sistemo io tra poco, e lui dice, No, tu riposati; faccio io.

In cucina, svuota i piatti e carica la lavastoviglie. Mette la pastiglia di polvere bianca nell'incavo dello sportello, ma quando fa per avviare la macchina non succede niente. Preme il pulsante START, quello RESET, gira la manopola del ciclo fino in fondo e non succede niente. Apre lo sportello della lavastoviglie, lo richiude e ripete l'intero processo altre tre volte, non come uno che ha una reale comprensione di come funzionano gli elettrodomestici, ma come qualcuno a cui non resta che la fede nel potere di ciò che la ripetizione rituale potrebbe fare. Abbastanza miracolosamente, e per ragioni che ignora, il macchinario alla fine inizia a funzionare, accompagnato dal gorgoglio dell'acqua. Procede a strofinare i banconi, ma c'è una macchia rosata che non vuole venire via, potrebbe essere gelatina, ketchup o salsa piccante, non sa – sembra fungoide, quasi extraterrestre – così rovista nell'armadietto sotto il lavello per cercare una bottiglia spray di qualcosa, poi spruzza di nuovo l'intero bancone e lo strofina di nuovo, insistendo sulla macchia. Raccoglie la spazzatura in cucina ed esce nel corridoio, la sente precipitare giù per le quattordici rampe fino al cassonetto nel seminterrato dell'edificio. Torna in casa e spazza il pavimento della cucina. A quel punto si sente contento delle sue fatiche e soddisfatto di sé, e quando va in soggiorno per elencare tutte le buone azioni che ha fatto in quella serata, trova Lily abbandonata sul divano che dorme un sonno profondo, a gambe aperte. Con un dito scosta piano i lembi dell'accappatoio, osserva i piccoli cavatappi biondi che sbucano dal bordo dell'elastico delle mutandine.

Pensa a quello che dirà se lei dovesse aprire gli occhi all'improvviso.

A metà settimana telefona, Maeve. La connessione è scadente, un lieve ritardo, le voci riverberano leggermente. Sì, stanno tutti bene. Suo padre manda i suoi saluti. Lei gli ha mostrato delle foto. Lui li chiama la sua "famiglia americana". Ma lei dovrà restare un po' più a lungo.

Lily tiene il telefono appiccicato all'orecchio. Per quanto? chiede.

Quattro, cinque giorni al massimo. Come stanno i bambini?

I bambini stanno bene. Gli manchi.

Cosa? chiede Maeve nel fruscio della linea.

Ci manchi.

Devo andare, dice la ragazza.

La sua assenza si rivela disorientante. Il loro appartamento, le loro routine sono stranamente ignote, come se lei avesse portato con sé una parte delle loro giornate che rende tutto il resto irriconoscibile. Martin sta di fronte allo specchio del bagno, cerca di ricordare com'era prima che la ragazza entrasse nella sua vita, prima di avere lo specchio degli occhi di lei in cui trovare sé stesso.

È partita da dieci giorni quando la corona norvegese perde colpi. Perde colpi pesantemente. Martin non l'aveva previsto. Nessuno l'aveva previsto. Coglie impreparati i mercati dei future. La valuta imbocca una spirale mortale, uno di quei declini così bruschi e precipitosi che si potrebbe andare a dormire vivendo in una delle economie più solvibili del mondo solo per svegliarsi e scoprire di vivere in un feudo finanziario depauperato, le agenzie di rating e i trader di obbligazioni e il FMI schierati come avvoltoi.

Al lavoro la gente fa di tutto per ignorarlo. Alla fine lui si rivolge a Paul Bogdasarian, il suo migliore amico tra i colleghi, sperando in una parola di conforto, ma dopo trenta secondi anche Paul Bogdasarian si scusa, si ricorda all'improvviso che deve andare da qualche parte. Martin è diventato il paria dell'ufficio. Segue una serie di giornate in cui si sente apatico, il pensiero lento. Eppure siede alla scrivania, determinato a concentrarsi. Forse l'ora più buia richiede l'azione più decisa. Una sera rimane sveglio fino a tardi nello studio, immerso nei numeri, e al mattino scrive un rapporto in cui esorta la società di investimento a raddoppiare l'impegno nei confronti della corona norvegese. La sua è chiaramente la voce minoritaria. Appare una raffica di relazioni antitetiche, stilate da altri analisti, che avvertono la direzione del rischio della speculazione. Martin commette l'errore di inviare un secondo rapporto per ribadire con fermezza la sua posizione. Ma prima della fine del pomeriggio, la corona passa da venti sul dollaro a ventiquattro. Al calar della sera arriva a trenta. La mattina dopo si riprende per un po', ma poi crolla di nuovo. Durante tutta la giornata la moneta si comporta secondo il principio dello yo-yo. Alla chiusura degli scambi ha perso quasi metà del suo valore. Ben presto si sparge la voce che la raccomandazione di Martin è stata così sconsiderata e inconcepibile alla luce delle fredde statistiche che la Commissione per i titoli e gli scambi potrebbe avviare un'inchiesta. Circolano voci su un possibile intrallazzo fiduciario. Anche se Martin è certo della propria innocenza, allo stesso tempo non è sicuro che l'innocenza sia il tipo di cosa di cui si può essere certi. Il senso di colpa – nonostante ricordi costantemente a sé stesso che è infondato – inizia a permeare i confini della sua mente. Comincia a riflettere su cosa potrebbe fare se dovesse andare in prigione. Non crede di poter sopravvivere al carcere. È turbato dalle consuete preoccupazioni a proposito della solitudine, la violenza e la noia, ma si concentra sulla perdita di quei piccoli lussi che gli rendono la vita sopportabile. È buffo ciò che avviene quando la mente è intrappolata. Eppure può essere che solo lo spazzolino da denti elettrico, la macchina da caffè espresso monodose e la loofah ci distinguano dai selvaggi.

Una mattina si sveglia prestissimo terrorizzato, come se le pareti del mondo si stessero chiudendo su di lui. Si sente in trappola, disperato, è assillato dal pensiero che forse dovrebbe fuggire o uccidersi. Non ha idea di dove andrebbe se fuggisse, o cosa farebbe. Al contempo non riesce a immaginare di legarsi un cappio al collo, di mettersi una pistola in bocca o di saltare da un palazzo per schiantarsi orribilmente contro il duro marciapiede di sotto. Rimane sveglio fino all'alba in preda a un terrore crescente. Mentre si veste per andare al lavoro, si rende conto che potrebbe zavorrarsi e lanciarsi dal traghetto di Staten Island. Anche se i suoi manubri sono in deposito ed è impossibile trovare sassi di grandi dimensioni a Lower Manhattan. Tale è lo stato di squilibrio del suo pensiero che va alla credenza e conta i barattoli di zuppa. Morirà con le tasche del cappotto piene di mulligatawny, zuppa di coda di bue e minestra maritata.

Intanto la corona continua a precipitare. Lui rimanda il più a lungo possibile prima di accennare la questione a Lily, non vuole preoccuparla, ma dopo un pomeriggio particolarmente raccapricciante in cui la moneta norvegese tocca il minimo degli ultimi tredici anni, alla fine confessa le sue paure.

Cosa vuol dire in concreto? chiede lei.

In concreto, ripete lui.

Insomma, ti ridurranno il bonus?

Lui scuote la testa. Lil, cerca di capire: Potrebbe voler dire niente bonus. Se andasse malissimo, potrebbe voler dire anche peggio.

Sua moglie lo guarda per un minuto lunghissimo, come se fosse un estraneo che è appena entrato nella stanza senza essere annunciato. Che cos'è che è peggio di niente bonus?

Vuol dire che potremmo dover stringere la cinghia.

Stringerla quanto?

Be', c'è il tuo stipendio.

Lei lo guarda per capire se sta scherzando. Non possiamo vivere del mio stipendio.

La gente vive con molto meno.

Vuoi essere la gente, Martin? Perché io non voglio essere la gente.

23.

Passa un'altra settimana senza che la ragazza dia altre notizie. Le loro condizioni di vita continuano a peggiorare, come se la corona norvegese esprimesse il loro stato esistenziale. Lily prova a telefonare in Irlanda, ma al numero che ha risponde sempre un certo Niall O'Kerrigan dalle parti dello Slieve Aughty Bog, che dice che l'unica Maeve che conosce ha ottantasette anni e sedici nipoti. Intanto Martin inizia a preoccuparsi che in assenza della ragazza la sua vita possa disfarsi completamente. La prospettiva che lei possa non tornare gli suscita una sensazione che rasenta il panico.

Le cose si mettono anche peggio quando Paavo Kuusik sceglie proprio quel frangente per bussare alla porta. Il custode entra nell'appartamento con la maglietta macchiata di sudore, cassetta degli attrezzi alla mano. La maglietta gli sale, esponendo un pancione villoso, i peli attorcigliati e arruffati. L'uomo porta con sé un odore d'aglio e di tabacco. È finalmente venuto per la porta della camera da letto. Dopo un esame sommario, proclama che dovrà sfilarla dai cardini, regolare la serratura, carteggiarla e ridipingerla, dare una mano di vernice protettiva e poi rimontarla. Martin cerca di dirgli di lasciar perdere, ma il custode è già di fronte al telaio, picchietta col manico di un cacciavite per liberare i perni dei cardini. Lavora per un po', poi se ne va a occuparsi di qualche altra emergenza nel palazzo, poi torna e riprende il lavoro fino alla prossima urgenza. Ci mette il resto del venerdì, tutto il sabato e la domenica, rovinando il finesettimana dei Fowler con il frastuono dei suoi attrezzi. Il custode ha una radiolina che diffonde musica di cetra. Quando non l'accende fischietta un motivo lugubre in una tonalità che anche a un orecchio inesperto suona sbagliata. A colazione le uova di Martin sanno di trementina.

La vostra ucraina, dice Paavo quando è a metà del lavoro. È andata via?

È irlandese. Tornerà.

Come?

Tornerà, ripete Martin. È nello studio che cerca di lavorare. Il custode ha sistemato i cavalletti nel corridoio, a meno di due metri di distanza.

Paavo armeggia sulla porta appoggiata distesa. Fa scorrere la levigatrice lungo il bordo con movimenti lunghi ed esperti. Nastri sottili di pino cadono sul pavimento. Passano una decina di minuti prima che alzi lo sguardo e dica, Quanti anni una ragazza così?

Martin esita prima di rispondere. Credo abbia vent'anni. O forse ventuno.

È giovane. I Fogarty al Dodici B. Avevano una ragazzina che puliva tre volte alla settimana. È venuto fuori che quando erano via lei portava la loro macchina a fare un giro. Una Jaguar nuova nuova. Il signor Fogarty poi usciva e vedeva i graffi sulla carrozzeria, le botte sul parafango, e tornava a casa dalla moglie e urlava che al volante era una merda.

La nostra tata non guida, gli dice Martin.

Paavo Kuusik scuote la testa. Lo dice essa.

A mezzogiorno il custode apparecchia per il pranzo, usando la porta come tavolo. L'odore di salsiccia e sardine in salamoia è pungente. Mangia una cipolla cruda come se fosse una mela.

Vuole un po'?

No, dice Martin. Grazie.

L'uomo mangia con uno stridore di denti, seguito da lunghe sorsate da un thermos. Prende un boccone, si inclina all'indietro masticando con metodo, lo sguardo rivolto al soffitto, poi si china in avanti e prende un altro boccone. Le briciole gli punteggiano i baffi; si spargono sul pavimento. Rutta due volte, molto piano, e poi mormora qualcosa in una lingua che Martin non riconosce. Martin sta pensando che non riesce a pensare quando sente il custode dire, Vuole che lei tiene caldo di notte?

Martin alza lo sguardo e vede Paavo Kuusik nel corridoio, circondato da quel che resta del pasto. Si alza e urta la scrivania, facendo tremare lo schermo. In bocca sente la lingua stranamente spessa.

Come le viene in mente di dire una cosa del genere? chiede.

Il custode, chino sul suo pranzo, alzo lo sguardo e scruta Martin. I lineamenti si assottigliano, soprattutto intorno agli occhi, dove le rughe spuntano come fessure attraverso le quali potrebbe esplodere una rabbia in fermentazione. Gesticola verso il soffitto con il panino e dice, Vuole che cambiare la lampadina fulminata?

Lui e Lily consumano una cena sottotono. Lei ha preparato il brasato. La carne è poco cotta, il sugo è brodoso e il piatto è troppo salato; a parte questo non è male. Anche i gemelli sono apatici. Martin li mette a letto, racconta la storia del troll sotto il ponte, ma riesce solo a far piangere Gavin. Una volta che i bambini dormono, Martin e Lily provano a guardare un film, ma dopo un quarto d'ora la trama è scesa a un tale livello di imbecillità che passano al telegiornale, una tetra litania incessante di oltraggi e orrori. Il suo malumore peggiora ancora. Domani sarà una giornata atroce a meno che la corona non compia una drammatica inversione di marcia. Ci sono momenti in cui sembra che la tua vita venga fatta a pezzi lentamente mentre tu stai a guardare. Vanno a letto e Martin, diversamente dal solito, si addormenta quasi all'istante. È uno di quei sonni profondi e senza sogni che a ricordarli sembrano una breve prova generale della morte. Si risveglia nel cuore della notte e trova il lato del letto di Lily vuoto. Rimane disteso per qualche minuto ad aspettare che torni, ma quando lei tarda ad arrivare, entra in un sogno a occhi aperti in cui immagina che le sia successo qualcosa. È successo qualcosa e lei è stata portata via dalla sua vita. Se andasse in fondo al corridoio troverebbe la moglie accasciata come un fagotto davanti alla porta aperta del frigorifero, lasciandogli due ragazzini da crescere. La gente parlerebbe di lui vedendolo passare insieme ai figli, lo indicherebbe sussurrando, Poverino, la moglie è stramazzata mentre cercava gli avanzi del brasato alle tre del mattino. La voce si spargerebbe, amici e familiari accorrerebbero portandogli stufati in piatti di vetro e libri illustrati per i bambini con titoli come *Quando la mamma non c'è più.* Quando Lily ancora non è tornata, Martin si alza dal letto e va in punta di piedi nel corridoio, d'un tratto con l'ansia di poterla davvero trovare riversa sul linoleum della cucina. Invece vede una sottile lama di luce alla base della porta di Maeve. C'è un momento nel suo stato di confuso dormiveglia in cui sembra che la ragazza alla pari sia tornata sul serio. Quando però spalanca la porta, si trova di fronte Lily, in piedi davanti al comò della ragazza nella luce cruda. Lei alza lo sguardo al suo ingresso. Sul copriletto vede la guida Frommer dello Stato di New York della tata, la fiala di acqua santa, il suo baschetto, una Bibbia rilegata. Il vestito di seta bianca pende da una gruccia agganciata a un chiodo nel muro.

Si ferma sulla soglia e dice, Cosa fai?

Niente, dice Lily.

Lei si volta verso il cassetto aperto. Fruga. Tira fuori un rotolo di calzini, una maglietta I cuore NY e una mappa della metropolitana.

Non so se dovremmo stare qui.
È casa nostra, gli ricorda la moglie.
No, le dice lui. Questa è la sua stanza. Queste sono le sue cose. Lui si acciglia e dice, Non è che puoi...
Comunque non ho trovato niente.
Non riesce a immaginare cosa – un ricettacolo di mutandine rubate, un panetto di hashish o un deposito segreto di fucili d'assalto destinati ai Provos – la moglie si aspettasse di scoprire. Ora la guarda rimettere tutto nel comò e sedersi sul letto. Lei liscia la trapunta con la mano. C'è un po' di nebbia che si leva dal porto. Le luci al di là della finestra sono avvolte in aloni inquietanti.
Martin le si siede accanto. Per qualche ragione c'è qualcosa che non va nella stanza in assenza della ragazza. Lily lo sorprende prendendogli d'un tratto la mano. Tornerà, gli dice – anche se lui non sa dire se è per consolarlo o consolarsi.
Restano così per un istante, le dita di lei calde nel palmo di lui. Seduti sul letto di Maeve con il comò di fronte, quello col cassetto a cui manca la maniglia, sotto di loro i fili consumati della trapunta, sul pavimento i graffi fatti dai vecchi mobili stipati lì. Una lieve corrente d'aria entra da una piccola fessura sotto la finestra.
Lei ha bisogno di noi più di quanto noi abbiamo bisogno di lei, dice Lily.

Infatti, quando Maeve ritorna la settimana dopo sembra impensabile che potesse non farlo. È riposata, il colorito acceso. Saluta Martin con un lungo abbraccio. Lui sente le ossa sottili della schiena e delle spalle. I bambini non le danno tregua. La seguono ovunque, pretendono la sua attenzione. Deve vedere i disegni che hanno fatto, un giocattolo nuovo nella loro cameretta.
Guarda che so quasi allacciarmi le scarpe, dice Arnold. Quando riesce a fare solo un grosso nodo sgraziato, lei si ingi-

nocchia davanti a lui per finire e lo loda perché è stato bravo. Il bimbo si allunga a toccarle i capelli.

Dopo cena, una volta che i gemelli sono stati messi a letto - le fanno leggere tre storie diverse e le fanno promettere che sarà ancora lì al mattino – lei e i Fowler si siedono in salotto a bere vino. Sarai esausta, dice Lily.

Sono stanca, ammette la ragazza. Ma mi è mancato questo, dice, e si guarda intorno. Mi sono mancati i gemelli.

Come forse avrai capito, a loro non sei mancata affatto, dice Martin.

Quasi non si sono accorti della tua assenza, dice Lily.

Vogliono sapere tutto del matrimonio. Padre Foley ha celebrato la cerimonia. Padre Foley ha ottantadue anni, non ci sente e ci vede pochissimo. A un certo punto ha detto Colm e poi Liam invece di Padraig, ha fatto l'elenco completo dei fratelli. La chiesa era piena di compaesani; gremivano i banchi ed erano tutti in piedi ai lati della navata. Il fratello portava il completo vecchio, coi pantaloni troppo corti e tutto stropicciato. La sua unica concessione alla giornata era stata un cappello grigio tortora con una piuma di rigogolo nella fascia, che aveva fatto arrivare da Londra. Dopo la cerimonia, erano andati alla sala comune, dove il padre aveva approntato un barile di birra scura e un gigantesco pentolone di stufato di maiale e rognoni. Non aveva mai smesso di piovere; si sentiva la pioggia battere contro le finestre. Colava dai buchi nel soffitto e si mescolava alla birra rovesciata sul pavimento. Hanno ballato tutti per un'ora e poi hanno smesso per bere, mangiare e riposare, e poi qualcuno si è alzato e si è rimesso a ballare, e sono scesi tutti di nuovo in pista. Il complesso era composto da un'arpa celtica, un violino e un *bodhrán*, il piccolo tamburo a cornice che si batte con il *cipín*, e ovviamente c'erano le cornamuse irlandesi. Padre Foley è svenuto e l'hanno dovuto portare al piano di sopra. Suo padre ha cercato di fare un discorso, ma ha piagnucolato così tanto che alla fine è tornato a sedersi tutto imbarazzato, però hanno applaudito tutti. La sposa si chiama Saoirse, ha i capelli dello stesso rosso del whisky prodotto nella distilleria del Connacht. L'abito da sposa le è stato passato da sua madre e da sua nonna prima di lei, e anche se era già al quinto mese, il pancione sotto il pizzo si vedeva appena.

Durante l'assenza di Maeve hanno rimandato una serie di cose da fare. Hanno rimandato la revisione dell'auto, hanno rimandato la pulizia professionale della moquette, hanno rimandato l'appuntamento dal dentista di Martin e il controllo medico annuale dei bambini. Ma quando la ragazza alla pari ce li porta, torna con una novità: Il pediatra vuole parlare con voi.

Vuoi dire che vuole che lo chiamiamo?

Vuole che andiate da lui. E che ci portiate Gavin.

Nella sala d'attesa del dottore, Martin guarda il figlio che fa girare un trenino di legno su una serie di binari. Il treno si arrampica su un passo di montagna di plastica e attraversa un ponticello sospeso su un fiume di carta crespa azzurra per attraversare infine una città lungo una strada fiancheggiata da botteghe: una panetteria, un negozio di vestiti e uno di mangimi e semenze. Sembra una città di frontiera di ottanta, cento anni fa, costruita secondo memorie ancestrali. A un passaggio a livello le luci lampeggiano mentre figurine alte pochi centimetri sono allineate lungo i binari, le braccia immobili in segno di saluto. Il bambino fa il giro più e più volte, si ferma per spostare le figurine sulle rotaie e falciarle una a una con il cacciapietre anteriore della locomotiva, mima in silenzio le urla e le sofferenze delle vittime. Sedute di fronte, una madre e la figlioletta stanno a guardare, la bambina studia prima Martin, poi suo figlio, e poi ancora Martin. Non si fissano le persone, vorrebbe dirle Martin.

Dopo tre quarti d'ora compare un'infermiera che li accompagna in una sala visite, dove aspettano altri venti minuti, Martin è costretto a spostare fuori dalla portata del bambino un recipiente di vetro pieno di abbassalingua e poi un altro zeppo di tamponi di cotone. Il dottor Kaplan è un uomo basso, quasi calvo, con il triplo mento e un modo di fare sonnacchioso. Martin ascolta il medico mentre Gavin giocherella con l'angolo di un cartellone appeso alla parete che illustra gli orrori di un'infezione da streptococco.

Dieci minuti dopo, Martin confessa, Io ancora non capisco.

Stia a guardare, dice il dottor Kaplan. Si inginocchia davanti al bambino e muove il dito avanti e indietro davanti al suo viso. Vede? Gli occhi non seguono il movimento.

Martin assorbe l'informazione con evidente allarme. Vuol dire che non ci vede?

Vedere ci vede, dice il dottore. Solo che non vede quello che vede. Gli manca la permanenza dell'oggetto. Quando l'oggetto non è davanti a lui, non ha la consapevolezza che continui a esistere quando lui non c'è. Mi lasci indovinare: gli piace ancora giocare a cucù.

Martin fissa il dottore prima di assestarsi sulla sedia. Ma le persone le vede? domanda.

Il medico fa spallucce. L'alzata di spalle fa venire voglia a Martin di prenderlo a pugni. Il dottore dice, Lui guarda le persone e non vede una faccia. Vede un naso, delle orecchie e una bocca, ma non sempre si sommano in un volto.

Il dottore consiglia uno specialista, un neurologo pediatrico. Consegna a Martin un opuscolo e gli dice, Lo prenda e lo legga. Ecco, tenga anche questo.

Martin torna a casa con Gavin, c'è Maeve che aspetta di portare i bambini al parco. Ma invece di andare in ufficio come aveva previsto, Martin telefona per dire che oggi lavora da remoto. Si ritira nello studio dove cerca di dare un senso al rialzo inaspettato della pataca di Macao, ma la sua attenzione continua a vagare. Dice a sé stesso che quell'ultima novità è solo uno dei tanti ostacoli che la vita ti mette davanti, anche se non riesce a sfuggire alla sensazione che se non riesce evocare tutti i suoi poteri di concentrazione qualcosa nel profondo dentro di lui potrebbe andare irrimediabilmente in pezzi. Sposta l'attenzione sulla sterlina di Guernsey e poi sul tugrik mongolo, ma comunque continua a tornare ai deboli ululati emessi dal figlio che faceva passare il trenino sopra i pedoni giocattolo. Il rumore gli fa venire voglia di fuggire dalla sua stessa mente. Alla fine Martin torna a un segnalibro familiare sul desktop, discretamente etichettato "Caratteristiche direzionali delle denominazioni ipercomprate". Il link lo porta non a una divisione valute virtuale, ma a una schermata dove Day indossa come sempre solo la parrucca e i tacchi alti. È sola, resta immobile sul letto per un intero minuto prima che Knight si materializzi in un angolo dello schermo per raggiungerla. Iniziano a fare l'amore come al solito, ma invece dei ritmi martellanti che caratterizzano la loro abituale attività, questa volta si muovono lenti, spingono, si strusciano l'uno contro l'altra. Scopano come sollevatori di pesi. Presto sulle spalle di Knight risalta il sudore, la schiena luccica per lo sforzo. A un certo punto Day prende l'orecchio di Knight tra i denti, e Martin riesce a stento a guardare. Si aspetta che da un momento all'altro lei glielo strappi con un morso, per poi sputare la carne sul pavimento. Quando Knight viene, crolla sopra Day, si accascia su di lei, sfinito. Lei è abbandonata sotto di lui, intrappolata dal peso dell'uomo, anche se la sua espressione ha assunto una serenità inaspettata. Guarda oltre la spalla di Knight, dritto nella telecamera. Dritto verso Martin. Lo sguardo di lei è a tratti vittorioso, accusatorio e infine implorante. Martin la fissa di rimando, aspettando che Knight si metta seduto e allunghi la mano, come fa sempre, per spegnere la telecamera, ma Knight resta disteso sopra la donna, l'unico movimento è il saliscendi del suo respiro. E Day continua a fissare Martin con uno sguardo così deciso e nudo che sembra che in qualche modo veda chiari i pensieri dietro i suoi occhi, arrivi ai pensieri dietro i pensieri, pensieri di cui lui stesso resta all'oscuro. Martin ricambia lo sguardo per quello che sembra un tempo di una lunghezza intollerabile, aspetta che Knight si scuota. Martin fissa lo guardo finché non è sicuro di non poterlo più fare, ma poi sì, ancora un momento, e poi un altro momento ancora, momenti che strisciano l'uno sull'altro per arrivare a lui, finché non sente la porta d'ingresso aprirsi, seguita dalla voce di Lily che grida, Sono a casa, e lui allunga il braccio per spegnere il computer, guarda lo schermo diventare nero.

Aspettano fino a dopo cena per parlare. In camera da letto lui dice, Non sanno perché succede. Non sono nemmeno sicuri della diagnosi. Forse dovremo mandarlo in una scuola speciale.

Lei dice, Arnold è...

È solo Gavin.

Ma perché...

Te l'ho detto. Non lo sanno.

Chiederemo un secondo parere, dice Lily.

Il dottor Kaplan vuole mandarlo da uno specialista.

Ce lo troviamo da soli uno specialista, dice lei. Sembra più arrabbiata che triste.

Lui scuote la testa. Cosa ne sappiamo noi degli specialisti?

Almeno l'avremo scelto noi.

Senti, non puoi risolvere tutto da sola, dice lui. Il mondo non funziona così. Solo allora si rende conto che sta gridando.

Sta' attento, replica Lily gridando. E non ho bisogno che proprio tu mi venga a spiegare come funziona il mondo.

Maeve appare sulla soglia. Guarda prima Martin e poi Lily e poi di nuovo lui, con espressione accigliata.

Silenzio, dice la ragazza alla pari.

La donna più grande sbuffa indignata. Tu silenzio a noi non lo dici.

No, il marito è d'accordo. È bello, tanto per cambiare, incanalare la loro rabbia verso qualcun altro.

Ma quando la ragazza dice, I bambini vi sentono, i Fowler fanno silenzio.

Fuori dalle finestre il sole sta tramontando. Le giornate si stanno allungando. Il profilo della città si impenna attraverso la sottile fascia di luce rossa all'orizzonte. Una stella solitaria appare lontano a ovest, la prima nel cielo della sera. Ancora più tardi, lui sente Maeve che mette a letto i bambini per la notte. Canta come fa sempre. L'ha sentita cantare quella melodia un'infinità di volte, anche se non ha mai ascoltato le parole. Ora, però, gli arrivano con chiarezza, come se avesse avuto bisogno che la vita lo preparasse prima di poterle capire:

Io vedo la luna e la luna vede me,
Dio benedica la luna e Dio benedica me.

24.

A marzo la ragazza conosce il ragazzo che si chiama Iqbal. La cosa coglie Martin e Lily di sorpresa. Come racconterà in seguito Maeve, è andata a una festa a Jackson Heights con la sua amica di Dublino. Iqbal è alto solo un paio di centimetri più di Maeve e altrettanto snello. Non lo si può definire una bellezza. Gli occhi sono un po' sporgenti e gli manca il canino destro. Si è fatto crescere con scarso successo un pizzetto rado. La sua risata ricorda un po' quella di uno sciacallo. Però ha una voce sorprendentemente profonda e corposa. Ha il timbro rotondo del fagotto. Se chiudi gli occhi quella voce ti porta via da qui. Se chiudi gli occhi pensi al vento, alla sabbia e a visioni verdeggianti di sorgenti d'acqua fresca.

Lui l'ha notata per primo. L'ha vista da lontano. Lei spiccava, un tulipano in un mare di papaveri. Lei ha sentito i suoi occhi addosso fin dall'inizio, come se il suo sguardo fosse un raggio che scaldava il punto stesso in cui lei si trovava. Sembrava che se lei non fosse stata forte avrebbe potuto appassire di quel bagliore. Deve averla fissata per venti minuti buoni, ma quando alla fine lei ha guardato dalla sua parte, lui era sparito. Lei è andata in giro per la festa senza meta, cercandolo in modo vago. Un attimo dopo lui si è materializzato al suo fianco; è sbucato dal nulla, premendole contro senza nemmeno toccarla come se la sua personalità fosse una forza immitigata, un potere che incombeva su quella metà della stanza.

Le ha chiesto se aveva sete. Lei non riusciva a sentire per via della musica, così lui si è chinato verso di lei e ha gridato, Hai sete? Lei è arrossita, timida. Lui non ha aspettato una risposta. Il rossore era già una risposta. Lui era così. È sparito per non più di trenta secondi ed è tornato con una bibita in un bicchiere di carta. È saltato fuori che non beve. Non fuma. *Al-hamdulillah.*

Si sono seduti in un angolo a parlare. Questo Iqbal è un vulcano d'idee. Fa parte di una band amatoriale. Per due volte si è iscritto ai corsi del Queensborough Community College, in entrambi i casi li ha abbandonati. Gli piace l'idea di imparare più di quanto gli piaccia imparare. Quando sta seduto in un'aula la sua mente si spegne. I banchi angusti con gli schienali rigidi, il borbottio dell'insegnante, lo mandano in coma. Eppure sta pensando di iscriversi di nuovo. Non è così stupido da non sapere che bisognava farsi furbi. Pensa di frequentare forse un corso di cinema o magari di diventare architetto. La sua vita è troppo piccola per la sua ambizione. Brucia di un desiderio sconfinato, tentacolare, indescrivibile, senza direzione. Nel frattempo lavora nel negozio dello zio, dove si vende di tutto, dai cellulari agli hijab, dai preservativi ai datteri secchi.

A un certo punto della serata l'amica di Dublino se n'è andata con due fratelli di Long Island. Ha telefonato a Maeve la mattina dopo e le ha detto che erano buffi. Facevano tutto insieme. Il primo iniziava una frase e il secondo la finiva. Si passavano la stessa sigaretta. Quando uno pagava, l'altro prendeva il resto. Dopo si era seduta tra loro sul sedile di dietro di un'auto con un fazzoletto in grembo e ha usato tutte e due le mani.

E tu che mi dici?

Sono tornata a casa presto, ha detto la ragazza alla pari.

Era una bugia. Dopo la festa, Iqbal l'ha portata fuori a prendere un dolce. Era mezzanotte passata, ma lui conosceva un posto dove l'amaro del caffè era addolcito dal sapore del miele.

Tre uomini stavano fumando il narghilè in un angolo. La pasta fillo le si sfaldava sul davanti della camicetta. Lui ha continuato a spazzolarle via le briciole fino a quando, sorridendo, lei non l'ha fatto smettere. Si è alzato due volte per girare tra gli altri tavoli a parlare con la gente. Conosceva tutti. Ogni volta è ritornato poco dopo, dicendo, Ti sono mancato? Quando ha provato a baciarla, lei ha detto, Non ancora. C'è stata di nuovo quella sua risata indisciplinata, un strano scoppiettio. A un certo punto, lui ha scostato con delicatezza la croce che le pendeva dal collo – lei ha sentito le sue dita sfiorarle leggermente la gola; indugiavano, anche se non era sicura – e l'ha tenuta nel palmo della mano, osservandola pensieroso, e poi ha alzato gli occhi su di lei con un'espressione così impenetrabile da costringerla a distogliere lo sguardo. Ha insistito per accompagnarla a casa in metropolitana. Si è rifiutato di lasciarla andare da sola, a quell'ora della notte, in una città piena di maniaci. Certo, ci avrebbe messo più di mezz'ora a tratta, ma andava bene così: non era pronto per l'arrivo del mattino. Sarebbe andato diretto al negozio a lavorare per lo zio, il bastardo, e avrebbe dormito in piedi, ma non gli importava.

Meglio restare sveglio con la sua principessa vichinga, come la chiama lui.

Di fronte al palazzo di lei si sono salutati stringendosi la mano. Lui vagava con lo sguardo osservando l'intero edificio altissimo dietro di lei. Stava rivedendo la sua opinione su Maeve, misurava il suo possibile ruolo nella propria vita.

Abiti qui?

Qui ci lavoro, ha detto lei.

Lei subisce una trasformazione. Dopo cena si mette il cappotto e saluta. La sentono rincasare tardi, lo scricchiolio delle assi del pavimento li sveglia all'una, alle due del mattino. Nei giorni liberi, Maeve esce presto e torna ancora più tardi. Continua a venire in camera da letto qualche notte, anche se le visite si fanno meno frequenti. Rimane meno a lungo. Una sera, mentre fanno l'amore, si addormenta sulla sua sedia.

La stiamo perdendo, dice Lily.

Guarda, dice Martin. Si stuferà del ragazzo.

Poi ce ne sarà un altro.

E lei si stuferà anche di lui. È solo una fase.

Svegliati, Martin. L'esistenza è solo una fase.

Non ti vediamo più tanto spesso, butta lì lui la volta dopo.

Lo so, dice la ragazza. Mi dispiace. È solo che...

Puoi invitare il tuo amico, dice Lily. A me e Martin farebbe piacere conoscerlo.

Ci vogliono altre tre settimane – lui è impegnatissimo; deve sempre andare da qualche parte – ma in una fresca giornata di aprile, Maeve accoglie Iqbal sulla porta di casa. Martin ha acceso il barbecue a gas sulla terrazza del tetto. Aspetta che sulle bistecche di maiale compaiano i segni della griglia. Per l'occasione Lily ha comprato alla ragazza un altro vestito, questa volta una fantasia bianca e marrone – è corto, le mette in risalto le gambe – e ha insistito che indossasse di nuovo gli orecchini di zaffiri. Oscillando ai lati del capo le fanno sembrare la gola profondamente nuda. Anche Iqbal, dal canto suo, ha fatto un bello sforzo: porta una camicia button-down, una cravatta e un paio di pantaloni che, pur scoloriti sulle ginocchia, hanno una piega impeccabile. In compenso il ragazzo porta allegramente le scarpe da ginnastica senza i calzini. Mentre le bistecche riposano, la ragazza lascia i due uomini seduti in salotto – quando dice, Comportati bene, Iqbal promette, Oh, certo, ma Martin dice, In realtà penso che si riferisse a me – per raggiungere Lily in cucina. Ben presto Iqbal è di nuovo in piedi a studiare l'arredamento. Il vaso di cristallo sopra la mensola del camino, la ciotola di frutta sul tavolino – prende una pera, la lucida sulla camicia – i libri sugli scaffali. Accarezza i titoli sui dorsi come se ricordasse con i polpastrelli. Va alla finestra. Le luci del ponte sono sospese nel cielo notturno come una collana di gemme su una distesa di raso nero. Vivere a un'altezza del genere, riconosce, con questa vista... Scuote la testa. I gemelli compaiono e in men che non si dica hanno spinto l'estraneo sul divano; si arrampicano su di lui e gli stanno sopra, gli toccano il viso e il naso, gli tirano le orecchie, ridendo a crepapelle. È bravo con loro. Dopo parleranno di lui per giorni.

Ickball, Ickball, ricorderanno.

A cena declina l'offerta di vino. Mangia il mais e un po' di insalata.

Non vuoi un po' di carne? chiede Lily.

Questa no. Mi dispiace.

Lei sembra affranta. Non ci ho pensato.

Avrei dovuto dirlo, dice Maeve.

Non c'è problema, dice Iqbal.

Ma non mangi abbastanza, gli dice Lily.

Va benissimo così, la rassicura Iqbal. Vado avanti per due, tre giorni senza mangiare. Sono impegnato. Non c'è tempo. E poi esco e faccio un banchetto. Mangio un intero pollo arrosto, un piatto di riso. Una torta. Due torte.

Come un cammello, suggerisce uno dei gemelli.

Arnold, dice Martin.

No, ha ragione, dice Iqbal. La sua allegria è inesauribile. Il suo buonumore è tenace. Prende un panino, lo mostra a tutti e lo mangia in due morsi. La sua gioia nel masticare è prolungata e immensa. Spicca sul suo volto. La vita, così dice il romanzo, è un gioco e un passatempo.

Proprio come un cammello, dice.

Più tardi, si siedono davanti al camino a chiacchierare. Lui chiede ai Fowler del lavoro. Ascolta attento, con rispetto, concentrato. Loro vivono, pensa, una vita da fiaba. Gli chiedono dei suoi progetti. Lui ha rinunciato ai sogni da architetto; pensa che la musica possa essere la strada che vuole prendere, o forse il disegno. È così difficile da capire; vuole imboccare tutte le strade insieme. Finiscono per parlare del Medio Oriente, di Israele, della guerra continua e incessante. Quello che si vede al telegiornale, spiega il ragazzo, è così semplice da essere una bugia. Martin chiede del diritto finanziario islamico, il divieto di applicare interessi; non ha mai capito come funziona. È un modo diverso di vivere, di pensare, dice Iqbal.

Se il tempo ha un prezzo, allora l'intero regno dell'essere perde di valore.

Questo punto di vista mi farebbe restare senza lavoro, dice Martin.

I gemelli si addormentano sul pavimento accanto al divano. Iqbal aiuta Maeve a portarli a letto. Lily lo sente dire alla ragazza nel corridoio, Tra qualche anno noi ne avremo il doppio, grandi e forti.

Stai attenta? le chiede Lily la mattina dopo.

La ragazza sta piegando il bucato. Il cesto è appoggiato sul divano dello studio. I calzini annodati formano una piccola piramide come palle di cannone della guerra civile. Attenta?

Se vuoi ti fisso un appuntamento dal mio ginecologo.

Maeve si interrompe, un paio di pantaloni da yoga di Lily tra le mani. Sono cresciuta in una fattoria. Non ho bisogno del ginecologo, signora Fowler.

Chiamami Lily. E a queste cose ci si deve pensare.

La ragazza sistema sulla gruccia appesa alla maniglia della porta un paio di pantaloni khaki di Martin e ci infila sopra una delle sue polo. Grazie, ma non sono una bambina.

Dato che sei così lontana da casa, Martin e io sentiamo una certa responsabilità.

È così che la chiamate? dice l'irlandese alla pari.

La relazione dura altre sei settimane, quasi tutta la primavera, ma poi si interrompe senza preavviso. Maeve non si alza dal letto e si rifiuta di uscire dalla sua stanza. Stanno fuori dalla sua porta, bussano piano. Per favore, dice loro, andate via.

Vengono a sapere com'è andata a poco a poco, a frammenti, nel corso di diversi giorni. Passava sempre più tempo con Iqbal. Non aveva mai conosciuto nessuno lontanamente simile a lui. Usciva di notte con un set di bombolette spray per dipingere stencil nei sottopassaggi della metropolitana, lungo i passaggi pedonali. Le scritte semitiche si avvolgevano a spirale sul fianco di un palazzo di uffici. Lei stava di guardia da lontano, nel caso arrivasse la polizia. Lui aveva fatto di lei la sua complice. Non le importava. L'avrebbe fatto di nuovo. L'avrebbe rifatto anche adesso. Più tardi la portava in certi piccoli club, ritrovi notturni dove ascoltare musica, una donna con l'ombretto greve e disegni sulle mani che ululava in un angolo. L'aveva portata in un supermercato e le aveva detto, Mettiti lì. Mentre faceva la guardia, lui si era infilato una scatoletta di salsiccia di maiale in una tasca e un litro di birra in un'altra. Non si sa come era riuscito a nascondere un intero cocomero nei pantaloni. Lei era rimasta lì, terrorizzata, con il cuore che le batteva. Due isolati più in là, aveva regalato la salsiccia e la birra a un mendicante. Il cocomero l'avevano portato nella stanza di Iqbal per mangiarselo. L'aveva spaccato in due con un pugno. Si erano seduti ognuno con una metà, sputandosi i semi addosso, le facce luccicanti.

Lui ha parlato di andare via, dice lei. Ha parlato di Berlino, Barcellona o Algeri. Ha detto che non si può più fare nulla di significativo in America. Ha detto che l'America è morta. Voleva andare in un posto nuovo. In un posto vivo.

Maeve...

Dovevamo andarci insieme, dice lei.

I gemelli si accampano fuori dalla sua stanza. I genitori si sono raccomandati di lasciarla in pace, di darle un po' di privacy. Stanno seduti, vegliano, in attesa. Abitano un silenzio rispettoso. Persino alla loro età capiscono. Sono come partecipanti alla veglia funebre del primo amore.

Ma dopo qualche altro giorno di clima più mite, con il sole che inizia a picchiare sui vetri delle finestre e il verdeggiare del parco visibile dalla strada, Maeve si avventura fuori.

Perdonatemi, dice. Non ho fatto il mio lavoro.

Per queste cose ci vuole tempo, dice Martin.

Per confortarla, Lily le compra una giacca di pelle, marrone come un chicco di caffè. È corta in vita.

È fantastica, dice Maeve. Si mette davanti allo specchio. Si gira. Si guarda alle spalle per vedere. Ma è troppo, dice, e comincia a sfilarsela.

Sciocchezze, dice Lily, e si avvicina da dietro allungando le braccia per chiudere la zip della giacca, trae a sé la ragazza, il suo viso alto quasi una testa di più nel riflesso.

Passa ancora qualche giorno prima che Maeve si sieda di nuovo ai piedi del letto a guardare mentre i Fowler fanno l'amore lenti, rilassati. Il culmine dell'eccitazione non arriva tutto in una volta, ma come un'immersione graduale in acque calmanti, poi Maeve si china rapida a dare a entrambi il bacio della buonanotte e loro ascoltano i suoi passi allontanarsi lungo il corridoio.

Quanto? Martin chiede dopo che se n'è andata.

A quanto pare non voleva andare a Berlino o ad Algeri, dice Lily. È stato felice di andare a Chicago.

Quanto?

Lei dice una cifra.

Lui si mette a sedere. Tutto qui?

Sì, lo so. Ero pronta a offrirgliene il triplo.

25.

La ragazza attraversa una fase di malinconia crescente. I suoi silenzi si fanno più lunghi. Li abita come un frate abita la sua cella. Diventa cupa. Nei giorni di riposo resta a casa. Dorme fino alle undici, fino a mezzogiorno. Qualche volta la sera tardi i Fowler la trovano seduta al bancone della cucina che mangia gli avanzi di pollo della cena o il gelato dalla vaschetta. In due occasioni – una volta nel bel mezzo di una colazione feriale e un'altra in un piovoso sabato pomeriggio – si è alzata di scatto ed è fuggita. La sentono piangere sommessamente attraverso le pareti. Ma più tardi sorride e si china ancora una volta a sistemare il berretto a uno dei gemelli, o ride di qualcosa in televisione oppure la sentono dire al telefono alla sua amica di Dublino quanto è decisa a venirne fuori, nel bene e nel male.

La luce del tardo pomeriggio ora indugia impavida fino a prima sera, in tonalità tenui che anticipano gli ori e i verdi sgargianti di un imminente mattino d'estate. Malgrado la bellezza che sta germogliando fuori dalla finestra, la ragazza prende a guardare la televisione. Si pianta sul divano del soggiorno e scorre tutti i settecento canali alla ricerca di soap opera, talk show, reality.

C'è un film che le piace in particolare. I due protagonisti sono destinati a innamorarsi, anche se ogni volta che stanno per incontrarsi qualche contrattempo lo impedisce. Sono destinati a sedersi uno accanto all'altra sul volo notturno da New York a Seattle, ma il taxi di lei rimane bloccato nel traffico e lei perde l'aereo. Sono destinati a ballare insieme a un ricevimento di nozze (lui è stato il compagno di stanza dello sposo al college; lei era nella squadra di calcio del liceo della sposa), ma invece lui ci prova senza successo con la damigella d'onore. L'husky siberiano di lui è destinato ad azzuffarsi con il barboncino di lei in un'area cani, ma lungo il tragitto il cane della protagonista viene investito da un camion della lavanderia. Di volta in volta, l'inevitabile incespica. La trama è assurda, ma un'aria di ineluttabilità aleggia sopra ogni cosa. Molte altre disavventure – numeri di telefono persi, pacchi smarriti, non uno ma due casi di errore d'identità – perseguitano la coppia prima che il destino riesca a vincere le forze dell'entropia e del caos. Nel finale, i protagonisti si stringono in un abbraccio e si baciano. Volteggiano in un parco assolato col sottofondo di un pizzicato di violino.

È una storia assurda, dice la ragazza mentre scorrono i titoli di coda. Ma l'abbonamento via cavo le consente di rivederlo all'infinito.

Arrivano a uno di quei periodi della vita in cui tutti i nodi vengono al pettine, un turbinio di problemi che devono essere affrontati. Parlano dei bambini, ovvio; ci sono sempre i bambini. Hanno più informazioni riguardo alla diagnosi di Gavin; vi stanno lentamente scendendo a patti. E Martin parla a lungo delle ultime turbolenze che hanno attanagliato i mercati. Non è solo la corona a essere in difficoltà. Avverte una nuova inquietudine tra gli operatori di borsa. Questa volta è una cosa seria, dice loro. È diverso.

Per parte sua, Lily è più preoccupata che mai per Schlüsser-Bonhoeffer. Il gigante tedesco ha fatto ricorso a una nuova serie di rinvii, presentando una mozione dopo l'altra nel tentativo di posticipare la data del processo, una tattica comune quando ci si rende conto di essere dalla parte di chi perde. Qualunque cosa per rinviare l'ineluttabile. Questo rende i suoi clienti, proprietari della piccola azienda, impazienti di patteggiare. Hanno raggiunto i limiti delle carte di credito, hanno reipotecato le case, si sono fatti prestare denaro dalle famiglie e dagli amici, poi se ne sono fatti prestare ancora dell'altro, tutto nel tentativo di restare a galla. Le fanno pressione perché accetti l'ultima offerta e lei deve ricordare loro che questo è precisamente ciò che la controparte spera; vogliono prenderli per sfinimento. Le risorse di Schlüsser-Bonhoeffer sono pressoché inesauribili, tuttavia se i suoi clienti riuscissero a resistere per altri tre o sei mesi – be', magari un anno, un anno al massimo – lei pensa che potrebbero patteggiare per quattro, cinque volte la cifra che è ora sul tavolo.

Una mattina Lily porta Maeve dall'ortodontista. Anche se l'apparecchio di ceramica è molto meno vistoso di quello in metallo, sembra comunque sottolineare la sua adolescenza. Durante il viaggio di ritorno in taxi, Lily le chiede se ha mai pensato di frequentare qualche corso. Ha finito il liceo in Irlanda, ma forse potrebbe iscriversi qui. C'è il City College e la Pace è proprio in fondo alla strada. E poi c'è la NYU.

Vuol dire andare all'università?

Potresti studiare da infermiera, se vuoi. O diventare un'assistente legale.

Mi piacerebbe insegnare, dice la ragazza. Abbassa lo sguardo mentre lo dice, come chi sta confessando un'imprudenza. Penso che sarei brava a insegnare in prima o seconda elementare.

Ti potremmo aiutare con la retta, dice Lily. Potresti continuare a vivere con noi.

Quando Maeve non risponde – si copre la bocca per nascondere il sorriso, anche se gli occhi iniziano ad appannarsi – Lily le ricorda: Sei una di famiglia.

Quella sera Maeve chiede, C'è qualcosa che non avete mai fatto e che vi piacerebbe fare?

I Fowler si guardano. È buffo che tu lo chieda, ammette Martin, perché proprio l'altro giorno stava pensando che gli piacerebbe andare in pensione presto, di certo non oltre i cinquantacinque anni, forse anche cinquanta, se va tutto per il verso giusto. Potrebbe sembrare prematuro, in particolare dato lo stato dell'economia e le sue difficoltà, ma se la fortuna dovesse girare e iniziasse una ripresa forte e sostenuta entro il prossimo anno, non è impossibile. Vorrebbe andare in pensione e trasferirsi in qualche posto nei Berkshires...

O a Vineyard, dice Lily.

Nei Berkshires o a Vineyard, concorda lui, andrebbero bene tutti e due, un posto lontano da tutto, ma non così lontano da non poter tornare in città per un finesettimana. Anche i ragazzi andranno al college prima o poi, e Martin immagina uno chalet lontano dalla strada in mezzo a un'ampia distesa di conifere, oppure – fa un cenno alla moglie – forse un cottage appoggiato su palafitte in riva al mare con vista a est, il sole che sorge sopra la spuma lanciando gli ampi raggi dentro le finestre. A questo punto Lily dice che vorrebbe viaggiare ancora un po'. Sì, va bene lo chalet o il cottage o quello che vuoi, ma ci sono una mezza dozzina di posti che voglio ancora vedere e un'altra mezza dozzina che ho visto e spero di rivedere almeno un'altra volta. Vorrei visitare i giardini di Kyoto e il Prado. Vorrei assistere a una funzione all'Abbazia di Westminster... Lui dice, Sai cosa mi piacerebbe? Vorrei visitare il luogo dove viveva quella tribù nel sud-ovest, quelli che abitavano nelle caverne, gli Antanasi o Anasazi o Atanzazi o come cavolo si chiamano. Quella tribù rupestre che è scomparsa, dice Lily. Sì, il popolo rupestre, dice lui. Mi piace l'idea di svegliarmi la mattina, andare verso la soglia e sporgermi sopra una distesa a strapiombo. Proprio come qui, dice Maeve, e lui ride e dice, Proprio come qui, credo di sì. E già che siamo lì potremmo tornare in quel negozietto di Taos... Lily interviene per dire, Il negozietto con le statuine precolombiane? Quello, dice lui. Saranno stati dieci, dodici anni fa, per meno di cinquanta dollari si poteva comprare un giaguaro di giada che ora deve valerne centinaia. Probabilmente è illegale, ma allora queste cose non si sapevano e a rivenderlo oggi si potrebbe fare un bel guadagno. Mi piacerebbe anche veleggiare su un ketch fino alle Florida Keys e vedere l'aurora boreale da un iceberg nello stretto di Bering. E vorrei fare l'Appalachian Trail, dice lui.

Lily lo guarda. Vorresti fare l'Appalachian Trail?

Mi dicono che ci vogliono da cinque a sette mesi.

Mandami una cartolina, dice Lily. Ma prima o poi voglio prendermi un mese – un mese, non sette – e andare a un ritiro di yoga. Gina Cummings ne ha frequentato uno a Delhi. Dice che si medita con il guru personale quattro ore al giorno e si segue una dieta a base di nocciole e frutto del drago per liberare il corpo dalle tossine. Gina Cummings è tornata che era un'altra.

Sembra costoso, dice Martin.

Lily alza le spalle. Dodicimila, ma sai come si dice: Non si può dare un prezzo alla vera felicità.

Lui dice, A quanto pare si può.

Si rivolgono a Maeve. E tu? chiede Martin.

Io?

Cosa speri di fare?

Non lo so, dice Maeve. Scuote la testa.

Vuoi viaggiare? chiede Lily. Vorresti vivere su una spiaggia?

Maeve non parla per un po', ma poi dice che vuole un uomo da amare e che la ami.

Vuole quattro figli, due maschi e due femmine.

Vuole una casa tutta sua, con il rosmarino che cresce nel giardino e una cucina elettrica a quattro fuochi.

Vuole vivere vicino ai fratelli e al padre, e alla tomba della madre.

Mi piacerebbe imparare a suonare il piano, dice.

Ci pensa ancora un po'. E voglio camminare a piedi nudi sotto la pioggia, mangiare pâté di lepre e una volta ballare tutta la notte fino al sorgere del sole.

Lily e Martin si guardano. Tutto qui? dice lui.

Tutto qui, dice lei.

Ma comunque, spiega la ragazza dopo che hanno passato gran parte della serata a parlare, non è quello che intendevo.

Lei dice, Non è quello che intendevo quando ho chiesto se c'era qualcosa che volevate fare e che non avete mai fatto.

La guardano entrambi.

Oh, dice Lily.

Oh, dice Martin.

Forse devi cominciare tu, dice Martin.

Prima tu, e poi io, dice Lily. E poi le viene in mente, Hai paura?

Non è che abbia paura. È solo che non ci ha mai pensato per davvero. Non ci ha mai pensato sul serio perché, vivendo con Lily, ha semplicemente dato per scontato che non ci fosse una reale possibilità che accadesse. Molto più probabile che un giorno potesse finire per scalare l'Everest o scandagliare le profondità della Fossa delle Marianne. Anche se di certo sarebbe intrigato dalla prospettiva di scendere dove la luce non arriva mai dentro una batisfera, preferirebbe considerare l'opportunità prima di imbarcarsi, proprio come ora vorrebbe avere il tempo di considerare l'opportunità di essere legato al letto ben prima che il nodo mezzo collo venga stretto. Ma siccome tutte e due lo guardano aspettando una risposta, e dato non vuole sentirsi sminuito ai loro occhi, si sente dire, Certo che non ho paura.

Però non appena acconsente tutto accade con una velocità inquietante. Quando Lily va al suo armadio a scegliere alcune sciarpe - lana, seta, alpaca - il respiro gli si fa irregolare. Avverte un senso di costrizione nel petto. Quando lei gliene lega un'estremità ai polsi e l'altra alla testiera del letto, la bocca gli diventa secchissima. Quando lei fa lo stesso con le caviglie, il cuore gli batte come un bongo. Lei si allontana dal letto e sta lì con le mani sui fianchi della camicia da notte, a osservare la sua opera. La ragazza si mette da un lato, il suo sguardo fa il giro, da Lily a Martin.

Lui non si è mai sentito così nudo in vita sua.

Sono troppo stretti? chiede la moglie.

Sono un po' strettini, confessa lui.

Bene, dice lei con voce diventata d'un tratto gutturale. Le due donne si sorridono.

Lily cerca di nuovo nell'armadio e tira fuori la sua cravatta di seta da centocinquanta dollari di Harrods a tema nautico – ancore, sestanti, nasse per aragoste e la rosa dei venti, tutti stampati sul tessuto – e gli copre gli occhi e gliela annoda dietro la nuca.

Non sapevo che l'avresti fatto, dice lui. La voce suona calma, ma ha la sensazione che il cuore gli si possa strappare via dal petto. Pensavo di poter vedere.

No, è tutto quello che dice la moglie.

La sente allontanarsi. Avverte la loro presenza, anche se nessuna delle due dice nulla. Sente i secondi passare. Dice, Cosa state facendo?

Dapprima non c'è risposta. Lui aspetta e aspetta ancora. Il tempo nella sua testa rallenta. Si preoccupa che quelli che sembrano venti secondi lì dentro siano in realtà due secondi là fuori. O forse due ore. L'eternità deve essere così.

Ti stiamo guardando, dice Lily.

Quando Maeve sussurra, Non è molto grosso, diventa grosso.

Guarda, sussurra in risposta Lily.
Niente sussurri, dice lui.
Lily lo ignora e dice invece, Fallo saltar su.
C'è un lungo silenzio tutto intorno, come se il tempo si fosse nascosto.
Adesso rifallo.

Lily dice, Io e Maeve andiamo a berci un bicchiere di vino.
Lui inclina invano la testa come per vederle, ma con la benda non c'è niente da vedere. E io?
Vuoi un bicchiere di vino?
No. Voglio dire, mi lasciate qui così?
Sì.
Gli sembra ingiusto. E cosa dovrei fare?
C'è un altro momento di silenzio prima che Lily dica, di nuovo con quella voce, Puoi pensare a quello che ti faremo quando torniamo.

26.

Ora, a cosa pensa di preciso un uomo in una situazione del genere? Di rado le aspettative di Martin per i momenti a venire sono state così sconclusionate. La prima reazione è chiedersi se le donne se ne sono andate davvero. Ha sentito la porta aprirsi e richiudersi, anche se forse è stata tutta una finta e pure adesso la moglie e Maeve sono ai piedi del letto che ridono coprendosi la bocca con le mani. Forse pensano che una volta che lui si crede solo piagnucolerà o si agiterà, dimostrando oltre ogni dubbio di essere una mammoletta. Invece lui si sforza di ostentare una certa disinvoltura, cosa difficile da fare quando sei l'unico nudo e immobilizzato. Ma con il passare dei minuti, sente che la concentrazione sta andando alla deriva; la luce della lampadina, che filtra dall'alto attraverso i bordi della cravatta che gli copre gli occhi, sembra affievolirsi, cedendo a un'oscurità che sale da dentro. La consistenza dell'oscurità continua a intensificarsi con tale inesorabilità che non riesce a decidere se è un inganno della vista o della mente o se forse si è addormentato. Forse si è addormentato e si è appena svegliato. Se è così, non sa per quanto tempo ha dormito.

Saggia le legature divincolandosi. Aveva dato per scontato di riuscire a liberarsi abbastanza facilmente se davvero avesse voluto, che quella non fosse che una pagliacciata, ma ora non ne è così sicuro. Lily ha fatto un lavoro degno di un capo scout.

Si sente totalmente vulnerabile; umiliato. E però l'esperienza è accompagnata da una curiosa e del tutto inattesa venatura di sollievo. Qualunque cosa accada nella prossima ora non dipende da lui. Anche se è legato mani e piedi, all'improvviso si sente liberato dalla continua responsabilità di recitare la parte della persona che si presume che sia.

Disteso lì bloccato ai quattro angoli del letto, Martin si chiede cosa lo attende quando le donne riappariranno. In quel preciso istante sono sedute al tavolo della cucina, a bere un bicchiere di vino dopo l'altro. A tempo debito avanzeranno lungo il corridoio – lui le vede procedere a zigzag, urtandosi, i volti febbrili per l'alcol – e varcheranno la soglia, e a quel punto immagina che sarà Lily a prendere l'iniziativa, toccandolo e stuzzicandolo in tutti i punti giusti. E se invece facessero a turno, trasformandolo in un gioco? Cosa succede se una lo tocca e poi una o l'altra dice, Indovina chi sono? e lui tira a indovinare e lei dice, Sbagliato, e lo castiga con un leggero pizzicotto o una tiratina di capelli? Che cosa succede se una dice, Provaci di nuovo, e così lui fa il nome dell'altra ma lei dice, Avevi indovinato la prima volta, e gli dà un altro pizzicotto? Si immagina le donne che sorridono del suo smarrimento, divertite, leggere. Il pensiero lo fa sorridere sotto la benda. Riesce a immaginarsi benissimo le due che continuano ad alternarsi, ogni pizzicotto scatena un attacco di ridarella crescente, associato a strattoni sempre più forti, fino a che le risate accompagnano la torsione totale dei suoi genitali.

Ricorda a sé stesso: Quella è sua moglie, una donna colta, dignitosa e riflessiva, e la ragazza alla pari è un'anima gentile imbevuta a fondo di virtù del vecchio mondo. Ma se poi le sue proteste crescenti – ehi, no, aspetta, ahi – associate alla vista di lui che si contorce a gambe divaricate come un pollo alla piastra non facessero che scatenarle di più? E se gli legano le palle al buco del culo con il nastro adesivo e fanno delle foto? Nel giro di poche ore potrebbe diventare un fenomeno di Internet. E se saccheggiano il frigorifero prendendo gli avanzi di prosciutto di Parma e fanno di lui un *jambon-beurre?* O se lo portano in salotto per poi metterlo a novanta sulla spalliera del divano e sculacciarlo con la paletta da pizza professionale che la moglie gli ha regalato per la festa del papà e che lui non ha ancora usato? E se tirano fuori l'aspirapolvere portatile per risucchiargli il cazzo nel tubo di aspirazione? E se lo scortano in ascensore fino al pianoterra e lo catapultano in pieno traffico pedonale di Broadway? Martin verrebbe arrestato, verrebbe schedato come predatore sessuale e multato dall'associazione del condominio. Cosa succede se prendono i pennarelli dal cassetto delle cianfrusaglie in cucina e gli trasformano l'uccello in un palo da barbiere a strisce alternate di Lampone Glacé e Blu Spazio Profondo, e arrivando in ufficio al mattino trova l'immagine su tutti gli screensaver? E se attirano in casa le monache della mensa buddista sulla Trentaquattresima Ovest con la promessa di una donazione, ed eccone una mezza dozzina allineate nelle vesti zafferano ai piedi del letto, le facce sconcertate sotto i crani rasati: eppure, sempre memori dei cicli inesorabili del samsara, pregano devote che lui si reincarni con un pene più grosso.

Ha letto da qualche parte che si dovrebbe sempre avere una parola di sicurezza, così quando le cose sfuggono di mano basta dirla e tutti sanno che si deve smettere. Se se lo fosse ricordato prima. La parola dovrebbe essere qualcosa che non ha niente a che fare con niente, come *kumquat* o *funicolare* o *Gerald Ford.* Dici *Gerald Ford* e capiscono tutti subito che fai sul serio. Ma funziona solo se ci si è accordati in anticipo. Le cose cominciano a sfuggire di mano e lui dice *Gerald Ford*, e per quanto ne sanno loro questo significa che vuole che giochino al tiro alla fune con i suoi testicoli. Sta gridando *Gerald Ford, Gerald Ford,* mentre le donne glieli torcono come se stessero cogliendo i fichi dall'albero.

La chiave è trovare una parola che, anche se non è stata concordata, farà sì che capiscano all'istante che vuol dire, in modo assolutamente non sottomesso, ho bisogno che tu smetta. Anche se non ha idea di quale sia questa parola. Ha letto da qualche parte che tra i non anglofoni *cellar door* è considerato a mani basse il termine più bello di tutto il lessico. Lì per lì non sembra, perché viene da pensare solo al portello scrostato e malconcio sul retro della casa. Ma se dici *cellar door* venti volte di seguito, perde il valore semantico a favore di quello puramente fonetico. Cominci a sentire la melodia nei suoni.

Ma se lui dicesse *libreria* o *avocado* o *lampadina* o *Russia* o *shampoo* o *porta della cantina*, per le donne non sarebbero che parole, semplici rumori. Certo, quando ci si pensa, il linguaggio è solo un insieme di rumori, suoni casuali – *oh, psst, mmm* e *crac* – che in realtà non significano nulla di per sé, ma se li metti insieme nel modo giusto significano tutto. Ora si meraviglia di come qualcuno possa mai capire qualcosa. Forse non capiamo niente. Forse corriamo in giro facendo versi che pensiamo siano profondi o sentiti o profondamente rivelatori, ma per tutti gli altri suonano solo come *cip cip cip*. Si chiede se forse si è imbattuto in un aspetto del linguaggio profondo ma recepito di rado, recepito di rado perché se circolasse diffusamente potrebbe anche significare la rovina del genere umano.

Da dietro la benda ora l'oscurità gli sembra totale. Anche lui aveva paura del buio da piccolo, anche se non l'avrebbe mai ammesso. Tra i due e gli otto anni – in verità ne aveva dieci, anche se la sua memoria ha da tempo occultato questo fatto – il buio assoluto lo terrorizzava. Non come terrorizza gli altri bambini. Lui non aveva paura delle creature che avrebbero potuto emergere dall'oscurità per afferrargli una gamba o strappargli la testa dal torso o graffiargli la faccia. Non aveva paura di ciò che l'oscurità nascondeva. Era più spaventato dalla possibilità che l'oscurità non nascondesse nulla, dal vuoto che si estendeva all'infinito, dal vuoto in agguato.

Martin strattona di nuovo i lacci intorno ai polsi e alle caviglie. Ancora una volta, è sbalordito; un marinaio non avrebbe potuto fare di meglio. Pensa che da un momento all'altro le donne torneranno di certo. Il pensiero gli fa di nuovo galoppare il cuore. Ma se lasciamo da parte tutti gli arcaismi metafisici, ciò che davvero lo preoccupa non è che subirà qualche maltrattamento o umiliazione, ma che durante il processo di maltrattamento o umiliazione potrebbe dire o fare qualcosa che renderà manifesto il piacere che trae da tale maltrattamento o umiliazione. Si preoccupa che ci possano essere verità su di lui che non vuole che le donne scoprano. Ancora peggio: ci potrebbero essere verità su di lui che lui stesso non vuole scoprire.

Un autunno, all'inizio della loro relazione, lui e la moglie erano volati sulla West Coast per il matrimonio di una compagna di università di lei. Lui e Lily si conoscevano appena; ogni giorno imparava qualcosa di nuovo su di lei. In quel viaggio aveva scoperto che si sedeva sempre dal lato del corridoio perché era certa che se l'aereo si fosse schiantato il sedile del finestrino si sarebbe trasformato in una fiammeggiante trappola mortale; aveva rifiutato di farsi servire le cozze durante il pasto in volo perché un suo amico sous-chef le aveva detto che spesso stavano nel frigorifero sul retro della cucina per giorni interi, a stufare nella loro urina. Non aveva intenzione di pranzare a pipì di bivalve. Quando erano arrivati, Martin aveva scoperto che l'ex compagna stava per sposare l'erede di una fortuna accumulata con le mandorle californiane. Quella per lui era stata la prima avvisaglia del fatto che lei proveniva da una classe molto, molto, molto superiore alla sua. La cena di prova prevedeva brindisi con bicchieri fiammeggianti di liquore all'amaretto, la glassa della torta era di marzapane e al ricevimento avevano mangiato trote selvatiche alle mandorle. Dopo la cerimonia lui e Lily avevano deciso di risalire la costa per trovare una locanda sul mare in cui alloggiare, ma appena a sud di Eureka avevano incontrato un incendio boschivo fuori controllo. Cartelli stradali installati in fretta e furia li avevano dirottati verso est. Si erano accodati a una fila stagnante di auto, sfollati che fuggivano dalle fiamme. Il cielo era solcato da strisce rossobrune e cinabro, colori apocalittici. Avevano finito per passare la notte in un campeggio affiliato a un casinò in una riserva, l'unico posto libero che erano riusciti a trovare, e avevano dormito in un tepee di nylon dotato di WI-FI e di tre canali premium via cavo. La mattina facendo una passeggiata per il villaggio avevano notato un capanno Quonset con davanti un cartello in cui promettevano di leggerti la fortuna per cinque dollari. Lily aveva insistito per entrare. La veggente era una vecchia strega in accappatoio e turbante. Si erano sistemati su sedie da giardino attorno a un tavolo da gioco mentre lei leggeva la mano di Lily. Le aveva detto che la sua vita sarebbe stata tosta ma che lei sarebbe stata più tosta ancora, che la felicità è uno stato di amnesia e che il miele ha sempre un sapore migliore per l'orso che per l'ape. La donna aveva fatto diversi altri pronunciamenti gnomici e poi era stato il turno di Martin. Ma quando aveva guardato la mano di Martin, la sua espressione si era incupita. L'aveva fissato con intensità per qualche secondo, aveva fatto scivolare verso di lui un blocco di carta e una matita e aveva detto, Elenca le tue tre paure più grandi e io ti sottolineo il tuo desiderio più sincero.

A questo punto le donne sono via da quello che sembra davvero un bel pezzo, anche se lui capisce più di tanti altri quanto inaffidabili possano essere tali determinazioni soggettive. Kant ha dimostrato che il tempo non esiste là fuori nel mondo, ma è invece uno dei modi che abbiamo per organizzare l'esperienza.

Sembra la cosa più reale, ovvia, onnipresente e innegabile di tutte, quando è soltanto uno degli scomparti nella conigliera del nostro pensiero. Eppure Martin è certo che sono state via per un tempo eccessivamente lungo. Questo gli fa provare irritazione per Lily. Lei ha promesso di amarlo e onorarlo. Disteso lì, legato al letto, si sente tutt'altro che onorato. Strattona di nuovo i lacci, anche se si dimostrano più saldi che mai. Gli viene in mente che qualcun altro nella stessa situazione, uno più debole, potrebbe mettersi a dimenarsi e a urlare. Subito vorrebbe non aver avuto un pensiero del genere, perché gli fa venire voglia di dimenarsi e urlare. Il panico lo assale all'improvviso. Strattona i lacci e si contorce mentre un terrore fatale si abbatte su di lui. Di colpo sta per perdere il controllo al punto che non sarà più Martin, ma la creatura bestiale che abita dentro di lui, sconosciuta, inaspettata e irriconoscibile fino ad ora. Sente un urlo partire dalla bocca dello stomaco e risalire l'esofago fino a martellare il palato, disserrandogli le mascelle per sgorgare sul mondo, ma proprio nell'istante in cui la sua capacità di contenere l'urlo è esaurita, la porta della stanza si apre. Non si apre, si spalanca, seguita da passi che si avvicinano con una velocità sconcertante. A questo punto la benda gli viene strappata dal viso per rivelare Lily che incombe su di lui. Quando lei dice, C'è tua madre, lui pensa per un secondo che sua moglie stia facendo qualche strano gioco, un concentrato di perversione edipica.

Ma lei fa un gesto con il telefono in mano e lo ripete. Dice, C'è tua madre.

Lily dice, Martin, mi dispiace davvero tanto.

27.

Come una delle sorelle gli spiegherà più tardi, la madre era andata a comprare un pollo da fare arrosto per la cena della domenica. Era un piatto che al padre era sempre piaciuto. Quando era rientrata, la casa era silenziosa e lei aveva pensato che il marito fosse al piano di sopra a fare un sonnellino. Una volta pronta la cena era salita a dirgli di scendere e aveva scoperto che non era in camera da letto. L'aveva cercato per tutta la casa, chiamandolo, ma lui niente. Era uscita in giardino. Aveva guardato nel garage e sotto la siepe. Magari era caduto. Era andata nella casa accanto e aveva domandato ai Murchinson se lo avessero visto e poi aveva attraversato la strada per chiedere ai Wilheit. Nessuno sapeva niente. Aveva iniziato a fare buio. Lei aveva telefonato alla sorella maggiore di Martin, che aveva chiamato le altre. Erano arrivate tutte con i mariti e figli e si erano ritrovati tutti quanti fuori dalla casa dei Fowler. L'intero clan – tranne Martin, ovvio – aveva perlustrato il quartiere fino a quasi mezzanotte. La madre avrebbe voluto chiamare la polizia, ma la sorella più piccola aveva detto, Non faranno nulla prima che siano passate almeno ventiquattro ore dalla scomparsa. La madre di Martin aveva detto, Li chiamo lo stesso. Era saltato fuori che, come aveva spiegato il sergente, si trattava di una di quelle cose false che si sentono nei telefilm polizieschi. Aveva aggiunto, Forse è così che fanno a South Bend o a Terre Haute o in una delle vostre città più grandi, ma noi qui non facciamo così. Qui al Dipartimento di Polizia di Nice se scompare qualcuno ci mettiamo a indagare a tutta birra. Due autopattuglie erano andate in perlustrazione per il resto della notte e per tutto il giorno dopo fino a tarda sera quando la madre di Martin aveva aperto la porta del sottoscala per dare un'occhiata alle scatole di vecchi documenti e di registri fiscali che erano conservati lì. Stava per decidere che forse quello che era suo marito da cinquant'anni avesse in segreto un'altra famiglia, come a volte capita di sentir dire, e fosse andato a stare con loro nello Utah o in qualsiasi altro posto dove gli uomini hanno una seconda famiglia, e in tal caso avrebbe potuto trovare prove documentali quali lettere d'amore segrete, assegni annullati o atti polverosi. Non era mai stata incline al sospetto. Quella ricerca, per quanto cinica o punitiva possa apparire a prima vista, era in realtà un'espressione dell'amore più profondo. Lo amava a tal punto che avrebbe preferito sapere che l'aveva tradita nel più vergognoso e sconvolgente dei modi piuttosto che scoprire che gli era capitato qualcosa di brutto. Ma era stato allora che l'aveva trovato seduto rigido nell'oscurità. Il medico legale aveva dovuto faticare per estrarre il nichelino dalla mano del cadavere.

Sartre dice che non diventi un uomo finché non muore tuo padre. Martin prende il primo volo per casa la mattina dopo, e si sente più un bambino di sei anni che un uomo. Durante il viaggio si deve alzare due volte per andare in fondo al corridoio a chiudersi nella toilette per poter piangere forte. Dice a sé stesso che può essere di maggiore aiuto alla madre se mostra un contegno sobrio e riflessivo per fare da contrappeso a quella che è certo sarà la reazione sovreccitata e lacrimosa di lei. Vuole versare tutte le sue lacrime adesso, così non gliene rimarrà nessuna per dopo. All'arrivo trova una vegetazione impressionante e un alto tasso di umidità. L'estate arriva presto in Indiana. I fiori di corniolo sono sbocciati da tempo. Le sorelle sono tutte in casa.

La madre non si alza più dal letto. Appena la vede i lineamenti di Martin crollano, prova una sofferenza acuta e insanabile. È come se tutto il pianto sull'aereo non fosse che una prova per questo momento. La madre, invece, adagiata sui cuscini nella sua camera da letto, ostenta un contegno di una calma inquietante. Senza il marito non riconosce più la sua vita. Non riconosce più sé stessa. Si alza dal letto solo per il funerale. A Martin è stato chiesto di fare un breve discorso ed è rimasto sveglio per gran parte della notte prima per prepararlo, ma quando arriva il momento riesce solo a proferire una piccola predica che alla luce del mattino suona così banale e trita che gli sembra di aver avvelenato per sempre la memoria sociale di suo padre. Quando rientrano a casa compaiono vassoi di panini alla carne accompagnati da cubetti di formaggio trapassati dagli stecchini insieme a ciotole di olive e cetriolini sottaceto. I partecipanti al funerale rimangono per quello che a Martin sembra un tempo irragionevolmente lungo. Subito dopo la veglia, la madre torna a letto. Lui siede in salotto con le sorelle che pretendono di parlare del testamento del patriarca. Ha lasciato la maggior parte del poco che c'è – la casa, una modesta polizza assicurativa, il carro attrezzi – alla moglie, ma ci sono anche piccoli lasciti per ciascuno dei figli.

Dobbiamo proprio parlarne adesso? chiede Martin. Ha un mal di testa lancinante. È sfinito per la carenza di sonno.

Non è che abitiamo tutti in un grattacielo di New York, dice la sorella di mezzo.

Quella notte, disteso nella sua vecchia camera circondato dai souvenir della sua giovinezza - i modellini di plastica con le decalcomanie di un caccia giapponese e di uno Spitfire britannico sospesi con il filo da pesca che ancora si contendono la battaglia di Guadalcanal nell'aria sopra il letto; il formicaio abbandonato appoggiato alla finestra, le aride gallerie vuote tranne che per un singolo involucro toracico; la collezione dei supplementi annuali sui costumi da bagno di *Sports Illustrated* (1991-1997, compreso il suo preferito, quello del 1995 con una rossa dal seno inverosimile) nascosta nella scatola sotto il letto; il gagliardetto dei Barbagianni da combattimento dell'Indiana A&M e il motto del college (*Esse quam videri*: Essere piuttosto che sembrare) nei colori della scuola, caramello e osso – Martin si ritrova così esausto da non riuscire ancora ad assimilare la piena realtà di ciò che è successo. È nel mezzo di una delle esperienze più trasformative della vita, un'esperienza alla quale vorrebbe dedicare tutta la sua attenzione, ma scopre che le sue energie sono prosciugate dalle minuzie. Non pensa al padre, ma rimugina invece sul caffè a buon mercato, amaro e quasi imbevibile che la madre tiene in dispensa, o sul fatto che la macchina a noleggio trema tutta ogni volta che supera le trenta miglia all'ora, o sul modo in cui la sua febbre da fieno è esplosa per via del polline degli alberi dell'Indiana.

Il giorno dopo il funerale, si sveglia nel letto della sua infanzia con un acquazzone fuori dalla finestra. Porta alla madre una tazza di tè e la esorta ad alzarsi e a reagire, ma lei si rifiuta di uscire da sotto le coperte. Si rifiuta di parlare. Le sorelle gli hanno chiesto di rimanere almeno un altro giorno per rispetto, e lui ha acconsentito. Ha acconsentito anche perché è ancora in lista d'attesa all'Indianapolis International. Ma si rende subito conto di aver fatto un grave errore di calcolo. Le sorelle sono tornate alle loro vite con la dovuta rapidità, dato che il fatto di averlo qui le esime dall'occuparsi della madre. Non sa bene cosa fare. Il fatto di non tornare in Indiana più di qualche giorno ogni anno o due gli ha reso estranei la madre, i suoi bisogni e i suoi desideri. Capisce che agli occhi delle sorelle le sue lunghe assenze hanno generato un numero enorme di titoli di credito emotivi che ora mirano a riscuotere. Quella mattina va a vedere la madre altre due volte, ma lei è distesa a letto immobile e si rifiuta di rispondergli. Durante la giornata, la gente passa e lascia un assortimento di terrine e contenitori di plastica di cibo pronto, ma quando lui per cena le riscalda un pasticcio di tonno la madre non mangia, volta la testa, pietrificata. Proprio quando ha iniziato a chiedersi se lei rimarrà muta per sempre, si sveglia nel cuore della notte e la sente parlare attraverso i muri. Il suo tono è diretto. Non riesce a distinguere le parole, ma rimane lì per un po' di tempo ad ascoltarla mentre continua a conversare, un dialogo a senso unico intervallato da lunghi tratti di silenzio. Quando alla fine attraversa il corridoio per indagare, la trova seduta sul letto che si rivolge alla panca sotto il bovindo.

Lei smette quando lo vede e dice, Io e tuo padre stavamo proprio parlando di te.

Mamma...

Secondo noi non devi andare a New York. Io e tuo padre pensiamo che dovresti rimanere qui e finire la tua tesi, prenditi il tempo che ci vuole.

Lei dice, Non c'è motivo per cui tu debba rinunciare ai tuoi sogni.

Martin fissa la madre. A dispetto della sua natura gentile è sempre stata una donna riflessiva con un forte senso morale, anche se debitamente scettica rispetto a ogni sorta di sciocchezze spirituali, dai discorsi sugli oroscopi e le aure personali agli allettamenti di dubbie mode salutistiche. L'olio di cocco non è una panacea. Figlia di un rappresentante sindacale alle acciaierie di Gary, in Indiana, ha incontrato il padre di Martin mentre frequentava l'università a Bloomington. Era andata a sud per fare una ricerca per una tesina sulle comunità utopiche del Diciannovesimo secolo. C'era stato un insediamento del genere non lontano da Nice. Ormai era una città fantasma fatiscente, ma nel periodo d'oro ci erano vissuti circa duemiladuecento liberi pensatori. Rifiutavano la proprietà privata e diffidavano della moneta stampata. Praticavano il libero amore e il vegetarianesimo. Mentre faceva il giro del posto incrociò suo padre che usciva dal bosco. Era andato a caccia di fagiani e quaglie. Ne aveva già abbattuti tre. Notò il suo fucile, e traboccante di sentimenti laputiani gli fece una lezione sulle misure di controllo delle armi scandalosamente permissive al tempo – e ancora adesso – tipizzate dalla legge statale dell'Indiana. La famiglia Fowler era stata per lo più popolata da donne minute inclini ad accondiscendere. Lui non aveva mai subìto una ramanzina del genere da nessuna donna, tantomeno da una di tali proporzioni rubensiane. Era rimasto folgorato. Folgorato in un senso quasi biblico. Si sentiva come se gli avessero dato una bastonata in testa. Le chiese di uscire. Lei disse, Rinuncia alla caccia ed esco con te, non immaginando nemmeno lontanamente che lui potesse farlo davvero. Ma lui depose il fucile e non lo riprese più. Lei abbandonò gli studi sei mesi dopo per sposarlo.

Ma mamma, le ricorda ora Martin, nel modo più delicato possibile, papà non c'è più.

Con sua sorpresa, lei ride. Ride e dice, Certo che non c'è più. Ma quando gli parlo e mi ricordo di lui è ancora qui, in un certo senso. Lui mi risponde – lo sento rispondere – e quindi è ancora qui.

Quando lui si mostra scettico, lei dice, Ma pensavo che tu sapessi: è tutto ciò che siamo alla fine. È tutto quello che sono tutti. Una voce nella testa, il ricordo di uno sguardo.

Ci fai sembrare dei fantasmi, le dice.

Tuo padre per me sarà sempre più vero di Tina Wilheit in fondo alla strada o di fratello Probus in chiesa o del presidente degli Stati Uniti. Lui per me è più vero di questo momento qui e ora. Non capisci?

Lei lo guarda devisa, i volant della camicia da notte allargati intorno. Lo guarda finché lui non si costringe a distogliere lo sguardo.

Dimmi come posso aiutarti, mamma. Dimmi cosa posso fare.

Lei scuote la testa. Nessuno può far niente.

Torna a letto ma non riesce a dormire. Le parole della madre continuano a frullargli in testa. Non sa se essere depresso o stranamente rallegrato dall'idea che potremmo essere poco più che personaggi di una storia, meri prodotti dell'immaginazione, un ricordo – il ritornello della canzone di qualcun altro. Si alza all'alba, più sfinito che mai. La giornata si svolge più o meno come quella prima. La madre si rifiuta ancora di mangiare. Quel pomeriggio lui tenta di mettere in ordine i conti del padre. Negli ultimi anni la calligrafia del vecchio si è disintegrata in una vaga approssimazione dell'antica scrittura babilonese e così Martin fa pochi progressi. Per cena, porta alla madre un vassoio con un panino al prosciutto e del succo di mela, ma quando lei lo vede si mette seduta e dice, Vorrei del pollo. Lui dice, Davvero ti andrebbe? Penso che qualcuno abbia portato dell'insalata di pol... Lei dice, vorrei il pollo alla brace con la famosa salsa Habanero Hades dell'All You Can Eat Bar-B-Que Grill & Takeout al centosessantotto della Strada Statale dell'Indiana e una lattina di birra di malto. Lui non è scoraggiato dalla sua richiesta, è contento che lei abbia finalmente reagito. Lei non si è mai arresa alla malinconia e con queste parole sta riaffermando un po' del suo vecchio appetito per la vita, anche solo per chiedere il pollo invece del maiale. Gli dà, se non altro, un piano d'azione concreto.

Consapevole dell'inaffidabilità della sua auto a noleggio, Martin prende il carro attrezzi del padre e va in centro. Si ferma al negozio di liquori a comprare una confezione da sei di birra di malto e poi prosegue verso l'All You Can Eat Bar-B-Que Grill & Takeout. Il parcheggio è gremito, una volta entrato Martin si accoda a una lunga fila. Attende per una trentina di minuti, ma quando finalmente tocca a lui scopre che lo sportello per l'asporto è dall'altra parte della sala da pranzo. Aspetta un altro quarto d'ora in quella seconda fila. Mentre la fila si snoda attorno al perimetro esterno della sala ristorante, lascia spaziare lo sguardo sulle persone sedute ai tavoli. Si accorge che senza volere si è soffermato su un séparé nell'angolo, finché di colpo si rende conto che sta fissando – sta fissando da qualche secondo – il volto inconfondibile di Wendy Chalmers. Ha messo su un po' di peso, ma non è successo a tutti? E invece della massa di riccioli castani ondulati che nella sua memoria le ricadevano a metà della schiena, i capelli ora sono biondo platino e le sfiorano appena il colletto. Però il profilo e l'espressione pensosa sono rimasti identici a quelli dei suoi ricordi. Siede accanto a un omaccione con un cappellino da baseball e basette folte. Dall'altro lato del séparé sono seduti tre bambini, due maschi e una femmina, che per fortuna somigliano tutti alla mamma. Martin osserva il quintetto per qualche istante, finché si ritrova – succede così in fretta, come se fosse stato messo in moto con forza dal suo stesso futuro – che sta marciando verso il tavolo di Wendy Chalmers, dove si ferma e saluta.

L'uomo alza lo sguardo per primo, seguito dai bambini, le loro faccine si levano, e solo allora Wendy si volta verso di lui. La sua facoltà di riconoscerlo sembra venire da molto, molto lontano e tarda ad arrivare, come se ogni ricordo di lui fosse stato sepolto nel tunnel sotterraneo più remoto del suo cervello, sepolto lì decenni fa da una coscienza determinata all'autoconservazione, e così ora deve essere riportato con attenzione alla luce del giorno, oltre i sedimenti dell'esperienza vissuta stratificati con cura sulla ferita, rovesciando l'accumulo di anni, riscrivendo ogni memoria in modo da consegnarla qui, a questo momento; tuttavia lui avverte anche che c'è un pezzo di lei, un elemento piccolo ma tenace, deciso a seppellire ancora una volta il ricordo di lui. Il suo volto è il teatro di una battaglia campale, le forze della luce e delle tenebre guerreggiano nei suoi occhi.

E poi Wendy Chalmers sussurra, Porca puttana, e subito si mette la mano sulla bocca, come se potesse ricacciare dentro l'imprecazione.

Presenta Martin al marito e ai figli. Martin stringe la mano dell'uomo. Martin le chiede come sta e Wendy risponde che sta bene, e lui dice che anche lui sta bene. Si rende conto solo ora di aver aspettato con ansia questo incontro per gli ultimi diciassette anni, anche se nella sua mente avrebbe dovuto essere molto diverso. Non riesce a individuare con precisione un singolo istante in tutto quel lasso di tempo in cui ha pensato tra sé e sé, Un giorno parlerò di nuovo con Wendy Chalmers – il suo pessimismo ha sempre prevalso quando si trattava di lei –, ma capisce che a un certo livello si stava preparando comunque per quell'incontro. Dovevano essere loro due soli, rilassati e tranquilli. Qui il rumore del ristorante li costringe a gridare. Lui è convinto che se solo riuscisse a parlare con Wendy Chalmers da sola per dieci minuti arriverebbe a una nuova comprensione della sua vita a cui non si è mai avvicinato prima. D'un tratto ha così tanto da dire e c'è così tanto che vuole sapere, ma stando lì in mezzo al frastuono dei commensali, all'agitazione dei bambini che si contorcono nel séparé e nel mirino dello sguardo di pietra del marito, sente che l'opportunità sta fatalmente sfumando. E poi il marito dice, È stato un piacere conoscerti, ma dobbiamo andare, e lui e i bambini si alzano. Sono in piedi nel séparé e poi Wendy Chalmers si alza. Non possono uscire perché Martin continua a bloccare il passaggio e quando se ne rende conto mormora, Scusate, e fa per spostarsi, ma proprio in quel momento nota una macchiolina della famosa salsa barbecue Habanero Hades sulla manica sinistra di Wendy. Lei porta una felpa azzurra con la scritta SAVE THE PLANET 2015 davanti, come se l'occasione decisiva fosse sfumata da tempo. Qualcosa del rumore del ristorante, della banalità del messaggio, del color ruggine della salsa sulla manica, della tonalità color sangue, e della tinta platino innaturale dei suoi capelli impedisce a Martin di togliersi di mezzo. Invece fa questo: Cade in ginocchio davanti al tavolo e alza lo sguardo verso Wendy Chalmers. Questo crea un notevole sgomento tra i famigliari di Wendy, così come tra i commensali seduti nei séparé accanto. Wendy lo guarda dall'alto, i lineamenti le si addolciscono suo malgrado. Martin prova una sensazione di sconcerto nel profondo, un enorme turbamento, e poi appoggia la guancia sul tavolo freddo e resta lì in ginocchio di fronte a Wendy Chalmers e continua a guardarla dal basso. Non ha idea di quello che sta facendo o di quello che farà dopo. Non ha la più pallida idea di dove stia andando tutto questo. Ma resta inginocchiato, sentendo il fresco del laminato sulla faccia, e scruta il suo passato. In quel momento gli anni trascorsi sembrano crollare come uno di quegli edifici minati che si vedono nei video aerei, con i piani superiori che si schiantano sulle fondamenta e di colpo è come se non ci fosse mai stato. È come se quegli anni non ci fossero mai stati. La storia non è la cronaca di ciò che è avvenuto un tempo; la storia è ciò che non sappiamo essere avvenuto. Ora sembra che lui abbia davvero trascorso gli ultimi decenni in quella precisa posizione, completamente immobile, in ginocchio davanti a Wendy Chalmers. Il suo pensiero va al fotone, la più nobile di tutte le particelle, l'essenza stessa della luce. Dal suo punto di vista l'intero universo è paralizzato. Il tempo si ferma. Il tempo non è mai iniziato. Non è più una cosa comprata e venduta, divisa e suddivisa di nuovo, un elemento di scambio nel grande circolo del commercio, un simulacro di movimento, ma esiste solo nel silenzio di tomba che percepisce con l'orecchio premuto sul tavolo. Vorrebbe restare così, per sempre. Vorrebbe dire, Nessuno si muova.

Ma poi il più piccolo dei figli di Wendy Chalmers si mette a piangere. L'adulto sul pavimento ha spaventato il ragazzino. Il suono delle urla di pianto del moccioso rimette in moto il mondo. Wendy sussurra a Martin, Alzati, per favore, mentre il marito si avvicina al bambino che frigna e borbotta, Cristo, Wen, fai qualcosa, e poi ecco che arriva il direttore, un piccoletto incravattato, che chiede se c'è qualche problema. Wendy dice, No, nessun problema, e guarda il marito, che conferma che non c'è nessun problema. Martin, appiattito con la faccia contro il tavolo, apre gli occhi e vedendo il direttore si alza e dice, Nessun problema, scusate.

Martin segue Wendy Chalmers e la sua famiglia fino al parcheggio, da dove fuggono su un furgone bianco malconcio – TRASPORTO RIFIUTI DEGRAFF sulla fiancata – prima che il pazzo combini qualcos'altro. Lui torna dentro e aspetta altri quaranta minuti nella fila giusta per ordinare il pollo alla brace. Sacchetto alla mano, torna verso il carro attrezzi del padre, solo per scoprire che ha lasciato gli abbaglianti accesi e ora la batteria è morta. Martin apre il cofano, ma è quello il limite delle sue conoscenze automobilistiche. Telefona al servizio di assistenza stradale e si connette con un call center dall'altra parte del mondo, dove un uomo che parla inglese con una pesante inflessione chiede di essere chiamato Chip. Martin spiega che ha bisogno di un intervento. Chip promette di richiamare tra dieci minuti. Martin beve una birra al malto per riscaldarsi e mangia una coscia di pollo. Esattamente otto minuti e ventidue secondi dopo, il telefono squilla e Chip gli dà un numero locale. Martin lo compone e sente la voce del padre sulla segreteria telefonica, il padre dice, Lasciate nome, numero e posizione.

Il padre di Martin dice, Sarò lì con un rimorchio prima che possiate dire ba.

28.

Giugno, il mese dei matrimoni. I Fowler partecipano a tre diverse cerimonie. Le giornate sono straordinariamente calde. Malgrado l'aria condizionata al massimo grondano sudore durante le celebrazioni. A uno dei ricevimenti i piani della torta nuziale sono pericolosamente in bilico; le roselline di fondant hanno sbavato sulla glassa bianca. Martin e Lily rientrano a casa e trovano Maeve e i bambini che prendono il sole sul tetto. La luce riflessa dalle finestre degli edifici vicini è accecante. I gemelli in calzoncini corrono scalzi, il catrame caldo scotta le loro piante dei piedi. La tata indossa un costume intero castigato che ha ordinato online, accollato e con la sgambatura bassa.

Lily prende la crema solare. Venite qui. Vi state ustionando.

Spalma la lozione sulle le braccia dei figli, sulle gambe. Pittura di guerra bianca sotto gli occhi. Anche tu, dice Lily, e Martin guarda la moglie strofinare la crema candida sulle spalle della ragazza, dietro il collo. Maeve chiude gli occhi e si china in avanti. Sotto il costume le si formano tre rotolini in vita non più spessi di una matita numero due. Ha una puntura d'insetto sulla coscia.

Arnold è alla ringhiera, si volta. Si può saltare? chiede. La sua faccia si è riempita. Ha la leggendaria fossetta Van Slyke sul mento. Dieci anni e ostenterà l'avvenenza ammaccata del figliol prodigo.

Potresti, dice Martin, ma non è una cosa da desiderare.
Muori, dice Gavin.
Muori tu, dice Arnold.
Calmatevi, voi due, dice Lily. O vi butto giù tutti e due.

Le loro giornate rallentano. I minuti incespicano nella calura. La vita è meno simile a una corsa. Vanno a vedere una rappresentazione di Shakespeare in the Park; nel finesettimana assistono a un concerto sul Great Lawn. Tramonti di Manhattan, un'enorme fiammata nel cielo immenso.

I giornali quell'estate sono zeppi di articoli sull'eclissi. Martin disegna per i bambini uno schema che illustra la disposizione dei corpi celesti. Ai figli non potrebbe importare di meno, ovvio; comunque si addormentano molto prima che lo spettacolo abbia inizio. Maeve, al contrario, è incuriosita dallo schizzo. Lo porta con sé quando lei e i Fowler alle tre del mattino salgono sulla scala antincendio nord per guardare. Nell'attesa lui indica varie caratteristiche della superficie lunare: il Mare della Serenità, il Mare della Tranquillità, il Cratere Tycho e i Montes Archimedes, una catena montuosa. Elenca il Mare Desiderii, il Mare dei Sogni Perduti, che i russi pensavano di aver scoperto sulla faccia nascosta della luna, che si è poi rivelato non essere affatto un mare, ma soltanto un'illusione di ombra e luce. Maeve ascolta con vivo interesse. Malgrado l'ora tarda, è visibilmente elettrizzata dallo spettacolo. I popoli antichi consideravano le eclissi, i transiti planetari e le comete come presagi spaventosi. Forse nel suo sangue scorre ancora qualche imperativo razziale. Anche lui si fa più assorto quando l'ombra della terra comincia a oscurare la luna. Ma quando si avvicina il momento cruciale dell'eclissi totale, voltandosi vede le due donne sedute sulla scala antincendio una accanto all'altra, con la testa all'insù in quella che gli sembra una sorta di adorazione. Ed è da sopra le loro spalle che guarda la luna rabbuiarsi, il colore diventare più scuro fino a farla sembrare un'immensa moneta di rame sospesa nel cielo.

Il sabato dopo incrocia Maeve nello studio. Stavo solo andando a controllare i mercati, dice, ma posso...

Non c'è problema.

Lei è davanti alla gabbia, con tre dita della mano destra infilate tra le sbarre. Aristotele, il grigio africano, si liscia le piume facendole scorrere la testa avanti e indietro contro il pollice.

Piccolino, mormora lei.

Martin si siede alla scrivania e controlla lo yen, l'euro, la sterlina britannica. Controlla la corona norvegese. Continua a viaggiare sulle montagne russe del petrolio mondiale. Nell'ultima settimana ha ricevuto da Pierce in ufficio due comunicazioni secche, richieste di chiarimenti su cosa sta succedendo, come se fosse Martin a presidiare le montagne russe, come se fosse Martin al timone.

Piccolo Ari, dice lei. La creatura le preme contro la mano, il suo occhio si chiude e poi si apre, fremendo di felicità al tocco di lei.

Lui la guarda prima di dire, Non parlerà mai, vero?

Maeve osserva Martin per un istante e poi si china ad aprire lo sportello della gabbia. Quando infila la mano dentro, Martin prova una curiosa paura per la ragazza. È solo un uccello, eppure l'atto sembra implicare libertà che lui non si prenderebbe. Ma il pappagallo si lascia raccogliere nel palmo. Lei tira fuori il pennuto con cautela e lo posa sul tavolo accanto al gigantesco mappamondo. Chiude la porta della gabbia. Martin osserva l'uccello. L'ha sempre e solo visto attraverso le sbarre.

Il pappagallo guarda il mappamondo. Guarda fuori dalla finestra. Guarda Martin.

Passa un minuto intero, e Martin sta per rimettersi al lavoro, quando il volatile comincia a zampettare impettito, con la testa che oscilla e beccheggia. Si sposta avanti e indietro lungo il tavolo ancora per qualche secondo, e poi con un improvviso spiegamento d'ali – l'apertura è sorprendente e viva nella stanza; fa trasalire Martin – torna alla gabbia con un balzo. Si aggrappa alle sbarre dello sportello con gli artigli. Dispiega di nuovo le ali, questa volta lentamente, e con un sottile fruscio raccoglie di nuovo le piume intorno a sé. Aggiusta la presa e dice, Rimettimi dentro.

Ha una vocetta infantile, che non ha niente a che vedere con lo starnazzare delle epopee piratesche, ma è umana in modo sconcertante.

Martin resta lì, sorpreso, e guarda la ragazza. Lei ricambia con uno sguardo diretto senza battere ciglio.

L'uccello dice di nuovo, Rimettimi dentro.

Cos'altro sa fare? chiede Martin, il tono venato di stupore.

Non è già abbastanza? dice lei.

La settimana prima della festa del quattro luglio, il caso Schlüsser-Bonhoeffer si risolve in via stragiudiziale. È una vittoria sorprendente, inattesa. Dopo tanti anni e tanto lavoro, non sembra vero. L'annuncio viene dato quel pomeriggio durante una riunione societaria. Tutti gli sguardi sono puntati su Lily. Quale avvocato principale il successo è suo, così come lo sarebbe stato il fallimento. La sua carriera non sarebbe finita, ma sarebbe stata relegata in un ufficio due piani più in basso, il numero di casi assegnati sarebbe diminuito con il passare degli anni. Ora invece il *Journal* dedica alla vicenda un'intera pagina. Per tutto il pomeriggio, i membri dello staff e gli avvocati junior passano a congratularsi con lei. Alla fine della giornata, il socio principale si presenta alla porta del suo ufficio. Lily è seduta dietro un bouquet enorme, singoli fiori annidati in un letto di bocche di leone, felci e cinerarie.

Chi è morto? chiede Alan Sawyer.

Lei ride. Sono del suo cliente. Lui si ferma a contare le rose.

Una per ogni milione, dice.

Lei inarca un sopracciglio. Più o meno.

Bevi una cosa con me per festeggiare, dice Alan Sawyer

Lei indica le carte sulla scrivania. Volevo finire prima di...

Un drink. Dai retta a un vecchio.

Non sei così vecchio, Alan, dice lei.

Invece sì. Ha compiuto settant'anni il mese passato. È entrato nello studio quasi cinque decenni fa, fresco di laurea in legge a Yale, dopo la ferma in Vietnam. Non era obbligato ad andarci. Aveva diritto al rinvio per motivi di studio. Ma si era arruolato nei marine. Voleva provare il brivido del campo di battaglia, spiega ogni volta che qualcuno glielo chiede. Era tornato con una Croce della Marina, due Purple Heart e una barra d'acciaio nel femore. Dopo appena dodici anni di pratica come avvocato, era il suo nome a campeggiare sulla carta da lettere dello studio. Legge e guerra – in fin dei conti sono davvero la stessa cosa, come dice sempre.

Lily lo segue nel suo ufficio. È molto più grande di quello di lei, una suite, in effetti. La stanza principale mostra il profilo della città da cima a fondo su due lati. Lui prende da un cassetto un paio di bicchieri e versa in ognuno tre dita di un single malt.

Ti offrirei del ghiaccio, ma con uno scotch così buono mi deluderesti molto se dicessi di sì.

Va benissimo così, dice lei.

Si siedono uno di fronte all'altra e bevono in silenzio. La luce fuori dalle finestre svanisce rapida. La parete dietro la scrivania è piena di fotografie: Sawyer che stringe la mano dell'ambasciatore alla Corte di San Giacomo, Sawyer che riceve una laurea honoris causa dalla Cornell, la moglie di Sawyer seduta in giardino con Hayek, il loro persiano blu, addormentato in grembo.

Come sta Catherine?

Lui alza le spalle. Alcuni giorni sono meglio di altri. Un medico dice forse un anno. Un altro dice tre. Fa roteare il drink nel bicchiere e poi ne scola metà. Non sanno un accidente di niente.

Mi dispiace tanto, Alan.

Lui le riempie di nuovo il bicchiere. Lei cerca di declinare ma lui la ignora.

Ti voglio sulla Universal Paper.

Se Daniel è d'accordo, gli dice lei.

Voglio che tu sostituisca Daniel.

Alan, non posso.

Daniel è suo amico. Hanno iniziato insieme appena laureati, anni fa.

Certo che puoi, dice lui. Lo terremo come secondo, ma voglio che sia tu a condurre il caso. Se vuoi una cosa fatta bene... comincia lui. E all'improvviso la sua mano è sul ginocchio di lei.

Lei guarda la mano per un lungo istante, si rifiuta in un primo momento di capire. Al polso ha un grosso orologio, le lancette sono aste di luce dorata che colpiscono il cuore di un quadrante scuro, privo di numeri. A lui non servono i numeri. La sua mente tiene il tempo da sola. Lei gli solleva delicatamente le dita dalla gamba, come se fossero artigli, e gliele riporta in grembo. Posa il drink e si alza, lisciandosi la gonna.

Lily... esordisce lui.

Lei scuote la testa, dice di no. Solo lei è autorizzata a parlare. Daniel se la caverà benone, dice.

Ore dopo, Lily ne sta ancora parlando. Non sapevo se mettergli le mani al collo o ridere, dice.

Lei e Martin stanno bevendo gin ghiacciato seduti sul divano. Martin si era offerto di portarla fuori a cena, ma Lily non aveva voglia di uscire. Non le andava di stare seduta tra altri tavoli, circondata da estranei. Invece avevano ordinato a domicilio, anche se lei aveva a malapena toccato cibo.

D'accordo, dice, Volevo mettergli le mani al collo. Questo doveva essere il mio giorno.

Che cosa è successo dopo?

Che cosa poteva fare? Si è spaventato, l'ho capito subito. Insomma: è sopravvissuto agli scontri a fuoco nella giungla, ai monsoni, ai vietcong assassini. Ma era terrorizzato.

Lei scuote la testa prima di continuare. Non so come fanno gli uomini a stare in pace con se stessi.

Lui dice, Troviamo donne come te che ci sopportano.

Maeve si unisce a loro, prende posto sulla poltrona con un bicchierone imperlato di condensa. Ha messo a letto i bambini. Fuori fa caldo. La ragazza ha aperto diverse finestre. La brezza si muove attraverso la stanza. Porta con sé un leggero odore di sentina e fungino, vagamente carnale, che viene dal porto di South Street.

Mi ricorda casa, dice Maeve.

Martin guarda la ragazza per un momento prima di dire, Sai, la prossima settimana è un anno che sei con noi.

La ragazza inclina la testa. Non sembra un anno intero, ammette. Ma altre volte sì. Un anno e più. Come se vivessi qui da sempre.

Sono successe molte cose, dice Martin.

Dovremmo festeggiare, dice Lily.

Lui fa roteare il ghiaccio nel suo bicchiere e dice, Stiamo già festeggiando. Ricordi?

29.

Più tardi, in camera da letto, Lily non riesce a venire. Martin si dà da fare, ostinato, ma dopo venti minuti lei è ancora lontana dal culmine. La irrita pensare, e non è la prima volta, che la sua felicità dipenda dagli altri in questo modo. Il lucernario lassù, velato da nubi cariche di pioggia, rispecchia il suo malumore. Frustrata, alla fine si alza dal letto e si avvicina a Maeve. Prende il braccio della ragazza alla pari per farla alzare dalla sedia. Però quando afferra tra le mani il tessuto della camicia da notte della ragazza per sollevarne l'orlo, Maeve dice, Ma signora Fowler...

Chiamami Lily. Adesso mani in alto.

La ragazza esita prima di alzare con lentezza – finalmente – le braccia sopra la testa.

Ha il busto lungo, le spalle esili. Le ossa iliache sporgono di netto. Ma vista da dietro ha la schiena leggermente muscolosa di un contadino giovane. I seni si discostano l'uno dall'altro come se fossero infastiditi dal fatto che tu li guardi. Tra di loro c'è il tatuaggio di un nodo celtico della Trinità di circa otto centimetri di diametro. La sua presenza è sconcertante, un primitivismo insospettabile che in un istante sembra ribaltare l'idea che si sono fatti della ragazza. Le punte della *triquetra* sono delineate in verde bosco. Spicca sulla pelle d'alabastro come un marchio di scarificazione rituale.

*

Martin, che ha capito al volo, si ritira diligente sul lato opposto della stanza. Una parte di lui bramerebbe partecipare, ma la situazione ispira una galanteria da gentiluomo dell'Indiana. Prima le signore. È eccitato ma anche un po' intimidito. Se in quegli ultimi mesi lui e Lily si sono avventurati titubanti appena oltre la frontiera coniugale, questo è qualcosa di nuovo, una ricognizione in profondità nell'ignoto libidico, da cui non è possibile tornare indietro. Questo è Hudson che si imbarca nella traversata fatale della sua baia. Questo è Cortés che sbarca sulla spiaggia a Veracruz, bruciando le sue navi. Questo è cannibalismo nelle *sierras* sessuali. Ha pensato più volte a come sarebbe stato se Maeve si fosse unita a loro, anche se ora che il momento è arrivato si sente miseramente mal equipaggiato per qualsiasi cosa stia per accadere. Vedendo Lily con la ragazza, si era aspettato di provare una punta di gelosia, ma è sorpreso di scoprire che non è così. Invece deve continuare a ricordare a sé stesso che quella è davvero sua moglie. Quelli sono il suo naso, quelli i suoi capelli e quelle le sue gambe, ma quando lei accarezza il fianco della tata o le bacia il collo, è come guardare due sconosciute. Si sente più sconcertato che possessivo.

Ciò che lo colpisce soprattutto è quanta poca fretta abbiano le donne. Le braccia e le gambe ondeggiano come se fossero sott'acqua. Comprende per la prima volta come la propria routine amatoria sia segnata da una foga sciagurata che dev'essere comune tra gli uomini. Mettiglielo dentro, fai i tuoi comodi prima che lei cambi idea e ti cacci fuori dal letto. Guardando la scena svolgersi davanti a lui, si rende conto che, lasciate a sé stesse, le donne hanno tutto il tempo del mondo. Le due sembrano alla mercé di un presente che nessuna di loro è impaziente di lasciare. Ben presto sospetta che si siano dimenticate di lui. Potrebbe anche essere in salotto a leggere un libro.

*

Lily vorrebbe che lui fosse in salotto a leggere un libro. Vorrebbe stare con la ragazza alla pari lontana dallo sguardo maschile. La clavicola di Maeve è lineare e finemente delineata, come la fortificazione di un castello vista attraverso una pianura. La manciata di peli serici appare sorprendentemente scura e rigogliosa alla biforcazione delle cosce pallide. Le ascelle emanano un profumo inebriante di erba cipollina selvatica. Lily guizza qua e là sul corpo della giovane donna, come un colibrì incapace di scegliere tra la profusione di fiori.

Nonostante tali attenzioni, però, le risposte di Maeve sono smorzate. Lily sospetta che la presenza di Martin nell'angolo della stanza che le fissa come un ebete dall'alto di un'erezione assurda probabilmente non aiuti. Forse la ragazza teme che la sua performance possa deluderlo, o che la sua considerazione per lei diminuisca. E se dopo averla vista zompare sul letto lui decidesse che non è adatta a occuparsi dei suoi figli? E se decidesse che è una degenerata? Forse lei si preoccupa di essere davvero una degenerata. Non si può spuntare da un'isoletta dominata per un millennio da norme cattoliche retrograde, una terra dove il divorzio, il diritto di voto alle donne e l'aborto sono arrivati tardi – le fiamme della Geenna devono bruciare i tuoi sogni – senza subire una ricaduta morale di grado estremo.

Oppure magari è preoccupata che Martin si senta minacciato nel vedere un'altra spassarsela con sua moglie e concluda che a Lily piace più fare l'amore con lei che con lui. E se lui temesse che le due possano fuggire insieme verso le terre selvagge patriarcali per seminare il caos di genere, alla Bonnie e Clyde per rovesciare le convenzioni sociali? Solo che questa volta sarebbero Bonnie e Bonnie.

Anche se forse è proprio il contrario. E se la ragazza fosse combattuta non perché teme che Martin pensi che lei voglia scappare con sua moglie? E se fosse combattuta perché è lei che vuole scappare con sua moglie? Forse è innamorata di Lily fin dal principio e quindi è oppressa sia da un senso di colpa schiacciante sia da un desiderio che cresce vertiginosamente. Più Lily valuta la possibilità più le sembra plausibile. Immagina loro due che fuggono a Los Angeles o a Parigi o in una capanna sulla spiaggia o in un casotto nelle grandi foreste del nord. Immagina il loro risveglio insieme nell'odore di fumo di legna in una yurta nella Mongolia Esterna.

Intanto Martin continua a stare lì nell'angolo con gli occhi sgranati. Magari se ne andasse in cucina a prepararsi un panino o scendesse nello studio a controllare i mercati online. Controlla sempre i mercati proprio quando hai bisogno di lui, quando gli vuoi parlare o vuoi un po' di compagnia o due minuti prima che dobbiate andare insieme da qualche parte, ma non controlla mai i mercati quando vorresti che lo facesse. Lily è certa che se lui si alzasse di scatto e scendesse a guardare le ultime quotazioni del gourde haitiano, del som kirghiso o del ringgit malese, la ragazza potrebbe liberarsi delle sue inibizioni, gettandosi in effusioni libere da ogni vincolo, che poco hanno a che vedere con ciò che entrambe hanno mai sperimentato prima. Lily cerca di fargli capire con lo sguardo che dovrebbe sparire, ma Martin non è in condizione di dar retta nemmeno al più ovvio dei suggerimenti. Non è un uomo con un'erezione; è un'erezione con un uomo.

Più il comportamento di Maeve è trattenuto, più l'esasperazione di Lily cresce. È ben lontana dall'orgasmo. Tra l'inettitudine sessuale del marito e la reticenza della ragazza, non c'è da stupirsi. Non vedi l'ora che succeda qualcosa, proprio non vedi l'ora e poi quando finalmente succede pensi, Cos'è successo? È ora di cambiare strategia. Alla fine bacia con delicatezza Maeve sulle labbra e si volta verso Martin, facendogli un cenno con il dito come se fossero membri di un *tag team*. Lui attraversa la stanza e sente il cuore battergli all'impazzata nel petto. A quel punto della serata altre nuvole temporalesche soffocano il lucernario lassù dando alla stanza l'aria di una grotta. Ma dopo aver posato un ginocchio sul letto lui esita, incerto sul da farsi. La sua prima inclinazione sarebbe avvicinarsi alla moglie, altrimenti potrebbe sentirsi ferita. Però non vuole che la ragazza si senta esclusa. E se offendesse la tata, la moglie potrebbe – a nome di tutte le donne di tutti i luoghi – sentirsi offesa a sua volta. Il porto sicuro della monogamia sembra incredibilmente distante.

Lily decide la questione per lui. Si sposta all'altro capo del letto, lasciando i due alla testiera, e si gira per guardare.

Se era strano vedere le due donne insieme, è ancora più strano – è bizzarro – che Lily stia a guardare mentre lui e la ragazza alla pari fanno quello che fanno. Se talvolta lui ha pensato a come sarebbe stato fare sesso con la ragazza, o a come sarebbe stato vedere la moglie con la ragazza, non si è mai davvero soffermato su come sarebbe stato essere visto dalla moglie mentre lui fa sesso con la ragazza. Si dice che ci sono così tante combinazioni possibili nella vita che la mente deve esercitare una sorta di selezione, bloccandone alcune in modo da poter prestare piena attenzione al resto, senza dubbio guidata da questo o quell'imperativo evolutivo. A quanto pare, l'evoluzione non vede grandi potenzialità nel rapporto a tre; una competizione sessuale così ravvicinata porterebbe probabilmente a un combattimento corpo a corpo, e in un baleno l'intera specie si estinguerebbe. Ora, però, con Maeve tra le braccia ha una profonda consapevolezza degli occhi indagatori della moglie che vagano dietro di lui. Fa molta attenzione a non guardarla di rimando – la moglie, non la ragazza. Può guardare senza problemi la ragazza. Potrebbe guardarla tutto il giorno. La linea del collo è lunga e sottile. Le spalle si stagliano minute, nude e bianche. Mentre lui ondeggia sopra di lei, lei gli stringe con delicatezza l'esterno delle braccia all'altezza delle spalle, anche se lui non può dire se lo fa per affetto sincero o per un semplice bisogno di controllare qualsiasi esibizione indisciplinata da parte sua. Se glielo chiedessero, direbbe che emana un aroma più vicino all'aneto, o forse all'acetosella. La sua presa carnale su di lui è avvolgente in modo sconcertante; senza dubbio è una cosa che cambia dopo che diversi neonati sono passati in quel tunnel per venire al mondo.

Fuori è iniziata la pioggia. Picchietta contro il lucernario come se volesse entrare. Disteso sopra la ragazza alla pari, Martin rimane sempre conscio del potere dello sguardo di Lily sempre dietro di lui. È deciso a non lasciare che interferisca con il suo piacere. Questa è la prima e, per quanto ne sa, l'ultima volta che accadrà qualcosa del genere, e quindi si propone di non sprecarla. Purtroppo la ragazza non è altrettanto impermeabile. Sembra immobilizzata da un profondo imbarazzo. Senza dubbio la prospettiva di spassarsela con un uomo mentre sua moglie – attenzione, la datrice di lavoro della ragazza – sta dall'altro lato della stanza dev'essere inquietante. Magari Lily da un momento all'altro potrebbe assumere un atteggiamento indignato o accusatorio o beffardo. Non si può vivere in casa loro per più di qualche giorno senza aver sperimentato la marea crescente del sarcasmo di sua moglie. O forse Maeve è preoccupata di poter dire o fare inavvertitamente qualcosa che Lily considererà come un affronto, oltrepassando qualche limite invisibile di cui la ragazza non conosceva nemmeno l'esistenza. E se Lily decidesse che lui e la ragazza si stiano divertendo troppo insieme, più di quanto Martin si diverta con sua moglie? Oppure se decidesse che sotto sotto la ragazza sogna di scappare con suo marito, di rubarglielo da sotto il naso, di fuggire dalla città e andare sulle colline in un ambiente bucolico lontano dal frastuono urbano, dalla folla, dalle pubblicità stradali e dagli accoltellamenti...

In quel preciso istante la ragazza sospira piano – potrebbe essere una manifestazione d'impazienza, di noia o anche cattiva digestione, però Martin lo interpreta come un'evidente espressione di piacere. Da ciò trae nuova ispirazione. Per quanto ne sa, lei vuole davvero fuggire con lui. A prima vista sembra inverosimile, ma bisogna pensarci. Stando sopra la ragazza lui ci pensa. Immagina loro due che sgattaiolano fuori alle tre del mattino e salgono sull'auto di Lily (la sua è più nuova, quindi lascerà quella alla moglie; è il minimo che possa fare) e si imbarcano in un viaggio attraverso il paese in cui le mostrerà la vera America, non l'America dei centri commerciali e dei chioschi di hamburger da asporto, non l'America dei complessi di uffici e delle concessionarie di auto, non l'America dei saloni di manicure, dei negozi di telefonia mobile e delle catene alberghiere, dei bicchieri rivestiti di pellicola protettiva e delle uova in polvere strapazzate a colazione, ma l'America dei bed and breakfast fuori mano e delle piccole locande di campagna con il letto a baldacchino, le tazze di caffè spaiate e un tuorlo d'uovo che ti fissa come un sole servito sul piatto – non l'America di un qualche passato idilliaco, perché il passato non è mai stato idilliaco, includendo com'è accaduto la schiavitù, il lavoro minorile, il genocidio e il fanatismo teocratico, ma l'America che non è stata eppure avrebbe dovuto essere – l'America delle lucciole, delle frittelle di mele, dell'anello di ferri di cavallo e dell'uomo che viene a bussarti alla porta ogni aprile offrendosi di affilare i tuoi coltelli, cote alla mano; l'America dei barattoli di confettura di uvaspina nello scantinato, del gelato alla pesca fatto in casa – il rumore della manovella, i granelli di sale grosso sotto i piedi – nel portico, di una ciotola di noci selvatiche in salotto accanto allo schiaccianoci con una faccia intagliata che somiglia in modo inquietante all'espressione di tuo zio Fred; l'America di un boccale ghiacciato di *root beer* così freddo che tenerlo in mano fa male; l'America dove nessuno ti ruba il giornale del mattino, un'America dove ci sono ancora i giornali del mattino; un'America dove adotti il cane da caccia più brutto del canile perché il suo sguardo è così miserevole e abbattuto che sai che nessun altro lo farà. E poi più tardi, quando avranno visto abbastanza dell'America, quando lei sarà sazia d'America, quando sarà stufa d'America, potrebbe invitarlo in Irlanda, dove verrà accolto dalla sua famiglia, che lo farà entrare in casa e sedere al posto d'onore a tavola. Gli insegneranno ad ancorare i pali della recinzione e ad aggiustare un trattore, lui ricambierà spiegando i fondi speculativi e i derivati fiscali. Martin, con la ragazza sotto di lui, immagina di svegliarsi accanto a lei tutte le mattine su un materasso imbottito di fieno, le nebbie che si levano dai prati verdi oltre la finestra a pannelli, la fetta spessa di pane al bicarbonato.

Lei lecca la pellicola scintillante di marmellata di limone dalla lama di un coltello.

Considerate la scena in tutte le sue ramificazioni. Fuori la pioggia è cessata. Mentre l'acqua continua a gocciolare dalle grondaie, la stanza sembra il teatro di una calma improvvisa. C'è Martin puntellato sopra la ragazza alla pari, le gambe di lei serrate attorno al busto; dietro c'è Lily, che guarda il marito mentre affonda e affonda nello spacco tra le cosce della ragazza. E poi c'è Maeve, che in realtà non è in apprensione per quello che pensa l'altra. Né si preoccupa di come Martin potrebbe giudicarla. La ragazza non vuole presentarlo a suo padre o fuggire con Lily in una yurta. È stanca – troppo stanca per soffermarsi su sfumature di colpa e di recriminazione, sull'analisi infinitesimale dell'obbrobrio sociale o sull'etica dei voti matrimoniali. Si è alzata all'alba per provvedere alla colazione dei gemelli, french toast cosparsi di zucchero a velo accompagnati dalle fette di melone tagliate a zig-zag che a loro piacciono tanto. Mezz'ora dopo ha preparato il bagel integrale di Martin con crema di formaggio a basso contenuto di grassi, il frullato proteico di Lily con muesli a parte, e per entrambi (latte d'avena per lei, panna e latte con tre bustine di dolcificante artificiale per lui) un caffè da portare via. Più tardi quella mattina ha stirato le camicie di Martin e lavato il pavimento della cucina. Per pranzo ha preparato ai gemelli toast al formaggio con salsa di mele fatta in casa. Dopo mangiato sono andati a passeggiare nel parco, dove Arnold all'improvviso è scappato in strada e per un pelo non è stato investito da un furgone delle consegne, e Gavin ha fatto una scena perché non è riuscito ad acchiappare un piccione. Tornando a casa ha ritirato tre abiti di Lily in tintoria e comprato un prosciutto intero e frutta fresca per la cena. Mentre i bambini facevano il riposino, lei ha pulito il water nel bagno padronale e spolverato il soggiorno e lo studio. Ha cambiato una lampadina nella camera dei Fowler, la pila di uno dei rilevatori di fumo e il filtro dell'acqua nella caraffa del frigorifero. Ha pulito l'interno del forno a microonde. Quando i ragazzi si sono svegliati, ha offerto a ciascuno un bicchiere di latte con tre biscotti e li ha parcheggiati davanti alla televisione per i cartoni animati pomeridiani. Ha passato le due ore seguenti a cucinare il prosciutto, incidendo la carne con un coltello e applicando una glassa di albicocca punteggiata di chiodi di garofano. Ha mischiato cipolla e birra scura per fare una salsa e preparato un'insalata di lattuga e radicchio. Come dessert ha fatto una pavlova con lamponi e frutti della passione. Dopo la cena le ci è voluta un'ora per pulire la cucina e poi un'altra per fare il bagno ai bambini e metterli a letto, perché Gavin si rifiutava di andare a dormire. Non si preoccupa di quello che Martin pensa del suo corpo. È troppo stanca per chiedersi se Lily è gelosa. La sua mente è rivolta a domani. Deve pulire il frigorifero e lavare le lenzuola. Deve spolverare le veneziane e pulire i ventilatori a soffitto. Deve innaffiare le piante nel soggiorno e cambiare la lettiera del pappagallo. Per cena preparerà pollo arrosto o capesante scottate con funghi cremini – non ha ancora deciso.

Lo scarico in cucina ristagna, ha visto delle formiche lungo il battiscopa della dispensa, e ha bisogno di comprare dell'altro spray speciale, quello che Lily esige venga usato sui piani di lavoro di granito.

Attraverso il lucernario le nuvole lassù hanno cominciato a disperdersi, scostandosi dalla luna. Una luminosità spettrale inonda il letto. Martin, indugiando sopra la ragazza, d'un tratto sente, Guardami, in un tono di voce sussurrato e pressante. Abbassando lo sguardo scopre che lei lo sta fissando con attenzione, i suoi occhi di solito azzurri nella luce fioca sembrano opali scuri, ricche pozze d'ebano in cui il suo viso è riflesso nel dettaglio in modo sorprendente, i suoi lineamenti che da vicino si espandono e poi si ritirano mentre lui oscilla avanti e indietro sopra di lei. I seni tremano seguendo il movimento, incorniciando il tatuaggio della *triquetra* da cui la sua attenzione è attratta in modo ineluttabile:

Malgrado la situazione al limite del pornografico, il matematico che è in lui non può fare a meno di ravvisare una serie di relazioni numeriche: Ogni segmento lenticolare è formato dall'intersezione di due cerchi con lo stesso raggio, tali che il centro di ognuno sta sulla circonferenza dell'altro inscritto all'interno di un cerchio più grande; il rapporto tra la larghezza di ogni segmento e la metà della sua altezza sarà sempre $\sqrt{2}$, mentre quello tra la larghezza e l'altezza totale è $\sqrt{3}$; il rapporto tra il diametro del cerchio esterno definito dai punti di ciascun segmento e le loro larghezze è $\sqrt{5}$ – tutti numeri irrazionali, che corrono all'infinito senza la ripetizione di alcuna sequenza stabilita. Un fenomeno inquietante che si dice terrorizzasse gli antichi. (Se glielo chiedessero, Martin sarebbe felice di raccontare la storia di Ippaso, il discepolo di Pitagora che per primo scoprì i numeri irrazionali mentre oziava durante il lungo viaggio di ritorno in Magna Grecia, e a quel punto fu prontamente gettato in mare e annegato.) È come se il nonsenso avesse preso alloggio nel cuore stesso di ogni significato, l'oscurità dell'irrazionale inscritta nel nucleo della luce. Martin presume che i tre punti della figura debbano approssimarsi in qualche modo alla Trinità cristiana; passeranno anni prima che apprenda che in origine nella mitologia celtica simboleggiavano le fasi della vita femminile: fanciulla, madre e megera.

Guardami, sente di nuovo, come se a parlare fosse il tatuaggio. Lo scruta intensamente, ma quando torna ad alzare lo sguardo sul viso di Maeve scopre che lei ha piegato il collo per fissare oltre la sua spalla Lily, seduta dietro di lui – la cui attenzione, riesce a percepire, scorre ancora potente sulla sua schiena, completando il circuito. In quell'istante, il tropo triadico inchiostrato nella carne della ragazza sembra aver trovato la sua esatta espressione nella loro camera da letto. E a questo punto, senza alcun preavviso, il dilemma che l'ha assillato per tutta la sua vita adulta si palesa all'improvviso: Se tutto deve essere visto prima di esistere, chi vede il Veggente? Il che significa che abbiamo bisogno di qualcos'altro per osservare Dio, e poi di qualcos'altro ancora per osservare questo qualcos'altro, e così via, seguendo la linea di una regressione infinita e ineluttabile – a meno che non sia affatto una linea, ma piuttosto un accerchiamento crescente, in cui ogni termine da solo è sempre necessario ma mai sufficiente. Noi vediamo Dio così come Lui vede noi ed entrambi abbiamo bisogno di qualcosa di ulteriore per confermare il nostro vedere, e questo termine susseguente

– Platone parla del "terzo uomo" nel suo *Parmenide* – è visto a sua volta dai primi due: un'interconnessione in serie primaria da cui scaturisce l'intera esistenza. Mai prima d'ora il sesso è stato così simile al sillogismo. Cos'è il culto se non una litania di preghiere che si espande verso l'esterno, un botta e risposta moltiplicato che implora l'Altro di riconoscerci, di redimerci, di salvarci alla fine? Il Big Bang come il primo gioco del cucù.

La rivelazione attraversa la sua mente come una pioggia di scintille, la *triquetra* si espande e si ritrae mentre lui affonda nella ragazza ancora e ancora, il suo pensiero si è completamente scollegato, e nella luce sottile le linee nude della figura appaiono primordiali in modo inquietante, come se fosse davvero un messaggio dal tempo prima di tutti i tempi.

Viene con uno spruzzo. La ragazza è distesa sotto di lui, immobile salvo per il brivido che le scuote la testa, come una pecora sgozzata.

Martin crolla al suo fianco, il petto ansimante. Sono entrambi lucidi di sudore. Guarda e vede i fini capelli scuri della ragazza incollati alla fronte.

Questo è il momento in cui Lily dice di nuovo, Guardami.

Lui e Maeve inclinano entrambi la testa per scrutare lungo i loro corpi fino a dove sua moglie continua a sedere a gambe incrociate ai piedi del letto. Per un lungo secondo, lei rimane una sagoma indistinta; l'ombra del suo profilo è girata di lato, come una giumenta nella stalla. E poi le ultime nuvole si aprono lassù e la luna diventa completamente sgombra, riversandosi attraverso il lucernario per immergerla in uno splendore perlaceo.

Vieni, dice la ragazza.

Si è alzata sui gomiti e parla con una voce di rara tenerezza: Vieni, unisciti a noi.

Solo ora Martin distingue le dita di Lily che si muovono al suo centro. L'espressione della moglie è di profonda concentrazione, come se stesse suonando uno strumento antico e venerato che richiede un'enorme abilità e anni di pratica assidua, uno strumento riservato solo alle occasioni più sacre. Stai guardando? sussurra lei. Tutto il suo corpo trema; lui riesce a sentirlo attraverso il materasso. Sembra tutta sola e lontanissima, come se ci fossero interi continenti che nessun amore potrebbe mai attraversare.

Vedi? chiede ancora una volta, anche se esce come un grido soffocato. La spina dorsale le si irrigidisce di colpo, la testa è gettata all'indietro. Il suo viso si contrae come un pugno.

30.

Al mattino l'umore è sottotono. Lily esce presto per andare al lavoro. Martin si ferma sulla porta per guardare la ragazza alla pari caricare i piatti della colazione nella lavastoviglie. I ragazzi siedono al tavolo della cucina disegnando pizzetti e corna alle foto di leader mondiali su un periodico che il padre non ha ancora letto.

Maeve...

Va tutto bene, dice lei. Si china per mettere un altro piattino nel cestello.

Per cena la ragazza prepara cavolo fritto con pancetta, un piatto che piace a Lily. Quando Martin propone di aprire una seconda bottiglia di vino, rispondono entrambe di no. La sera dopo, tutti e tre cercano di insegnare ai gemelli la canzone dell'alfabeto. Arnold arriva fino alla *L*; Gavin alla *F*. Giovedì, Lily fissa un appuntamento per la ragazza dal suo parrucchiere, e Maeve ne esce con i capelli tagliati cortissimi, stretti allo scalpo come la pelliccia di un animale esotico. Sabato i Fowler invitano a cena i Davenport-Finkelmeyer. La piccola Tzipporah Davenport-Finkelmeyer mangia con i gemelli davanti alla televisione, mentre la ragazza alla pari serve gli adulti in sala da pranzo. Davanti al pesce bollito servito per cena, George Davenport ricorda che il salmone più grosso che abbia mai pescato – quasi otto chili; sgrana gli occhi al ricordo – l'ha preso sul fiume Eriff, e quando viene a sapere che Maeve ha nuotato nel fiume Eriff, le resta appiccicato per il resto della serata. Sulla porta dice, Se avessi vent'anni di meno...

Hannah Finkelmeyer dà al marito un'affettuosa tiratina d'orecchi e dice, Lei ne avrebbe uno.

Più tardi quella sera, Maeve e i Fowler ascoltano musica mentre fanno una partita di pinnacolo a tre. La ragazza gioca con entusiasmo, buttando giù ogni carta come una sfida. Odia perdere. Durante il servizio di apertura del telegiornale, Lily dice, Martin, ascolta.

La reale entità del danno non emergerà fino al mattino dopo: un grande sversamento al largo del Pacifico, di quelli che anneriscono la costa per centinaia di miglia. La prima pagina del *Times* mostrerà un pellicano invischiato nel greggio scuro. Il prezzo del barile inizia la sua lunga ascesa.

Non capisco, dice Maeve. Guarda da uno all'altro. Tiene le carte tra le mani come un piccolo ventaglio.

La corona, spiega Martin.

Grazie a Dio, dice Lily. Pensavo che avremmo dovuto impegnare il servizio di cristalli Waterford.

Martin scuote la testa. Sai, a volte sei proprio una...

Stronza, dice Lily, finendo la frase per lui. Riesce ancora a farlo ridere.

Sembra che si sia aperto un nuovo capitolo. Discutono del futuro con cautela, gli sguardi esitanti, come se stessero progettando una rapina. In autunno i bambini andranno all'asilo. Martin porta a casa degli opuscoli della Pace University, abbastanza vicina da arrivarci a piedi. Li dispiega sul bancone della cucina. Lei potrebbe seguire le lezioni al mattino e uscire in tempo per andare a prendere i gemelli. Hanno programmi di istruzione primaria, arte, storia – qualsiasi cosa lei voglia. Lily parla con un avvocato specializzato in immigrazione. Cambiare il suo visto non dovrebbe essere così difficile.

La ragazza si asciuga la guancia con il dorso della mano.

Le loro vite si adattano a una serie di ritmi: pasti, lavoro, clima. Una rivista d'affari intervista Lily per un articolo di approfondimento sul caso Schlüsser-Bonhoeffer. Maeve riceve una mail da Padraig. Nella foto, un giovane sorridente tiene in braccio una neonata davanti alla macchina fotografica. La piccola strizza gli occhi sotto una zazzera di capelli arancio carota. L'hanno chiamata Siobhán, che significa "Dio è misericordioso". Martin è stato contattato da un'altra società di investimento. Vogliono che diriga la divisione valute. Inizierà come socio a pieno titolo; può aspettarsi il doppio del suo attuale bonus annuo – anche il triplo o più, in una buona annata.

In quelle sere di tarda estate, la qualità della luce diventa marina. I cesti davanti al fruttivendolo sono inclinati, a mostrare le mele, le melanzane. Le pacche sugli orologi per gli scacchi risuonano nei parchi. Dal molo di Bayonne ai canyon industriali del Bronx, le ombre fuggono il sole morente. Arriva quel momento unico, un solo istante, in cui tutti gli ostacoli svaniscono, in cui la vera felicità, il fine verso cui tende tutta l'esistenza, è una volta per tutte a portata di mano.

Quella è l'estate in cui partono insieme per le vacanze diretti a est. Dormono in cottage sull'oceano a Barnstable e Yarmouth, arrivano in auto fino a Provincetown, sulla punta di Cape Cod, al confine estremo del Paese. Maeve e i bambini occupano una camera comunicante. Dopo che i gemelli si sono addormentati lei e i Fowler passeggiano sulla spiaggia, fermandosi a cercare nel cielo le stelle cadenti. Le onde si rovesciano sulla riva. Le termiche dell'oceano sollevano i capelli di Maeve. Lei raccoglie conchiglie di buccino e cardium alla luce delle stelle, trasportandole nelle pieghe della gonna, il candore delle cosce risalta sulla sabbia fatta peltro nell'oscurità. Tornata in camera, ripone i suoi reperti in un grande barattolo di vetro con il tappo di sughero. E più tardi, i tre stanno nudi davanti allo specchio.

Lei assaggia per la prima volta il granchio a guscio morbido e la bisque di aragosta. Va quattro volte a servirsi di ostriche in un locale di Truro dove si può mangiare a volontà. Al ritorno seguono la strada di Cape Cod e si fermano nella storica Plymouth per vedere la roccia, che la delude – il padre ne spostava di più grandi con il cavallo da tiro – e poi proseguono verso Boston, dove si fermano per tre notti in una locanda che fungeva da arsenale durante la rivoluzione. La ragazza visita Southie, il celebre quartiere irlandese, vittima di una riqualificazione che l'ha reso irriconoscibile. Proprio al centro è rimasta una taverna leggendaria dove si possono ordinare nove tipi di birra scura e servono un brunch a base di carne in scatola ogni domenica, ma la barista è di Krishnapur e il cuoco parla solo *tagalog*. Viaggiano fino al lago di Thoreau, anche se la capanna è scomparsa da tempo, cannibalizzata alla fine del Diciannovesimo secolo per riparare il fienile di un contadino.

Il loro ultimo sabato vanno al Public Garden. È una giornata calda con un vento da sud. Fanno il giro del lago su una delle Swan Boat, Arnold struscia la mano sull'acqua fresca, lasciando una piccola scia tutta sua. Più tardi passeggiano tra le aiuole che costeggiano la riva e poi più in là verso le macchie alberate traboccanti di ippocastani, sequoie e ginkgo, e quindi raggiungono il Common. Al parco giochi accanto al Frog Pond, i bambini schizzano di qua e di là, strisciano nei tunnel e girano sulla giostra. C'è un venditore di hot dog in un carretto vicino alle altalene. Alle sue spalle una donna anziana raccoglie gli escrementi di un collie nano e dietro di lei una giovane coppia – non possono avere più di quindici o sedici anni, pensa Lily – pomicia sfrenata lungo la riva.

Appena prima di mezzogiorno, Gavin cade dalla scala che porta in cima allo scivolo. Lily vede tutto benisimo. Lui fa per mettere il piede sull'ultimo gradino per issarsi prima di affrontare la lunga discesa in picchiata, ma per qualche ragione lo manca, la gamba annaspa nel vuoto e prima che lei si renda conto di cosa sta succedendo il figlio torcendosi si stacca dalla scala e cade all'indietro verso il terreno. Atterra con un tonfo che suona forte in modo assurdo e resta lì del tutto immobile. Lily sente una spinta violenta venire dal profondo, come se i suoi organi interni fossero saltati fuori dal loro posto per farla muovere in avanti, per catapultarla via dalla panchina. È ancora a metà del parco giochi, però, e la ragazza è già lì. La ragazza alla pari si inginocchia accanto al bambino e lo prende fra le braccia. Lui resta molle nell'abbraccio per un lungo e insopportabile istante – durante il quale Lily pensa tra sé, È morto; sono la madre di un bambino morto – e poi le sue braccia si alzano piano, come uno che nuota verso la superficie, per cercare il collo di Maeve. Le sue mani si serrano sulla nuca di lei. La stringe a sé, il viso premuto sui suoi seni. La abbraccia con tutte le sue forze, con una disperazione che non ha niente a che fare con la caduta. Si ritrae per un momento per fissare la ragazza, e da dove si trova Lily vede l'urgenza con cui gli occhi del bambino si muovono sul viso dell'irlandese alla pari, e poi la abbraccia di nuovo. La abbraccia come se avesse paura di perdere non solo lei ma il mondo, e quello fosse il suo ultimo legame con il mondo, quella l'unica speranza che ha di non essere perso per sempre.

Lily non riesce a ricordare l'ultima volta che qualcuno l'ha abbracciata così. Non riesce a ricordare quando qualcuno l'ha guardata in un modo simile.

E poi il mondo torna a muoversi, Martin si inginocchia accanto alla ragazza per prendere il figlio dalle sue braccia, Martin dice, Va tutto bene, muove le mani sul corpicino di Gavin per un momento, controlla se ci sono ferite, se ci sono ossa rotte, ma il bambino si dimena per liberarsi. Arnold sta già salendo di nuovo i gradini dello scivolo, incurante del dramma, e Gavin non vuole che il fratello sia l'unico a divertirsi.

Lily inizia a chiamare i bambini, Smettetela di giocare; adesso basta. Torniamo alla locanda, dove non ci sono pericoli – ma sa che sarebbe inutile. Martin si volterebbe verso di lei con uno dei suoi sguardi, uno sguardo che dice, Non essere quel tipo di madre. Però è scossa. Va verso la panchina per tornare a sedersi. Martin si è fermato dall'altra parte del parco giochi con il telefono all'orecchio; lei lo guarda gesticolare verso un interlocutore invisibile, intento a fare questa o quella considerazione. Cerca di immaginare che non sia suo marito ma un perfetto sconosciuto, e si chiede cosa penserebbe se lo vedesse lì per la prima volta, che tipo di uomo concluderebbe che sia, e se lo troverebbe attraente, interessante o degno di essere conosciuto. I capelli in cima alla testa cominciano a diradarsi. Le spalle si piegano in avanti in un modo che non aveva mai notato prima.

Lily si siede con la testa all'indietro e gli occhi chiusi. Le sta arrivando una delle sue emicranie. Sente qualcuno avvicinarsi e poi la voce della ragazza alla pari, Credo che abbiano fame. Lily, con gli occhi ancora chiusi, dice, Guarda nel mio portafogli e compragli un hot dog. Sente il rumore del fermaglio del suo borsellino e la voce di Maeve che chiama i bambini. Sente il rumore dei loro piedi che battono contro la superficie del parco giochi mentre si precipitano verso il venditore. I fratelli litigano sul condimento per i panini. Arnold vuole il ketchup. Gavin vuole ketchup e senape. Arnold dice che allora lui vuole ketchup, senape e sottaceti. Gavin dice che allora vuole sottaceti e più sottaceti. Arnold dice. Più sottaceti è solo sottaceti, stupido. Gavin dice, Non chiamarmi stupido, stupido. Lily sente la tata parlare con il venditore, e poi un lungo silenzio, durante il quale immagina i figli che lo guardano preparare il cibo, seguito dal suono del denaro che passa di mano.

Cosa si dice al signore? ricorda Maeve ai bambini.

Grrazie, Lily li sente rispondere entrambi, e apre gli occhi.

Due sere dopo il loro ritorno, Martin trova la moglie seduta sul letto. Il suo portagioie di legno di rosa è aperto davanti a lei. Ha tirato fuori tutti i gioielli – la collana di diamanti, l'anello di rubino, il girocollo dorato – e li ha sparsi sul copriletto.

I miei orecchini, dice. Lei lo guarda sgomenta. I miei zaffiri.

Probabilmente sono nel...

Ho guardato.

Hai guardato nel...

Ho cercato ovunque, dice Lily.

Forse li abbiamo lasciati in albergo.

Non me li ero portati.

Martin esita un attimo prima di dire, Salteranno fuori.

Lily scuote la testa. Sono spariti.

Passano in rassegna gli altri portagioie, compreso il cuore di cedro sulla libreria e quello tondo di marmo in soggiorno. Rovistano nei cassetti della sua scrivania e negli scomparti dello scrittoio. Guardano in cima agli armadi e frugano nei comodini. Lui striscia sotto il letto per cercarli anche lì.

Sono spariti, dice ancora lei.

Si siedono al tavolo della cucina. I palazzi al di là delle finestre sono come lance scagliate dall'alto da divinità in collera.

Lily dice, Penso sia abbastanza ovvio.

Dici? chiede lui. È impallidito. Dici davvero?

Cos'ha lei? chiede Lily. Non ha niente. Quasi niente. Ha solo quello che le diamo noi.

Martin va al lavello a prendere un bicchiere d'acqua. Ne beve metà e, dandole ancora le spalle, dice, Perché?

I miei orecchini...

Perché, Lilith?

Quando lei non risponde, si volta a guardarla in faccia. Solo per una volta vorrei che tu ti potessi vedere, dice, con una voce così calma che sembra intonarsi a parole completamente diverse.

La testa di lei scatta all'indietro come se l'avessero schiaffeggiata. La rabbia le penetra nei lineamenti come una febbre, e lei dice, Mi vedo. Mi vedo benissimo. Sei tu quello che non sopporto di guardare.

Martin passa il resto della serata nello studio. Si siede al computer e guarda i numeri scorrere sullo schermo come correnti elettriche che scintillano lungo una schiena. Più tardi sente le due donne parlare, le voci che salgono di tono passando attraverso le pareti. (Lily, non farlo. Per te sono la signora Fowler, e faccio quello che voglio.) Sente una porta sbattere e un secondo dopo dei passi che si avvicinano lungo il corridoio. Maeve entra senza bussare. Esita quando lo vede, ma poi avanza verso la gabbia. Quando toglie il telo, Aristotele fa due passi di lato sul posatoio e sbadiglia. Lei si allunga ad accarezzare la creatura e con una rapida occhiata a Martin dice, Vada a parlarci lei, per favore.

Lui non riesce a guardarla in faccia. Si concentra invece sulla tastiera. Sono successe cose che a Lily non piacciono, dice alla fine. Non so se la questione è più complicata di così.

O forse le piacciono troppo, dice la ragazza alla pari.

Sposta lo sguardo dall'uccello per squadrare Martin. Gli pianta gli occhi addosso, piani quanto l'orizzonte.

Ti daremo delle ottime referenze, le dice.

Lei continua ad accarezzare il pappagallo e parlando piano, così piano che Martin si rende conto che sta trattenendo il respiro per sentire, dice, La morte di mia madre è stata lenta, mesi e mesi. Non riusciva a lavarsi, poi non riusciva a nutrirsi ed è arrivato il giorno che non poteva andare in bagno da sola. Verso la fine stava a letto e gemeva. Negli ultimi giorni i gemiti erano diventati urla. Pa' stava seduto al tavolo della cucina con la testa tra le mani e la ascoltava urlare, sapendo che non c'era abbastanza morfina al mondo per il tipo di dolore che provava lei. Ma quando finalmente se n'è andata, non è stato un sollievo come dicono sempre tutti. È stato spaventosamente orribile. Inconcepibile. Era inconcepibile come è inconcepibile un quadrato rotondo o un triangolo con quattro lati. Non riuscivo a dare un senso alla cosa. Non era solo che mia madre era morta, ma che qualcosa nel mondo era andato terribilmente storto, e io e mio padre eravamo gli unici in grado di vedere quanto tutto fosse andato storto, e tutti gli altri non si rendevano conto. Allora ero sicura che non mi sarei mai ripresa. Non potevo sopportare di stare nella stessa casa dove aveva vissuto mia madre, di camminare gli stessi sentieri e sentire le persone che aveva sentito lei. Non potevo sopportare di respirare la stessa aria che aveva respirato lei. Quando è arrivata l'occasione di trasferirmi qui, l'ho colta al volo.

Martin dice, Le scriverò io le referenze.

Qui il suo accento si inasprisce ancora di più, le vocali diventano dure e scarne, e la ragazza dice, Senti parlare per tutta la vita dell'America, anche se sono solo chiacchiere e immagini. Ma quando arrivi, il paesaggio, la gente, i suoni nelle strade e le luci nel cielo non sono affatto come te li aspettavi. Quando lei e la signora Fowler mi avete assunto ero terrorizzata. Temevo che non mi sarei mai ambientata. Era quasi insopportabile. Quella prima settimana devo essere tornata nella mia stanza a piangere almeno una decina di volte. Volevo disperatamente tornare a casa. Avrei potuto telefonare a mio padre e dirgli, Non voglio restare, e in un modo o nell'altro lui avrebbe messo insieme i soldi per il biglietto.

Martin dice, Meglio ancora, scrivile tu le referenze. Scrivi quello che vuoi e io firmo.

L'uccello continua a lisciarsi le piume sotto il suo tocco. Ma Maeve non ha ancora finito. Dice, L'unica cosa che mi ha impedito di andarmene sono stati i gemelli. La sua voce diventa roca per la commozione improvvisa. Martin deve sforzarsi per capire mentre lei dice, Mi ricordano i miei fratelli. Gavin è proprio come Paddy alla sua età. Se me ne vado adesso penseranno che di loro non mi importa e che non mi è mai importato. Ci pensi.

Pensi ai suoi bambini, dice.

Quando Martin non risponde, lei scuote la testa. Lui avverte in lei una rabbia crescente che non ha mai percepito prima, una furia di cui non avrebbe mai immaginato potesse essere capace. Lei dice, Lei e sua moglie passate tutto il giorno, ogni giorno, a trafficare con paroloni e numeri chilometrici come se fossero le cose più reali del mondo. Non sono reali. Ma proprio perché non lo capite – perché ci credete – quasi non siete reali nemmeno voi. Non sapete cucinare, non pulite e non avete idea di come crescere i vostri figli.

Forse abbiamo degli amici che stanno cercando una tata.

Non riuscite nemmeno scopare da soli, aggiunge lei. E rimette il telo sopra la gabbia come se volesse risparmiare persino all'uccello di doverlo guardare.

Passano quasi due anni prima che Martin trovi per caso gli orecchini. Scopre l'astuccio foderato di feltro in una scatola in fondo all'armadio della camera da letto, insieme ad alcuni vecchi estratti conto, un passaporto scaduto, due carte d'imbarco per un volo per Parigi e una copia della sua dichiarazione dei redditi di dieci anni prima. Sa cos'è nell'istante in cui lo vede. La cerniera si apre con uno stridio. La luce penetra fino al cuore delle pietre blu, gli getta il colore in faccia.

Ormai Lily si è trasferita da un pezzo alla filiale del suo studio sulla costa occidentale. Lei e i bambini vanno ad abitare in un bungalow con tre camere da letto, una fontana e un campo da bocce abbandonato nel giardino. Dalla strada le tegole di terracotta sembrano petali di rosa sopra il tetto. Mandano a Martin foto digitali ogni mese e lui telefona almeno una volta alla settimana, spesso di più, anche se la vita dei figli è fitta di impegni; non sempre hanno tempo per parlare. Arnold è in una squadra di mini baseball; Gavin frequenta una scuola alternativa a Mission Viejo. Lily in autunno vuole mandarlo al nord in una residenza specializzata in disturbi dello spettro autistico. Quando i bambini gli parlano al telefono, raccontano a Martin delle spiagge e del camioncino dei taco nel parco, dei gabbiani che volteggiano nel cielo e della gita a Catalina dove hanno scoperto un serpente nascosto tra le dune. Per un po' parlano di uno zio Phillip e poi di uno zio Jake. Ha la coda di cavallo, gli dice Arnold, ma non è una ragazza.

Martin si era offerto di trasferirsi lui. Lei e i bambini potevano restare in Maiden Lane. Lei poteva tenersi Maiden Lane. Ma ho bisogno di un cambiamento, gli aveva detto Lily. Era stufa dell'appartamento. Era stufa di New York.

Era stufa di Martin.

A posteriori vorrebbe aver insistito. I ricordi infestano quelle stanze. Sente il rumore delle stoviglie in cucina, il calpestio dei passi nel corridoio. Se ascolta bene sente i suoni che facevano in camera da letto. I loro rumori sembrano scaturire dalle pareti stesse. Sono passati mesi dall'ultima volta che ha caricato la pendola. Le lancette sono immobili, come se indicassero una direzione in cui lui non andrà mai. Si aggira per casa come un pensionato, il sole obliquo che entra dai finestroni cattura i granelli nell'aria, come se la vita stessa si stesse disintegrando a livello molecolare.

Ha preso a dormire nello studio. Lì ci sono meno fantasmi. Si fa il letto sul piccolo divano. Resta disteso nell'oscurità. Le sbarre della gabbia luccicano sbiadite sotto l'illuminazione esterna della città. Aristotele fruscia di tanto in tanto. Per il resto, il pappagallo dorme con il capo infilato sotto un'ala.

I sogni di Martin sono diventati agitati. Sogna i bambini che restano coinvolti in tamponamenti a catena, che annegano in mare, che scosse sismiche fanno crollare edifici sulle loro teste, che incendi si propagano nel bungalow. I pericoli della California.

Qualche mese addietro anche lui ha incontrato qualcuno. Si chiamava June. Era la direttrice di sala di un piccolo ristorante vicino a Wall Street dove lui andava a cena. Lei aveva notato l'uomo seduto da solo nel tavolo all'angolo che ordinava sempre il polpettone. Una sera le ha detto che erano venticinque anni che non mangiava polpettone. Gli ricordava quello di sua madre. Lui veniva dal Midwest; lei non riusciva a ricordare da dove.

Al lavoro indossava una gonna corta e una camicetta di paillettes. Sotto la gonna le cosce erano grassocce. Quando se la sfilava, la calciava come se stesse segnando un punto supplementare. Aveva una risata da fumatrice. Lui aveva finto di crederle quando gli aveva detto la sua età. Aveva un figlio in marina, una figlia che lavorava come agente di polizia in un paesino a nord e un marito defunto che sperava stesse bruciando all'inferno in quel preciso momento.

Martin non l'aveva mai portata nell'appartamento di Maiden Lane. Andavano in un albergo. Il personale della reception si scambiava sguardi d'intesa, cercando di non sorridere. A lui piaceva stare in un angolo e guardarla da lontano.

Posso farlo anche da sola, aveva detto lei quando aveva troncato.

Non ho bisogno di te.

La sua insonnia diventa cronica. Quasi tutte le mattine Martin si alza presto, alle due, magari alle tre è già alla scrivania nello studio. Forse è meglio così, i mercati mondiali sono aperti da ore. Come capo della divisione valute della nuova società, le sue responsabilità sono aumentate a dismisura. Traccia l'andamento del rand, della rupia, del won sudcoreano. Sullo schermo le loro traiettorie salgono e scendono come onde. La corona si mantiene stabile, la grande ricchezza nera continua a sgorgare dalla terra. Ogni tanto controlla le pagine dei social network della moglie e a volte visita siti di viaggi. Pensa di farne uno: le Seychelles, la Grande Muraglia, le rovine Maya, un posto qualunque che lo possa far guardare al passato per raccontarsi una storia diversa della sua vita.

A volte si siede alla tastiera e guarda una donna che si contorce sopra un uomo. Guarda due donne insieme. La gioia che traggono l'una dall'altra è, pensa, semplice e pura come un ruscello. Guarda una donna con due uomini. Un uomo è grasso; l'altro ancora di più. Anche la donna ha un po' di pancia e il viso duro, durissimo.

Finisce su Day for Knight. Day come al solito è distesa sul letto in parrucca e occhiali da sole. Ha anche un filo di perle che le pende dal collo, un tocco in più. Knight, intanto, è disteso accanto a lei, con un enorme pennacchio viola che spunta dall'elmo. La telecamera li inquadra dall'alto, montata a tre quarti della parete.

Quella mattina, però, c'è una differenza. All'inizio Martin non riesce a coglierla. Vede come sempre la cruda definizione del corpo di Knight, le placche rigonfie dei muscoli, le ombre marcate tra i bicipiti e i pettorali, le pareti montuose e le scogliere a picco del suo fisico. Solo allora Martin se ne accorge. Di solito rigido come un tubo d'acciaio, quella mattina è raggrinzito inutile sulla coscia dell'uomo.

Day, in parrucca e occhiali da sole, fa quello che può. Ma dopo qualche minuto continua a pendere floscio dal centro di Knight, come un finimento appeso al muro della stalla. Martin prova compassione. Per la prima volta si chiede di Knight l'uomo, cosa fa Knight, se Knight ha una famiglia. Se Knight è un figlio buono e rispettoso, se è cattolico o presbiteriano. Si chiede se Day è quacchera o ebrea, democratica o repubblicana, oppure socialista, o esponente del fronte clandestino di liberazione degli animali.

Per quel che ne sa, potrebbe essere una spogliarellista o una casalinga o un'ausiliaria del traffico davanti a una scuola. Potrebbe essere il secondo flauto della Pittsburgh Symphony. Non sa se Knight è un buttafuori o un operaio edile, un programmatore di computer o un professore di teologia o un papà casalingo.

Ecco cosa sa. Sa che all'apice del piacere a Knight piace morderle la spalla e che piace anche a Day. Sa che quando Knight viene, un leggero tremore si impossessa del suo piede sinistro. Sa che Day ha l'abitudine di tenere Knight tra il pollice e le tre dita della mano sinistra, il mignolo alzato, come se lui fosse una piccola brocca da cui lei può versare. Conosce, in altre parole, quello che non sapresti mai se li incontrassi per strada, o lavorassi con loro, o andassi in chiesa con loro o servissi loro il caffè in una tavola calda, o insegnassi geografia ai loro figli.

Guardando ora, Martin è indotto a pensare a quali affanni sono penetrati lì dentro dal mondo della luce, quali terrori o delusioni hanno sconfinato per privare Knight del suo vigore sessuale. Che effetto avrà sulle ore di veglia di Knight il ricordo che si sta forgiando adesso, quali problemi potrebbe portare domani. Anche se a Martin viene da pensare che forse il mezzogiorno ha bisogno della mezzanotte. Come se quelle sere rendessero possibile la versione di te che va in ufficio, la versione di te che cresce i figli, la versione di te che mangia le bistecche, la versione di te che guida il SUV guarda la televisione si allaccia le scarpe rifà il letto fa acquisti online rompe le uova fa un sonnellino beve il caffè tempera la matita incassa gli assegni. La faccia nascosta della luna potrebbe essere nascosta per un motivo.

A questo punto, purtroppo, l'impotenza di Knight fa ridacchiare Day. Non è malevola ma stanca. Stanca di Knight e delle sue incessanti richieste. Eppure Martin vorrebbe che non l'avesse fatto. Lui lo capisce anche se lei non ci riesce: Non si ride di Knight. Non c'è audio, ma il sogghigno spicca ampio sul volto di lei. Mentre Knight, incombente sotto l'elmo, sembra imperturbabile come sempre, Martin gli vede i cordoni del collo irrigidirsi.

Ma è impreparato per quello che succede dopo. Quando Knight spintona Day, Martin si alza, facendo cadere la sedia. Martin ha paura. Ha paura per la donna. Day non ha paura. Lei ricambia la spinta, induce Knight ad afferrare con rabbia le perle che ha al collo. Ma invece di strozzarla, il filo si rompe. Day, guardando la pioggia di gemme, fa un fischio beffardo in faccia all'uomo. Knight la spintona di nuovo, questa volta lei cade dal letto e si schianta sul pavimento. Indossa un paio di improbabili tacchi a spillo, sedici, diciassette centimetri, e cade con forza. Le gambe le si spalancano, in mezzo il solco è sottile ma scuro e folto, luccicante, in contrasto con i capelli biondo-bianchi della parrucca che ha in testa. I suoi piercing in basso guizzano nella luce.

Day, dal pavimento, si ricorda della telecamera. Martin la guarda mentre la indica e ride di nuovo. Vorrebbe metterla in guardia.

Se prima Knight era infuriato, ora la sua rabbia diventa incandescente. Si inginocchia sul letto e si lancia verso il supporto video, con le braccia che scattano in fuori. Da questo lato dello schermo, le sue mani si ingrandiscono in modo così drammatico e improvviso che la visione fa indietreggiare Martin. Day, ancora sul pavimento, non accenna a smettere di ridere. Quando Knight strappa la videocamera dal muro, il mondo si inclina di colpo, l'angolo si abbassa e spazia, come se lui avesse afferrato la testa di Martin.

La stanza oscilla – bordo del letto, muro, soffitto – e poi si capovolge, l'universo fa una capriola. La telecamera si alza e si abbassa, e poi si alza di nuovo. Vediamo Day, le sue braccia che annaspano. Una macchiolina di sangue appare nel quadrante inferiore sinistro dell'obiettivo. Martin, in piedi, grida, Basta, ma naturalmente Knight non sente. Non c'è più nessuno che possa sentire. Day si contorce, si dimena. Martin sarebbe eccitato se non si sentisse malissimo. Il corpo di lei sul pavimento sembra saltare da solo. La telecamera si alza e si abbassa, e si alza di nuovo, il mondo gira come una trottola, mentre lui la picchia a morte con la tua faccia.

RINGRAZIAMENTI

A Tim Keppel e J. Jordan Phelps con profonda riconoscenza per i commenti dettagliati e le critiche; a Molly Friedrich e Hannah Brattesani della Friedrich Agency per il loro incessante incoraggiamento e sostegno; e a Erika Goldman, editore e direttore editoriale della Bellevue Literary Press, per aver corso un rischio laddove altri si sono rifiutati di farlo.

INDICE

PRIMA PARTE 9
SECONDA PARTE 111
TERZA PARTE 219
Ringraziamenti 319

Finito di stampare nel mese di giugno 2022 presso
Elcograf S.p.A. - Stabilimento di Cles (TN)

Printed in Italy

ROMANZO
BOMPIANI